COLLECTION
FOLIO CLASSIQUE

Jules Barbey d'Aurevilly

Le Chevalier des Touches

Édition présentée,
établie et annotée
par Jacques Petit

Gallimard

PRÉFACE

Au centre même de l'œuvre aurevillienne par sa date et par certains de ses thèmes, Le Chevalier des Touches *constitue aussi une exception singulière, oasis d'innocence dans un univers de passion, de violence et de crime. Ses personnages — gentilshommes finis sans avoir vécu, vieilles filles dont les souvenirs mêmes n'ont rien que de pur, héros sans tache qu'effleure à peine une ombre de cruauté ou de mystère — on les dirait d'une autre race que ceux des* Diaboliques *ou de* L'Ensorcelée. *Êtres pâles, comme libérés de toute sexualité, séduits seulement par l'héroïsme et le romanesque, ils semblent insensibles à tout ce qui attire et déchaîne les autres créatures aurevilliennes. A cette couleur singulière, on verra que les explications ne manquent pas. Mais cette lecture faite qui insiste sur l'attrait du passé, le retour à l'enfance, la « recherche du temps perdu », on se demandera si la violence n'est pas ici seulement mieux cachée. Refoulée, contrainte, elle affleure et, assourdie, n'en est pas moins essentielle.*

Lorsque paraît Le Chevalier des Touches, *Barbey a passé cinquante ans et ses premières œuvres importantes sont toutes proches encore. C'est qu'il n'a rien d'un écrivain précoce. Il est de ceux plutôt qui errent longtemps, hésitent, multiplient les tentatives parfois contradictoires, avant de découvrir leur domaine propre, leur manière personnelle. Non, certes! que soient négligeables ou sans intérêt ses premiers essais;* Le Cachet d'onyx *et* Léa *sont de bien curieuses prémices;* La Bague d'Annibal, L'Amour impossible, *des analyses fort révélatrices; et peu de journaux intimes ont le charme irritant des* Memoranda. *Ce n'est encore que la « préhistoire » d'une œuvre, qui commence vraiment — et brusquement — avec* Une vieille maîtresse. *En l'écrivant, d'Aurevilly prend conscience de soi-même, de son talent, de ses ressources. Aussitôt naissent les grands romans :* L'Ensorcelée, Le Chevalier des Touches, Un prêtre marié.

A cette découverte l'a conduit sa conversion. Si parfois, sans raisons vraiment sérieuses, on en a contesté la sincérité, comment n'en pas voir dans l'œuvre les conséquences immédiates : Barbey, en revenant *au catholicisme,* revient *à son enfance, aux impressions et aux souvenirs qui inspireront ses plus belles œuvres.*

Lorsque, vers 1830 environ, de royaliste et catholique qu'il était suivant la tradition familiale, il « se fait » libéral et athée (il le croit du moins!), par ce geste il s'oppose et se libère. Comment marquer mieux sa toute neuve indépendance qu'en rejetant brutalement, ostensiblement, toutes les croyances et les convictions de sa famille? Ainsi refuse-t-il, pour rester fidèle à son attitude politique, de porter le beau nom d'Aurevilly, dont il se parera si fastueusement quelques années plus tard. S'y joignait le plaisir, assez vif pour lui, d'étonner, d'agacer, voire de scandaliser les hobereaux, royalistes attardés pense-t-il, au milieu desquels il vit. La rupture est définitive avec son enfance et son adolescence.

Mais, comme il le dira plus tard à propos de Maurice de Guérin, la « première éducation » est « ineffaçable »; elle donne au talent de chacun son « caractère propre ». Le « monde d'impressions et de choses » dans lequel il a vécu ses premières années, marque profondément un écrivain. « Le génie, disait son ami Baudelaire, n'est que de l'enfance retrouvée. » Avec son goût des images curieuses, Barbey, lui, affirme — et cela vaut pour tout artiste : « Les Poètes, comme les Tortues, portent leur maison sur leur dos, et cette maison, c'est le palais des premiers songes, qu'ils emportent à jamais sur leur pensée (et où qu'ils aillent!), comme une écaille brillante ou sombre. »

De cette évidence, il ne convint qu'assez tard. Des années durant, il s'était défendu contre tout envahissement du souvenir, protégé contre tout vrai mouvement de sensibilité. La crise de 1830 passée, le dandysme avait, non sans artifice, prolongé la révolte de l'adolescence, le maintenant crispé dans un refus. Il se peint très lucidement dans un personnage de La Bague d'Annibal, *lorsqu'il écrit :*

« il avait un masque », « c'était le mépris qui l'avait forgé et l'orgueil qui l'avait scellé là. Il ne voulait pas que les hommes se réjouissent de l'avoir blessé, s'ils pouvaient le blesser encore ». Réaction de fuite, qui se traduira d'autre manière un peu plus tard! Sans le faire pour autant renoncer au dandysme, mélange d'ostentation et de vraie grandeur, de pudeur et d'orgueil, sa conversion le libère. Romancier, il délaisse les subtilités psychologiques, abandonne le ton ironique, la raideur glacée qu'il avait affectés, pour redevenir lui-même, s'accepter enfin tel qu'il est, violent, passionné, héroïque, romanesque. Ainsi regagne-t-il « ce palais des premiers songes », retrouve-t-il les souvenirs et les rêves de son enfance. Chercher là les motifs et les thèmes de ses romans était sans doute une autre manière de fuir la vie, de refuser son époque, de s'évader. Le dandysme avait été une protection. Le passé lui est un refuge.

Le paradoxe est que cette conversion, religieuse et politique, se produit peu avant 1848, au moment même où ses contemporains se tournent plus volontiers vers le socialisme. D'Aurevilly le sait. La contradiction ne le gêne pas. Il s'en flatterait plutôt. Qu'il se rallie ensuite à l'Empire est sans importance, il accepte alors un moindre mal. De fait, il est et demeurera à contre-courant. Un roman comme Le Chevalier des Touches *participe par ses thèmes de cette protestation contre son temps. Le romancier y défend des idées d'autrefois, exalte la fidélité au passé. Aspect important, nullement essentiel toutefois. Les contemporains ont pu se laisser prendre aux apparences, y découvrir un royalisme bien démodé. Tout en goûtant le charme de cet attachement romantique aux causes perdues, aux héros malheureux, nous savons bien que les véritables intentions de Barbey étaient autres, que ce retour en arrière a une signification beaucoup plus profonde.*

Son enfance, provinciale et normande, avait tout entière été tournée vers le passé. Établis depuis le XVIIe *siècle, au moins, à Saint-Sauveur-le-Vicomte, paysans aisés, devenus magistrats, les Barbey s'étaient anoblis par l'achat d'une charge au milieu du* XVIIIe *siècle. A la veille de la Révolution, il s'en fallait d'une génération encore pour que cette noblesse fût consacrée par l'accès au métier des armes. Cette ascension s'arrête brusquement. En 1808, lorsque naît l'écrivain, bien des espoirs se sont dissipés, bien des rêves écroulés. Le patrimoine familial est amoindri, la position sociale bien affaiblie. Restent les souvenirs, les regrets, et... l'attente du retour à la monarchie. Ainsi avait vécu le grand-père de Jules Barbey, dont il nous dit qu'on ne l'avait jamais vu rire après la mort du roi, ainsi vécut son père, Théophile Barbey, muré dans une solitude amère et quelque peu hargneuse. La Restauration le déçut. Il attendait le retour à l'état social ancien, le rétablissement de tous les privilèges, et de sa fidélité espérait, sinon une récompense, quelque considération. Il n'obtint pas même de faire entrer son fils dans une école militaire. « N'est-ce pas que ce sont des ingrats! » Ce reproche que dans le roman des Touches adresse aux*

Bourbons, d'Aurevilly l'a entendu répéter à son père; ce n'est pas sans raison qu'il lui dédie Le Chevalier des Touches.

A l'enfant, il en reste des rêves de bataille, de guerre, d'héroïsme, que seule la littérature lui permettra de satisfaire. En 1830, il voulut faire une carrière militaire, son père s'y opposa : on ne pouvait servir la dynastie d'Orléans. Parfois, en quelques mots, Barbey rappellera ses espoirs déçus ou évoquera ses rêves. En 1855, il confiera à son ami Trebutien : « Si au lieu d'aller faire mon droit à Caen, j'étais allé faire le coup de sabre dans l'Algérie... je serais maintenant général ou j'aurais été tué... Deux bonnes choses! » Lorsqu'il revient à Saint-Sauveur, deux lieux l'émeuvent particulièrement : « Le jardin... où j'ai commandé l'armée de mes trois frères à cheval sur un bâton et plus fier et plus heureux que Roger sur l'hippogriffe », et « la chambre bleue », où sa grand-mère lui contait les histoires de la chouannerie.

La place que tiennent les souvenirs de cette époque dans l'enfance du romancier est très grande. Elle est toute proche encore, cette chouannerie, et déjà idéalisée, entrée dans la légende. Pour ces royalistes désabusés et fidèles malgré tout, elle a été la dernière tentative, l'ultime et vaine résistance, d'autant plus belle qu'elle fut inutile. Leur défaite même grandit ceux qui en furent les acteurs, leur donne allure de héros. Jamais on ne se lasse d'en parler. Aucun des Barbey ne fut chouan, semble-t-il. Mais ils rêvaient de l'avoir été et peut-être, le temps estompant les souvenirs, finirent-ils par le croire. Cet oncle, mort prématurément, aurait disparu dans ces troubles, affirme d'Aurevilly, et cet ancien officier, son grand-oncle et parrain, s'y serait illustré sous le nom de général Télémaque. C'est faux. Mais comment savoir si le romancier invente pour donner plus de vraisemblance à ses récits? si ses souvenirs le trompent? ou si l'erreur vient de plus loin? Ce qu'il a entendu raconter dans son enfance, était déjà très loin de la réalité. Il a hérité de toute une épopée.

Pour l'enlèvement de des Touches, nous savons qu'il en fut ainsi. Juste Le Breton, qu'il cite parmi les libérateurs du chevalier (ce que contestent les historiens), fut un personnage bien réel; originaire de Saint-Sauveur, il était lié avec le père du romancier et passa en effet sa vie à combattre pour la cause royaliste. D'Aurevilly, enfant, a entendu conter ses exploits; il tient de cette époque la version qu'il nous donne des événements, et, nous le verrons, se fie plus volontiers à ses souvenirs qu'aux renseignements des érudits. Ne nous étonnons donc pas que parmi les vieilles gens réunies dans le salon des demoiselles de Touffedelys, au début du roman, il y ait un enfant, caché près de la cheminée, le romancier lui-même. Sans doute s'est-il souvenu de telles soirées, réellement vécues. Son enfance s'est écoulée dans cette atmosphère, au milieu d'êtres qui n'étaient ni des sots ni des faibles, mais dépérissaient dans un monde qui leur était devenu étranger. Il porte leurs regrets, leurs rancœurs et leurs rêves; leurs souvenirs sont les siens. L'ouverture du roman a un caractère symbolique et une profonde vérité : la seule vie qui reste à ces vieillards comiquement attendrissants, est celle du souvenir, poétisé, embelli. Barbey les a connus tels; il a appris en les regardant, en les écoutant, à discerner sous les apparences falotes que donne la vieillesse, la véritable grandeur. Ce sont « de grandes âmes — dit-il — sous des enveloppes grotesques quelquefois ». Avec eux il a connu un univers où le passé souvent devenait plus vivant, presque plus vrai, que le présent. Expérience qui explique en partie son œuvre.

Le Chevalier des Touches *est donc un faux roman historique. Les lettres que d'Aurevilly, tandis qu'il le prépare, adresse à son ami Trebutien, confirment cette impression, en même temps qu'elles permettent de saisir dans la création les rapports du réel et de l'imaginaire. Bibliothécaire à Caen, chercheur curieux et avisé, Trebutien aide Barbey à se documenter, le met en relation avec d'autres érudits, voire avec des survivants de l'aventure qu'il veut raconter. En apparence, en effet, le romancier se renseigne, comme ferait le « réaliste » le plus consciencieux, l'historien le plus scrupuleux. On le voit s'inquiéter, multiplier les recommandations, les questions; il veut être, dit-il, vrai et précis. Mais que les renseignements se fassent attendre, il s'en désintéresse; que la réalité ne réponde pas à son attente, l'imagination l'emporte. Un érudit lui affirme « que l'enlèvement de Destouches n'a pas laissé de grands souvenirs dans le pays », il réplique : « J'ai entendu parler de cet enlèvement comme d'une chose héroïque et titanique à mon père, qui avait un de ses amis, Juste le Breton, parmi les douze. » Et d'ajouter : « Du reste, vous verrez dans mon récit si ce n'est pas là le tour de force du sang-froid et de l'intrépidité. » Démenti inattendu que le romancier prétend infliger à l'historien! Le désir d'être réel est pour lui une prétention, un masque, ou mieux, une justification, dont par instants il est dupe.*

Comme il le dira à propos d'une autre œuvre, entre les « points » fournis par la réalité, il « tisse » une « trame ». L'histoire, les faits ne sont pas sans importance : on découvre dans son roman des précisions étonnantes mêlées à des inexactitudes graves, flagrantes. Mais au réel, il demande seulement un point de départ, une excitation pour l'imagination, à la rigueur un appui. Pour écrire Le Chevalier des Touches, *il enquête quatre ans... Lorsque l'éclair a jailli, lorsque la « cristallisation » s'est produite, il ne se préoccupe plus de vérifier ses renseignements ni de les compléter. Des éléments nouveaux le gêneraient, plus qu'ils ne lui seraient utiles, entravant le jeu de l'imagination. Ainsi, il sait que des Touches vit encore, fou, enfermé à l'hospice de Caen; il doit décrire le personnage, mais préfère l'imaginer et ne manifeste que bien tard la curiosité de le voir. Cette visite lui inspirera la dernière scène du roman; elle lui permettra aussi de constater que l'homme ne ressemble pas au personnage qu'il a imaginé; il ne change pas un mot de son texte. L'imaginaire est plus vrai que le réel. Si le mouvement paraît bien naturel chez un romancier, il détruit du moins l'apparence illusoire de fidélité historique.*

Ses intentions ont, il faut le reconnaître, quelque peu varié en treize années; car il s'écoula ce temps entre la conception du roman et sa publication. En 1849, lorsqu'il en parle pour la première fois à Trebutien, il a pour ambition d'être le « Walter Scott de la Normandie »; comme tous les romantiques, il a beaucoup lu le célèbre Écossais; plus que bien d'autres, il l'a aimé et admiré, y retrouvant non seulement le pittoresque et la couleur chers à son époque, mais des paysages qui lui rappellent la Normandie, l'atmosphère de son enfance. Il rêve de l'imiter et l'histoire de des Touches n'est qu'un épisode de l'épopée normande qu'il esquisse alors et n'écrira jamais. D'autres influences interviennent. Celle de la baronne de Bouglon, veuve encore jeune, que Barbey a rencontrée et qui est devenue sa « fiancée »; elle a le goût un peu timoré, le caractère assez dominateur, et lui demande d'adoucir son talent. Pour elle et s'inspirant d'elle, il imagine le personnage d'Aimée de Spens et renonce, dans ce roman seulement, aux personnages trop passionnés. Enfin, la mode littéraire qui est à la description minutieuse, « réaliste », comme on commence à dire, le conduit à imaginer de peindre cette galerie de vieillards, narrateur et auditeurs du récit. C'était, je l'ai dit, se rapprocher plus encore de ses souvenirs, faire revivre son enfance. Sans doute est-ce alors qu'il songe à placer ce récit, une trentaine d'années auparavant, à Valognes. Il a bien connu cette petite ville, voisine de Saint-Sauveur, où l'un de ses oncles habitait. Il y vint souvent et peut-être y passa quelques années de son adolescence. Il y reviendra volontiers dans sa vieillesse et s'attachera de plus en plus à cette « ville morte », « la ville de mes spectres », dit-il. Elle était déjà telle, ou peu s'en faut, dans son enfance, à demi ruinée, bien modifiée par la Révolution. Le charme amer qu'il y a trouvé donnera le ton du roman.

On pourrait montrer comment dans Le Chevalier des Touches *se superposent ou se mêlent ces couches diverses, comment interviennent ces poussées successives de l'inspiration. Il est plus heureux de faire voir comme harmonieusement elles se sont fondues, au point que peu de romans aurevilliens ont cette unité, cette netteté de mouvement, cet équilibre. La promenade nocturne de l'abbé de Percy dans Valognes endormie et un peu sinistre fait un prélude admirable. Anatole France, qui n'aimait guère Barbey pourtant, raconte ainsi la lecture qu'il fit de cette œuvre : « Le hasard me le fit lire par une lugubre nuit d'hiver dans cette petite ville de Valognes qui y est décrite. J'en reçus une impression très forte. Je crus voir renaître cette ville rétrécie et morte. Je vis les figures à la fois héroïques et brutales de ces hobereaux repeupler les hôtels noirs, silencieux, aux toits affaissés, que la moisissure dévore lentement. Je crus entendre siffler les balles des brigands parmi les plaintes du vent. Ce livre me donna le frisson. » Il avait senti quelle place y tenait la résurrection du passé : la rencontre de des Touches, que tous croyaient mort, la provoque.*

La lenteur des premiers chapitres, due, comme l'avoue Barbey lui-même, au peu de goût qu'il a pour la description, à une sorte de maladresse, devient une habileté, donne au récit qui suit son véritable sens. Banal en d'autres circonstances, ne prend-il pas une étonnante valeur, à mesure que la brave et ridicule Barbe de Percy devient à nos yeux un héros (on n'ose dire une héroïne, tant elle est peu féminine), que croissent l'étonnement et la confusion de Fierdrap, que les deux demoiselles de Touffedelys retrouvent comme le charme de leur jeunesse; tandis que sourde, présente et à la fois absente, Aimée de Spens maintient l'impression tragique.

De ce prologue languissant, brusquement jaillit le récit, auquel très vite la bataille sur le champ de foire de Coutances donne des allures épiques. Désormais, chaque chapitre apporte un élément de surprise : le romanesque mariage de M. Jacques et d'Aimée, les péripéties de la seconde expédition, les rebondissements du dénouement : délivrance de des Touches, vengeance, révélation du secret d'Aimée... La recherche de tels effets est bien dans la manière de Barbey, au centre de son esthétique.

Le procédé peut paraître facile. C'est une vue superficielle. Tout un jeu savant concourt à faire naître en nous une intense curiosité. Ayant renoncé dans ce roman, pour plaire à Mme de Bouglon, aux passions violentes et tragiques, à la peinture des grands criminels, des êtres sataniques qui sont ses héros préférés, d'Aurevilly a voulu que la réalité gardât son caractère mystérieux, ses arrière-plans. Cette composition le lui permet, qui fait penser à une série de coffrets enfermés les uns dans les autres et que successivement le romancier ouvre pour nous; ou, pour reprendre une de ses images, à des rideaux qu'il soulève l'un après l'autre. Ne voir dans Le Chevalier des Touches *que le récit d'une aventure follement héroïque et passablement romanesque, astucieusement placée dans le cadre qui lui convient, serait une erreur. Le vrai roman n'est pas le récit de l'enlèvement de des Touches; il naît de l'enchevêtrement, des interférences, de la multiplication des plans. L'enlèvement, certes! est au centre, mais ne peut être considéré isolément. Il apparaît dans un certain éclairage, suivant un angle qu'a voulu le romancier, encadré par le passage du héros fou, au premier chapitre, et la rencontre finale de l'écrivain et de son personnage, raconté en présence d'Aimée de Spens par un des protagonistes, ponctué par les réflexions ou les exclamations des auditeurs. Ce ne sont pas des élégances que ces interruptions, ni un jeu gratuit, mais une nécessité : il ne faut pas nous laisser oublier le salon des Touffedelys; sinon s'atténuera jusqu'à s'effacer l'effet, essentiel, de perspective. Il y a ici constamment les personnages, mais encore le narrateur, les auditeurs, et le romancier. L'aventure se reflète comme en un jeu de miroirs.*

La variété n'est pourtant pas l'effet cherché. Mais seuls de tels moyens permettaient d'atteindre le but réel qui est de remonter le temps. Albert Béguin, dans ce roman, goûtait le « charme » « que donne la sensation extraordinairement intense du temps écoulé, du passé mort et ressuscité ». « Les pas et les gestes des personnages — écrivait-il — sont comme les pas mêmes du temps en sa marche, ou comme les rites qui suscitent immanquablement le réveil des fantômes. » Il parlait encore de « ces profondeurs de mémoire auxquelles sont plongés puis arrachés les épisodes du drame ». Nous sommes devenus infiniment plus sensibles à cet aspect du roman que ne pouvaient l'être les contemporains de Barbey d'Aurevilly. Qu'il s'agisse de ce jeu qui fait commencer le roman sur le retour de des Touches, rejetant brusquement à leurs souvenirs Barbe de Percy et ses amis, ou de cet autre qui le fait s'achever sur une reprise de contact avec le présent, non du narrateur, mais du romancier, nous savons en apprécier la valeur. Nos contemporains en ont usé et abusé. Ils étaient plus neufs lorsqu'écrivait Barbey; ils sont très « modernes » encore. Enfant, il a entendu ce récit, plus tard il lui donne sa conclusion; par lui le lien s'établit entre les époques; à travers ses souvenirs, à travers ceux de Mlle de Percy, la chouannerie revit. L'enchaînement permet cette exploration du temps.

N'oublions pas que d'Aurevilly écrivant redécouvre son enfance, qu'il n'est jamais étranger à ce qu'il raconte. Le récit autrefois passionnément écouté fait partie de ses souvenirs propres; il a rêvé autour de ces personnages. C'est de lui-même qu'il s'agit autant que d'eux. La visite qu'il fait en 1856 à des Touches, il la raconte dans son roman et dans son Memorandum; *elle l'émeut et nous émeut parce qu'elle engage l'homme autant et davantage que l'écrivain, parce qu'elle est moins confrontation de l'imaginaire et du réel, que du passé et du présent. Proust l'avait bien vu et pour cela admirait Barbey. N'est-ce pas un peu, sans vouloir établir un parallèle qui serait faux dans sa rigueur, à une scène du* Temps retrouvé *que l'on songe en lisant la description que d'Aurevilly fait de ses personnages au début du roman? A cette dernière soirée où le narrateur confronte l'image qu'il a conservée des êtres et leur visage d'aujourd'hui. Le même besoin apparaît de retrouver dans l'être vieilli, devenu une caricature de soi-même, celui qu'il fut : le même désir d'arracher au temps un fragment d'existence — Barbey le note clairement avant sa visite à des Touches —, de « maintenir, comme le dit Proust, attaché à soi ce passé qui descendait déjà si loin » et de le sauver par l'art.*

Cette séduction de la chouannerie, le plaisir de revivre et de faire revivre les souvenirs de l'enfance ne justifient pas toutefois la présence d'un autre thème, cette « rougeur » d'Aimée dont des Touches tardivement révèle le secret : c'est parce qu'un soir elle s'est mise nue devant les Bleus et devant lui, caché dans sa chambre, qu'elle rougit lorsqu'il apparaît ou que l'on prononce son nom. Ce serait un épisode secondaire si Barbe de Percy n'y revenait avec une insistante curiosité : « c'était à se demander si tout ce qu'on ne voyait pas de sa personne se colorait comme ce qu'on voyait... » et si la révélation de des Touches ne constituait le « dénouement » du récit. N'est-ce pas d'ailleurs un des rares souvenirs qui lui demeure dans sa folie? un souvenir très précis : « Ils l'avaient vue... Moi aussi... Elle était bien belle!... rouge comme les fleurs que voilà! » Le romancier abandonne son héros devant « ces fleurs rouges auxquelles il venait de comparer Aimée ». Le texte nous laisse sur l'image du fou livré à ce souvenir, seule épave de son passé.

Cet épisode est évidemment tout imaginaire. Il reste curieux, même si l'on entre dans les explications complaisantes du romancier; injustifiable, psychologiquement absurde, en contradiction avec les circonstances indiquées par ailleurs... il ne se comprend que par une comparaison : une scène semblable est rapportée dans une des Diaboliques, *par Mesnilgrand; l'atmosphère est tout autre, très érotique, et le narrateur avoue même n'avoir, de sa vie, connu plus vif plaisir, que la contemplation de cette femme nue et rougissante, pareille à une « statue de corail vivant ». Barbe de Percy emploie la même expression. L'important n'est pas le geste d'Aimée, mais que des Touches l'ait regardée (il n'a pas eu, « jeune alors », dit le romancier, « la force de fermer les yeux ») et que celle-ci le sache. On lira alors la scène de plusieurs manières : elle est pour Barbey la scène érotique par excellence et le lien ainsi créé entre Aimée et des Touches est plus fort qu'il ne semblerait; elle est aussi l'équivalent symbolique d'un viol, thème qui obsède l'écrivain, des premières nouvelles,* Léa *ou* Le Cachet d'onyx, *au dernier roman,* Une histoire sans nom. *Le sublime dévouement d'Aimée sert d'alibi à une rêverie sensuelle si forte que Barbe — et Barbey, la similitude des noms est-elle gratuite? — y revient tout au long du récit.*

La cruauté est un autre alibi. A la violence passionnelle se substitue la violence pure, le plaisir de faire couler le sang. Les chouans, sur le champ de foire d'Avranches, frappent en rythmant leurs coups d'une chanson, tandis que sous leurs fouets et leurs bâtons le sang « jaillit », « fait fumée » « comme l'eau sous la roue du moulin », puis devient « boue » où ils enfoncent « jusqu'aux jarrets »; le lendemain, Barbe, qui vient aux nouvelles, voit encore des « mares de sang » et elle assure que, depuis, l'herbe n'a pas repoussé à cet endroit. Lorsque des Touches tire vengeance du meunier traître, le narrateur décrit avec la même complaisance le supplice du malheureux attaché à l'aile du moulin et tournant avec elle; « le sang » menace « de lui faire éclater la face » ou reflue; et lorsque le chevalier, pour abréger ses souffrances, le « tire » comme une « hirondelle » « au vol », le sang « jaillit », dans « un jet furieux », « ruisselle », « empourpre » l'aile et tache la muraille d'une « plaque rouge ». Quoique plus brièvement évoquée, la partie de quilles sanglante que jouent les chouans avec les têtes de leurs prisonniers enterrés jusqu'au cou, n'est pas moins cruelle. On se rappelle aussi que la Hocson a dévoré « tout chaud » le cœur de Belzunce, un officier tué au cours d'une émeute. Et des Touches tranche d'un coup de dent le pouce d'un gendarme qui allait l'arrêter. Il est d'ailleurs « ivre de sang versé », a dans un visage blanc « la lèvre large et rouge », comme la Hocson qui a encore « aux lèvres du sang de Belzunce ». Lorsque M. Jacques arrive blessé à Touffedelys, lui et son cheval sont « rouges de sang » et un peu plus tard, Aimée dans son inquiétude coupe « avec ses ciseaux dans la chair de ses doigts » « croyant couper autour de sa broderie, et le sang coulait sur ses genoux »... L'exagération est voulue. La cruauté joue à deux niveaux; celle que le romancier prête à ses personnages se double du plaisir évident qu'il prend à décrire les épisodes sanglants, à les accumuler. De la description qui ouvre le récit : la place de Valognes où se dresse « une croix sur laquelle, grossièrement colorié, se tordait en saignant un Christ » qui « épouvante les regards », aux fleurs rouges du finale, le sang est l'élément symbolique fondamental du roman.

On liera sans peine ce symbole au « secret » d'Aimée. Le viol ne se dissocie pas du meurtre dans la thématique aurevillienne. Non qu'y apparaisse simplement une rêverie romantique sur la volupté et la mort. Plus profondément l'acte amoureux y est violence, cruauté, dans une représentation sadique que la psychanalyse expliquerait. Certaines œuvres, Léa, quelques Diaboliques, Une histoire sans nom, vont jusqu'à la limite de ce fantasme, font du viol meurtrier une scène réelle. Dans Le Chevalier des Touches, le romancier qui a promis à Mme de Bouglon « d'adoucir » les traits, s'y efforce sans y parvenir tout à fait; les détails cruels échappent à la censure; l'épisode d'Aimée s'impose fascinant;

l'obstination que met Barbe de Percy, dans cet autrefois qu'elle raconte, à prononcer le nom de des Touches devant Aimée, le désir qu'elle a, dans le présent de la narration, de tenter encore l'expérience, disent assez cette fascination. Le point culminant du récit n'est pas, comme voudrait nous le faire croire le titre, l'enlèvement du chevalier, mais l'instant où Barbe imagine qu'elle pourrait se lever et aller crier à l'oreille d'Aimée le nom de des Touches : « Parions, baron, que la rougeur, l'inexplicable rougeur reparaîtrait... » Elle n'ose le faire, mais les réflexions qui suivent, montrent clairement la curiosité et le désir. Cette rougeur et le fantasme qu'elle traduit sont bien au centre de ce roman « innocent ».

Jacques Petit

Le Chevalier des Touches

I

TROIS SIÈCLES DANS UN PETIT COIN

C'était vers les dernières années de la Restauration. La demie de huit heures, comme on dit dans l'Ouest, venait de sonner au clocher, pointu comme une aiguille et vitré comme une lanterne, de l'aristocratique petite ville de Valognes[1].

Le bruit de deux sabots traînants, que la terreur ou le mauvais temps semblaient hâter dans leur marche mal assurée, troublait seul le silence de la place des Capucins, déserte et morne alors comme la *lande du Gibet* elle-même. Tous ceux qui connaissent le pays n'ignorent pas que la *lande du Gibet*, ainsi appelée parce qu'on y pendait autrefois, est un terrain qui fut longtemps abandonné, à droite de la route qui va de Valognes à Saint-Sauveur-le-Vicomte, et qu'une superstition traditionnelle le faisait éviter au voyageur... Quoique en aucun pays, du reste, huit heures et demie ne soient une heure indue et tardive, la pluie, qui était tombée, ce jour-là, sans interruption, la nuit, — on était en décembre, — et aussi les mœurs de cette petite ville, aisée, indolente et bien close, expliquaient la solitude de la place des Capucins et pouvaient justifier l'étonnement du bourgeois rentré, qui peut-être, accoté sous ses contrevents strictement fermés, entendait de loin ces deux sabots, grinçants et haletants sur le pavé humide, et au son desquels un autre bruit vint impétueusement se mêler.

Sans doute, en toùrnant la place, sablée à son centre et pavée sur ses quatre faces, et en longeant la porte cochère vert-bouteille de l'hôtel de M. de Mesnilhouseau, qu'on avait, à cause de sa meute, surnommé Mesnilhouseau des chiens [2], les sabots qu'on entendait réveillèrent cette compagnie des gardes endormie; car de longs hurlements éclatèrent par-dessus les murs de la cour et se prolongèrent avec la mélancolie désolée qui caractérise le hurlement des chiens dans la nuit. Ce long pleur monotone et désespéré des chiens qui essayèrent de fourrer leur nez et leurs pattes sous la colossale porte cochère, comme s'ils avaient senti sur la place quelque chose d'insolite et de formidable, cette noire soirée, ce vent dans la pluie, cette place solitaire qui n'était pas grande, il est vrai, mais qui, de riante qu'elle était autrefois, quand elle ressemblait à un square anglais, avec ses arbres plantés en carré et ses blanches balises, était devenue presque terrible depuis qu'en 182... on avait dressé au milieu une croix sur laquelle, colorié grossièrement, se tordait, en saignant, un Christ de grandeur naturelle; tous ces accidents, tous ces détails, pouvaient réellement impressionner le passant aux sabots qui marchait sous son parapluie incliné contre le vent, et dont l'eau qui tombait frappait la soie tendue de ses gouttes sonores, comme si elles eussent été des grains de cristal.

Supposez, en effet, que ce passant inconnu fût une personne d'une imagination naïve et religieuse, une conscience tourmentée, une âme en deuil, ou simplement un de ces êtres nerveux comme il s'en rencontre à tous les étages de l'amphithéâtre social, on conviendra qu'il y avait assez dans les détails qu'on vient de signaler, mais surtout dans l'image de ce Dieu sanglant qui le jour, grâce à la grossièreté de la peinture, épouvantait le regard sous les joyeux rayons du soleil, et qu'on savait là, sans le voir, étendant ses bras dans la nuit, pour faire pénétrer le frisson jusque dans les os et doubler les battements du cœur[3]. Mais comme s'il avait fallu davantage, voici qu'un fait étrange, — dans cette petite ville où, à pareille heure, les mendiants dormaient bien acoquinés dans leur paille, et où les voleurs de rue, les gentilshommes de grand chemin[4], étaient à peu près inconnus, — oui! un fait extraordinaire, vint à se produire tout à coup... De la rue Siquet au milieu de la place des Capucins, la lanterne qui projetait sa pointe de lumière sous le parapluie incliné s'éteignit, juste en face du grand Christ. Et ce n'était pas le vent qui l'avait soufflée, mais une haleine! Les nerfs d'acier qui tenaient cette lanterne l'avaient élevée jusqu'à la hauteur de quelque chose d'horrible, qui avait parlé. Oh! ce n'avait pas été long; un instant! un éclair! Mais il est des instants dans lesquels il tiendrait des siècles! C'est à ce moment-là que les chiens avaient hurlé. Ils hurlaient encore, quand une petite sonnette tinta à la première porte de la rue des Carmélites, qui est à l'extrémité de la place, et quand la *personne aux sabots* entra, mais sans sabots, dans le salon des demoiselles de Touffedelys, qui l'attendaient pour leur causerie du soir.

Elle, ou plutôt *il* — car c'était un homme — était chaussé avec l'élégance d'un abbé de l'ancien régime, comme on disait beaucoup alors, et, d'ailleurs, quoi d'étonnant, puisque c'en était un?

« J'ai entendu votre *voiture*, l'abbé », dit la cadette des Touffedelys, Mlle Sainte, qui, dans son impossibilité absolue d'inventer le moindre petit mot quelconque, répétait la plaisanterie de l'abbé quand il parlait de ses sabots.

L'abbé donc, qui s'était débarrassé à la porte du vestibule d'une longue redingote de bougran vert mise par-dessus son habit noir, s'avança dans le petit salon, droit, imposant, portant sa tête comme un reliquaire et faisant craquer ses souliers de maroquin, préservés par les sabots de l'humidité. Quoiqu'il vînt d'éprouver une de ces impressions qui sont des coups de foudre, il n'était ni plus pâle ni plus rouge qu'à l'ordinaire; car il avait un de ces teints dont la couleur semble avoir l'épaisseur de l'émail et que l'émotion ne traverse pas. Déganté de sa main droite, il offrit à la ronde deux doigts de cette main aux quatre personnes qui étaient là autour de la cheminée, et qui s'interrompirent pour le recevoir.

Mais quand il eut donné ces deux doigts à la dernière personne de ce petit cercle :

« Il y a quelque chose, mon frère ! — s'écria celle-ci en tressaillant (à quoi le voyait-elle?); — mais vous n'êtes pas dans votre état naturel, ce soir !

— Il y a — dit l'abbé d'une voix ferme, mais grave, — que, tout à l'heure, le vieux sang d'Hotspur [5] a failli avoir presque peur. »

Sa sœur le regarda d'un air incrédule; mais Mlle de Touffedelys, qui, elle, aurait cru qu'un bœuf pouvait voler si on le lui avait dit, et qui se serait même mise à la fenêtre pour le voir, Mlle Sainte de Touffedelys, qui n'avait pas lu Shakespeare et qui n'avait compris que le mot de *peur* dans tout ce qu'avait dit l'abbé :

« Sainte-Marie ! qu'y a-t-il? — fit-elle. — Auriez-vous vu en passant l'âme du Père Gardien des Capucins rôder autour de la place? Les chiens de M. de Mesnilhouseau se lamentent ce soir comme quand elle y est... ou quand le Marteau Saint-Bernard *toque* ses trois coups à la porte de la cellule de quelqu'une des Dames Bernardines, dans le couvent qui est à côté [6].

— Pourquoi dites-vous cela à l'abbé, ma sœur? — dit Ursule de Touffedelys d'un ton d'aînée qui reprend sa cadette. — Vous savez bien que l'abbé, qui est allé en Angleterre, ne croit pas aux revenants.

— Et pourtant, sur mon âme ! c'est un revenant que j'ai vu, — dit l'abbé, avec un sérieux profond. — Oui, Mademoiselle! oui, ma sœur! oui, Fierdrap! oui! regardez-moi maintenant de tous vos yeux, écarquillés à vous en donner la migraine, c'est comme j'ai l'honneur de vous le dire : je viens de voir un revenant... inattendu, effrayant, mais réel! trop réel! Je l'ai vu comme je vous vois tous, comme je vois ce fauteuil et cette lampe... »

Et il toucha le pied de la lampe du bout de sa canne, un cep de vigne, qu'il alla déposer dans un coin.

« Tu aimes diablement la plaisanterie pour que je te donne le plaisir de te croire, l'abbé? — dit le baron de Fierdrap, quand l'abbé revint à la cheminée et se planta, les mollets et le dos au feu, devant le fauteuil qui lui tendait les bras.

— Était-ce vraiment le Père Gardien?... — reprit Mlle Sainte toute transie; car elle cuisait de curiosité et se sentait pourtant le froid d'un glaçon dans les épaules.

— Non! » répondit l'abbé, qui s'arrêta, l'œil sur les feuilles du parquet ciré et miroitant, comme s'arrête un homme qui médite ce qu'il va dire et qui hésite avant de le risquer.

Il resta debout, ajusté par les yeux des quatre personnes assises, qui, du regard, aspiraient presque ce qui n'était pas encore sorti de sa bouche, excepté pourtant le baron de Fierdrap, qui croyait, lui, à une mystification, et qui clignait de l'œil d'un air fin, comme s'il avait dit : « Je te comprends, mon compère! » Le salon n'était éclairé que par le demi-jour d'une lampe, recueillie sous son chapiteau. Pour mieux voir et deviner l'abbé, une de ces dames leva le chapiteau à l'ombre importune, et le salon fut soudainement inondé de ce jour de lampe qui a comme les tons gras de l'huile dans son or.

C'était un vieux appartement comme on n'en voit guère plus, même en province, et d'ailleurs tout à fait en harmonie avec le groupe qui, pour le moment, s'y trouvait. Le nid était digne des oiseaux. A eux tous, ces vieillards réunis autour de cette cheminée formaient environ trois siècles et demi, et il est probable que les lambris qui les abritaient avaient vu naître chacun d'eux.

Ces lambris en grisailles, encadrés et relevés par des baguettes d'or noircies et, par place, écaillées, n'avaient, pour tout ornement de leur fond monotone, que des portraits de famille sur lesquels la brume du temps avait passé. Dans l'un de leurs panneaux, on voyait deux femmes en costume Louis XV, dont l'une, blonde et pincée, tenait à la main une tulipe comme Rachel, la dame de carreau, et dont l'autre, brune, indolente, tigrée de mouches sur son rouge de brune, avait une étoile au-dessus de la tête, ce qui, avec le *faire* voluptueux du portrait, indiquait suffisamment la main de Natier, qui peignit aussi avec une étoile au-dessus de la tête Mme de Châteauroux et ses sœurs. L'étoile signifiait le règne du moment de la favorite. C'était l'étoile du berger [7]. Le bien-aimé Louis XV l'avait fait lever sur tant de têtes, qu'il avait pu très bien la faire luire sur une Touffedelys. Dans le panneau opposé, un portrait plus ancien, plus noir, d'une touche énergique mais inconnue, représentait l'amiral de Tourville, beau comme une femme déguisée, dans son magnifique et bizarre costume d'amiral du temps de Louis XIV [8]. Il était parent des Touffedelys. Des encoignures de laque de Chine garnissaient les quatre angles du salon et supportaient quatre bustes d'argile, recouverts d'un crêpe noir, soit pour les préserver de la poussière, soit en signe de deuil; car ces bustes étaient ceux de Louis XVI, de Marie-Antoinette, de Madame Élisabeth et du Dauphin. Des fauteuils en vieille tapisserie de Beauvais, traduisant les fables de La Fontaine, en double ovale sur un fond blanc, égayaient de la variété de leurs couleurs et de leurs personnages cet appartement presque sombre avec ses rideaux fanés de lampas et sa rosace, veuve de son lustre. Aux deux côtés d'une cheminée en marbre de Coutances cannelée et surmontée d'un bouquet en relief, ces deux demoiselles de Touffedelys [9], droites sous leurs écrans de gaze peinte, auraient pu très bien passer pour des ornements sculptés de cette cheminée, si leurs yeux n'avaient pas remué et si ce que venait de dire l'abbé n'avait terriblement dérangé la solennelle économie de leur figure et de leur pose.

Toutes deux avaient été belles, mais l'antiquaire le plus habile à deviner le sens des médailles effacées n'aurait pu retrouver les lignes de ces deux camées, rongés par le temps et par le plus épouvantable des acides, une virginité aigrie[10]. La Révolution leur avait tout pris : famille, fortune, bonheur du foyer, et ce poème du cœur, l'amour dans le mariage, plus beau que la gloire! disait Mme de Staël, et enfin la maternité. Elle ne leur avait laissé que leurs têtes, mais blanchies et affaiblies par tous les genres de douleur. Orphelines quand elle éclata, les Touffedelys n'avaient point émigré. Elles étaient restées, comme beaucoup de nobles, dans le Cotentin. Imprudence qu'elles auraient payée de leur vie, si Thermidor ne les avait sauvées, en ouvrant les maisons d'arrêt. Vêtues toujours des mêmes couleurs, se ressemblant beaucoup, de la même taille et de la même voix, c'était comme une répétition dans la nature que ces demoiselles de Touffedelys.

En les créant presque identiques, la vieille radoteuse avait rabâché. C'étaient deux Ménechmes femelles, qui auraient pu faire dire aux moqueurs : « Il y en a au moins une de trop! » Elles ne le trouvaient point, car elles s'aimaient; et elles se voulaient en tout si semblables, que Mlle Sainte avait refusé un beau mariage parce qu'il ne se présentait pas de mari pour Mlle Ursule, sa sœur. Ce soir-là, comme à l'ordinaire, ces routinières de l'amitié avaient dans leur salon une de leurs amies, noble comme elles, qui travaillait à la plus extravagante tapisserie avec une telle action qu'elle semblait se ruer à ce travail, suspendu tout à coup par l'arrivée de son frère, l'abbé. Fée plus pâle, aux traits plus hardis, à la voix plus forte, celle-ci tranchait par la brusquerie *hommasse* de toute sa personne sur la délicatesse et l'inertie de ces douces Contemplatives, de ces deux vieilles chattes blanches de la rêverie sans idées, qui n'avaient jamais été des Chattes Merveilleuses. Ces pauvres vierges de Touffedelys avaient eu le suave éclat de leur nom dans leur jeunesse; mais elles avaient vu fondre leur beauté au feu des souffrances, comme le cierge voit fondre sa cire sur le pied d'argent du chandelier.

A la lettre, elles étaient fondues... tandis que leur amie, robustement et rébarbativement laide, avait résisté. Solide de laideur, elle avait reçu le soufflet, l'*alipan*[11] du Temps, comme elle disait, sur un bronze que rien ne pouvait entamer. Même la mise inouïe dans laquelle elle encadrait sa laideur bizarre n'en augmentait pas de beaucoup l'effet, tant l'effet en était frappant! Coiffée habituellement d'une espèce de baril de soie orange et violette, qui aurait défié par sa forme la plus audacieuse fantaisie et qu'elle fabriquait de ses propres mains, cette contemporaine de Mlles de Touffedelys ressemblait, avec son nez recourbé comme un sabre oriental dans son fourreau grenu de maroquin rouge, à la reine de Saba, interprétée par un Callot chinois, surexcité par l'opium[12]. Elle avait réussi à diminuer la laideur de son frère, et à faire passer le visage de l'abbé pour un visage comme un autre, quoique, certes! il ne le fût pas. Cette femme avait un grotesque si supérieur qu'on l'eût remarquée même en Angleterre, ce pays des grotesques, où le spleen, l'excentricité, la richesse et le gin travaillent perpétuellement à faire un carnaval de figures auprès desquelles les masques du carnaval de Venise ne seraient que du carton vulgairement badigeonné.

Comme il est des couleurs d'un tel ruissellement de lumière qu'elles éteignent toutes celles que l'on place à côté, l'amie de Mlles de Touffedelys, pavoisée comme un vaisseau barbaresque des plus éclatants chiffons déterrés dans la garde-robe de sa grand-mère, éteignait, effaçait les physionomies les plus originales par la sienne. Et cependant, l'abbé et le baron de Fierdrap étaient, ainsi qu'on va le voir, de ces individualités exceptionnelles qui entrent violemment dans la mémoire lorsqu'on les a rencontrées, et dont l'image y reste soudée, comme une patte-fiche dans un mur. Il n'y a qu'au versant d'un siècle, au tournant d'un temps dans un autre, qu'on trouve de ces physionomies qui portent la trace d'une époque finie dans les mœurs d'une époque nouvelle, et forment ainsi des originalités qui ressemblent à cet airain de Corinthe fait avec des métaux différents. Elles traversent rapidement les points d'intersection de l'Histoire, et il faut se hâter de les peindre quand on les a vues, parce que, plus tard, rien ne saurait donner une idée de ces types, à jamais perdus!

Le baron de Fierdrap[13], placé entre les deux demoiselles de Touffedelys, et plus particulièrement à côté de la sœur de l'abbé, qui, la tête sur sa tapisserie, tirait sa laine de chaque point avec une furie effrayante pour l'observateur rétrospectif, car elle avait dû, autrefois, faire tout comme elle tirait sa laine; le baron de Fierdrap, Hylas de Fierdrap, était assis, les jambes croisées, une main sous sa cuisse, comme le grand lord Clive[14], et présentait au feu la semelle d'un pied chaussé d'une guêtre de casimir noir. C'était un homme d'une taille médiocre, mais vigoureux et râblé comme un vieux loup, dont il avait le poil, si l'on en jugeait par la brosse hérissée, courte et fauve de sa perruque. Son visage accentué s'arrêtait dans un profil ferme : un vrai visage de Normand, rusé et hardi. Jeune, il n'avait été ni beau ni laid. Comme on dit assez drôlement en Normandie pour désigner un homme qu'on ne remarque ni pour ses défauts naturels, ni pour ses avantages : « Il allait à la messe avec les autres. » Il exprimait bien le modèle sans alliage de ces anciens hobereaux que rien ne pouvait ni apprivoiser ni décrasser, et qui, sans la Révolution, laquelle roula cette race de granit d'un bout de l'Europe à l'autre bout sans la polir, seraient restés dans les fondrières de leur province, ne pensant même pas à aller au moins une fois à Versailles, et, après être montés dans les voitures du roi, à reprendre le coche et à revenir. Chasseur comme tous les gentilshommes terriens, chasseur enragé, quel que fût le poil de la bête ou la plume, il avait fallu cette fin du monde de la Révolution pour arracher Hylas de Fierdrap à ses bois et à ses marais. Gentilhomme avant tout, dès que les premières quenouilles eurent circulé dans le pays[15], il offrit à l'armée de Condé un volontaire qui savait porter gaillardement, pendant trente lieues de route, un fusil à deux coups sur la carrure de son épaule, et qui, des balles de son double canon, eût aussi bien coupé le bec à une bécassine qu'abattu un sanglier, en le frappant entre les deux yeux. Lorsque l'armée de Condé avait été licenciée et qu'il n'y eut plus rien dans la poire à poudre de ce dernier des *Chasseurs du Roi,* le baron de Fierdrap était passé en Angleterre, cette terre de l'excentricité, et c'est là qu'il avait contracté, disait-on, ces manières d'être qui le firent regarder, sur ses vieux jours, comme un original, par ceux qui l'avaient connu *ressemblant à tout le monde* dans sa jeunesse.

Le fait est que, comme le chat du bonhomme Misère, autre dicton normand, il ne ressemblait plus à personne[16]. Ayant perdu tout, ou à peu près, de sa fortune patrimoniale, il vivait comme il pouvait de quelques bribes, et de la maigre pension qu'octroya la Restauration aux pauvres chevaliers de Saint-Louis qui avaient suivi héroïquement la maison de Bourbon à l'étranger et partagé sa triste fortune. Il avait moins souffert que bien d'autres de cette vie dénuée. Ses besoins n'étaient pas nombreux. Il avait une santé de fer, que l'exercice et le grand air avaient rendue d'une solidité qui paraissait indestructible. Il habitait une petite maison, aux écarts du bourg voisin de Saint-Sauveur-le-Vicomte, sans domestique qu'une vieille femme qui allait parfois balayer son logis, et on ne dira pas « faire son lit », car il n'en avait pas, et il couchait dans un hamac qu'il avait rapporté d'Angleterre. Sobre comme un anachorète et presque ichthyophage, il se nourrissait de sa pêche, étant devenu, sur le tard de ses jours, un pêcheur aussi infatigable qu'il avait été un indomptable chasseur dans la première moitié de sa vie. Toutes les rivières du pays le connaissaient et le voyaient incessamment sur leurs bords, à dix lieues à la ronde, un paquet de longues lignes sur son épaule, et à la main un vase de fer-blanc, d'une forme allongée comme la boîte au lait des laitières, et dans lequel il mettait, sous une couche de terreau, les vers de jardin qu'il accrochait à ses hameçons. Il pêchait aussi à la *mouche,* cette chasse écossaise, cette chasse en marchant, dont il avait pris l'habitude en Écosse, et qui émerveillait les paysans du Cotentin, à qui cette pêche était, avant lui, inconnue, quand ils le voyaient courir sur la rive, en remontant ou en descendant les rivières, et figurer le vol de la mouche en maintenant toujours son hameçon à quelques pouces du fil de l'eau, avec un aplomb de main et de pied qui tenait vraiment du prodige.

Ce soir-là, comme presque tous les soirs, lorsqu'il se trouvait à Valognes et que ses pêches errantes ne l'entraînaient pas, il allait passer la soirée chez ces demoiselles de Touffedelys. Il y apportait sa boîte à thé et sa théière, et il y faisait son thé devant elles, ces pauvres primitives, à qui l'émigration n'avait pas donné de ces goûts étonnants comme « l'amour de ces petites feuilles roulées dans de l'eau chaude », qui ne valaient pas, disaient-elles d'une bouche pleine de sagesse, « *la liqueur verte* de la Chartreuse contre les indigestions ». Infatigables dans leur étonnement, elles retrouvaient à point nommé l'attention animale des êtres qui ne sont pas éducables, en regardant, chaque soir, de leurs yeux faïencés, grands ouverts comme des œils-de-bœuf, cet *original* de Fierdrap procédant à son infusion accoutumée, comme s'il s'était livré à quelque effrayante alchimie! L'abbé, cet abbé qui venait d'entrer comme un événement, et dont ces dames épiaient la parole, trop lente à tomber de ses lèvres, comme s'il eût voulu exaspérer leur curiosité excitée, l'abbé seul osait toucher au breuvage *hérétique* du baron de Fierdrap. Lui aussi, comme l'avait dit Mlle Ursule de Touffedelys, était allé en Angleterre. Pour des sédentaires de petite ville, pour des culs-de-jatte de la destinée, c'eût été comme d'aller à La Mecque, si de La Mecque elles avaient jamais entendu parler!... ce qui était plus que douteux. L'abbé, du reste, n'avait pour personne l'originalité caricaturesque de M. de Fierdrap, lequel était un personnage digne du pinceau d'Hogarth, par le physique et le costume. Le grand air, qui, comme on l'a dit, avait rendu le baron de Fierdrap invulnérable jusque dans le fin fond de sa charpente et de sa moelle, avait seulement teinté le marbre, qu'il avait durci, et, pour toute victoire et trace de son passage sur ce quartz impénétrable de chair et de peau qui n'avait jamais eu ni un rhume, ni un rhumatisme, avait laissé, comme une moquerie et une revanche pleine de gaieté, trois superbes engelures qui s'épanouissaient du nez aux deux joues du baron, comme le trèfle d'une belle giroflée en fleurs! Était-ce averti par cette chiquenaude taquine du grand air, qu'il bravait tous les jours, dans les brouillards de la Douve, soit sous les ponts de Carentan et partout où il y avait des dards et des tanches à récolter, que M. de Fierdrap portait sept habits, les uns sur les autres, et qu'il appelait ses *sept coquilles?* Personne n'était tenté de justifier ce nombre sacramentel et mystérieux [17]... Mais toujours est-il que, dans le salon de Mlles de Touffedelys, il gardait son spencer de reps gris doublé de peaux de taupe par-dessus son habit couleur de tabac d'Espagne, à la boutonnière duquel pendait, sous sa croix de Saint-Louis, un petit manchon de velours noir sans fourrure, dans lequel il aimait, en parlant, à plonger les mains, qu'il avait *gourdes* comme Michel Montaigne.

L'ami et le compagnon d'émigration du baron de Fierdrap, et que celui-ci regardait alors comme Morellet aurait regardé Voltaire, s'il l'eût tenu chez le baron d'Holbach dans une petite soirée intime, cet abbé, qui complétait les trois siècles et demi rassemblés dans ce coin, était bien un homme de la même race que le baron, mais il était bien évident qu'il le dominait, comme M. de Fierdrap dominait ces demoiselles de Touffedelys et la sœur de l'abbé elle-même [18]. De ce cercle, l'abbé était l'aigle, et d'ailleurs, dans tous les mondes, il en eût été un, quand même le cercle, au lieu de ce vieux héron de Fierdrap, de ces oies candides de Touffedelys et de cette espèce de cacatoës huppé qui travaillait à sa tapisserie, aurait été composé, en fait de femmes charmantes et d'hommes rares, de flamants roses et d'oiseaux de paradis [19]. L'abbé était une de ces belles inutilités comme Dieu, qui joue *le Roi s'amuse* [20] dans des proportions infinies, se plaît à en créer pour lui seul. C'était un de ces hommes qui passent, semant le rire, l'ironie, la pensée, dans une société qu'ils sont faits pour subjuguer, et qui croit les avoir compris et leur avoir payé leurs gages, en disant d'eux : « L'abbé un tel, monsieur un tel, vous en souvenez-vous? était un homme d'un diable d'esprit. » A côté de ceux dont on parle ainsi, cependant, il y a des illustrations et des gloires achetées avec la moitié de leurs facultés! Mais eux, l'oubli doit les dévorer, et l'obscurité de leur mort parachève l'obscurité de leur vie, si Dieu (toujours *le Roi s'amuse!*) ne jetait parfois un enfant entre leurs genoux, une tête aux cheveux bouclés sur laquelle ils posent un instant la main, et qui, devenu plus tard Goldsmith ou Fielding, se souviendra d'eux dans quelque roman de génie et paraîtra créer ce qu'elle aura simplement copié, en se ressouvenant [21] !

Cet abbé, qu'on ne nommerait pas si, à cette heure, sa famille, dont il était le dernier rejeton, n'était éteinte, du moins en France [22], portait le nom de ces Percy normands dont la branche cadette a donné à l'Angleterre ses Northumberland et cet Hotspur, auquel il venait de faire allusion, l'Ajax des chroniques de Shakespeare [23]. Quoiqu'il n'eût rien dans sa personne qui rappelât son héroïque et romanesque parentage, quoiqu'on sentît surtout en lui les amollissantes influences et les égoïstes raffinements de la société du XVIIIe siècle, dans laquelle, jeune, il avait vécu, cependant, l'empreinte ineffaçable d'un commandement exercé par tant de générations se reconnaissait par la manière dont l'abbé de Percy portait sa tête, plus irrégulière que celle de M. de Fierdrap, mais d'une tout autre physionomie. L'abbé, moins laid que sa sœur, laide comme le péché quand il est scandaleux, était laid, lui, comme le péché quand il est plaisant. Le croira-t-on? cet abbé recouvrait le plus drôle d'esprit de manières presque majestueuses. C'était là le signe par lequel il étonnait et charmait toujours. La gaieté qui a de la grâce a rarement de la dignité et elle semble l'exclure. Mais chez l'abbé de Percy, cette gaieté à la Beaumarchais, cette gaieté d'oncle commendataire d'Almaviva qui aurait battu ce polisson de Figaro dans l'intrigue et dans la repartie, cette verve inouïe, partant d'un grand seigneur, qui ne cessait pas un seul instant de rayonner dans sa personne, causait un plaisir d'autant plus vif par le contraste et faisait de lui une de ces raretés qu'on ne rencontre pas deux fois. Hélas! au point de vue des ambitions positives de la vie, cet esprit ravissant ne lui avait servi à rien. Au contraire, il lui avait nui, comme son blason.

Victime de la Révolution autant que son ami M. de Fierdrap; victime d'une thèse grecque en Sorbonne, qu'il avait mieux soutenue que son autre ami, M. d'Hermopolis, lequel s'en était souvenu quand il avait été ministre (les haines de clerc à clerc sont les bonnes[24]); victime enfin de son esprit trop animé et trop charmant pour être assez sacerdotal, l'abbé de Percy avait manqué sa fortune ecclésiastique et toutes ses fortunes, et n'avait pu, malgré le crédit de son cousin, le duc de Northumberland, qui représentait l'Angleterre au sacre du roi Charles X, parvenir à autre chose, pour les jours de sa vieillesse, qu'à un simple canonicat de Saint-Denis de second degré, avec dispense de résider au Chapitre[25]. Au déclin de l'âge, la Normandie lui était repassée dans le souvenir, parée du charme des jours évanouis, et lui, qui s'était mêlé aux plus hautes sociétés de France et d'Angleterre et qui avait joué sa partie d'homme d'esprit avec les plus grands et les plus brillants esprits qui eussent jouté en Europe depuis quarante ans, il était revenu vivre parmi les bonnes judiciaires du Cotentin, claquemuré dans une petite maison ornée avec goût et qu'il appelait son *hermitage.* Il n'en sortait que pour aller passer des huitaines chez tous les châtelains des alentours.

C'était un grand dîneur. Mais sa naissance, son formidable esprit, ses manières excluaient toute idée de parasitisme dans ce modeste piéton qu'on rencontrait, comme le baron de Fierdrap, non pas au bord de toutes les rivières, mais sur toutes les routes, allant faire quelque pèlerinage à la Notre-Dame de la cuisine des châteaux les plus renommés par leur hospitalité et par leur bonne chère.

Ces dîners, qu'il avait toujours aimés, avaient foncé la teinte d'écrevisse cuite de son visage, et justifiaient ce qu'il disait de cette éclatante couleur rouge, allumée par le Porto de l'émigration et le Bourgogne de la patrie retrouvée : « Il est probable que voilà la seule pourpre que j'aurai jamais à porter ! »

Le front, le nez, qu'il avait busqué et immense, un nez de grande maison, les joues, le menton, tout était de cette magnifique teinte *cardinalice*, qui ne contrastait dans ce visage, fiévreusement taillé à l'ébauchoir, mais saisissant d'expression, qu'avec le bleu des yeux, un bleu fantastique, perlé, scintillant, acéré; un bleu qu'on n'avait vu étinceler nulle part, sous les sourcils de personne, et auquel un peintre de génie, qui ne l'aurait pas vu, croirait seul.

Les yeux de l'abbé de Percy n'étaient pas des yeux : c'étaient deux petits trous ronds, sans sourcils, sans paupière, et la prunelle de ce bleu, impatientant à regarder (tant il était vif !), était si disproportionnée et si large, que ce n'était pas l'orbe de la prunelle qui tournait sur le blanc de l'œil, mais la lumière qui faisait une perpétuelle et rapide rotation sur les facettes de saphir de ces yeux de lynx... Les verra-t-on d'ici, ces yeux-là?... Mais quand on les avait vus en réalité, on ne pouvait plus les oublier. Ce soir-là, ils pétillaient, semblait-il, encore plus qu'à l'ordinaire en regardant les curieuses que l'abbé, toujours debout, affolait par l'affectation de son silence. Au lieu de répondre aux questions haletantes de Mlles de Touffedelys, il passait, selon son usage, sa langue de gourmet sur ses lèvres épaisses et juteuses, comme s'il y avait cherché des saveurs perdues. Il venait de dîner en ville et il avait sa tenue solennelle et officielle de tous les soirs. Il portait un habit noir carré, une cravate blanche, sans rabat, ni manteau, ni calotte. Ses longs cheveux, fins et blancs comme le duvet d'un cygne, roulés et gonflés avec une coquetterie qui rappelait celle de Talleyrand, — de Talleyrand que, par parenthèse, il abhorrait moins pour toutes ses autres apostasies que pour avoir signé la *Constitution civile du Clergé*, — ses cheveux poudrés et floconneux tombaient richement sur le col de son habit noir, et poudraient, à leur tour, de leur iris parfumé, le large ruban violet liséré de blanc, qui suspendait à son cou sa grande croix émaillée de Chanoine Royal. Campé solidement sur ses jambes en bas de soie, assez bien tournées, mais de deux galbes différents, et dont il appelait l'une *Apollon* et l'autre *Hercule*, avec une fidélité à la mythologie qui avait été l'une des religions de sa jeunesse, il aspirait longuement sa prise de tabac.

« Eh bien, l'abbé, as-tu juré de faire damner ces dames? — lui dit le baron, qui s'attendait à une plaisanterie. — Et nous diras-tu enfin quel revenant tu as vu, en passant tout à l'heure sur la place?

— Ris tant que tu voudras, Fierdrap, — reprit l'abbé imperturbable, — mais ceci est sérieux! Le revenant que j'ai vu était de chair et d'os... comme toi et moi, mais il n'en était que plus épouvantable... C'était... le chevalier des Touches [26] !...

II

HÉLÈNE ET PÂRIS

— Le chevalier des Touches! — s'écrièrent les deux demoiselles de Touffedelys, avec un accord si parfait d'intonation qu'on aurait dit qu'elles n'avaient qu'une voix à elles deux.

— Le chevalier des Touches! — fit M. de Fierdrap à son tour, en décroisant ses jambes comme un homme surpris. — Ma foi! si tu l'as vu, l'abbé, c'est un revenant vrai, celui-là! et qui n'a rien de commun avec nous, qui ne sommes que des émigrés revenus...

— Sans revenus! — interrompit gaiement l'abbé, jouant sur le mot.

— Seulement, tu vas me forcer — continua le baron — à partager les idées de Mlle Sainte sur les fantômes; car ce des Touches, le chevalier des Touches de Langotière [27], qu'à Londres, après son enlèvement par les *Douze*, nous appelions en plaisantant la *Belle Hélène*, est mort parfaitement, quelques années plus tard, des suites d'un coup d'épée dans le foie, à Édimbourg.

— Je le croyais comme toi, Fierdrap; mais il

faut décompter, — répondit l'abbé de Percy, qui regardait circulairement ces trois dames, figées par ce nom de des Touches, l'un des héros de leur jeunesse. — Oui ! je croyais qu'il était mort... Eh ! qui ne l'aurait cru, depuis tant d'années que le silence avait succédé au bruit de son enlèvement et de son duel? Mais, que veux-tu? je n'ai pas la berlue, et je viens de le voir sur la place des Capucins, et même de l'entendre; car il m'a parlé !

— Pourquoi donc, en ce cas, ne l'as-tu pas amené avec toi, l'abbé? — dit en riant l'incorrigible baron de Fierdrap, qui s'obstinait à penser que son ami Percy jouait la comédie pour épouvanter Mlle Sainte. — Nous lui aurions offert une tasse de thé comme à un ancien compagnon d'infortune et nous nous serions régalés de son histoire, qui doit être curieuse, si c'est l'histoire d'un ressuscité?

— Curieuse et triste, à en juger par ce que j'ai vu, — dit l'abbé, qui ne se laissait pas entamer par le ton narquois de son ami le baron, — mais en attendant qu'il te la raconte lui-même, fais-moi donc, mon cher, le plaisir d'écouter la mienne ! »

Mlles de Touffedelys étaient plus que jamais suspendues aux lèvres de l'abbé, et Mlle de Percy avait laissé tomber sa tapisserie sur ses genoux et continuait de fixer son frère avec une attention concentrée.

« J'ai dîné aujourd'hui, — dit l'abbé, toujours debout, — chez notre vieil ami de Vaucelles avec Sortôville et le chevalier du Rifus, lesquels, après le dîner, se sont campés, selon leur usage des vendredis, à leur whist de fondation, et même ont voulu me garder, moitié pour épargner à du Rifus l'ennui de faire le *mort*, qu'il fait très mal avec ses distractions perpétuelles, et moitié pour moi, à cause de la pluie. Mais comme mon bougran ne craint pas plus l'eau que les plumes d'une sarcelle, ils ont chanté tout ce qu'ils ont voulu et je m'en suis allé malgré le temps, un temps à ne pas mettre un chien dehors, comme on dit. Or, de la rue de Poterie à la rue Siquet, je n'ai rencontré âme qui vive, si ce n'est pourtant le perruquier Chélus, ce maître ivrogne, qui marchait en dessinant des tire-bouchons sous la pluie et qui m'a grasseyé, en passant, le bonsoir, d'une voix barbouillée. Mais, au sortir de la rue Siquet et quand j'ai tourné le coin de la place, ramassé sous mon parapluie pour éviter le vent qui me fouettait l'averse au nez, j'ai tout à coup senti une main qui m'a saisi le bras avec violence, et je t'assure, Fierdrap, que cette main-là avait quelque chose de très corporel, et j'ai vu, à deux pouces de ma figure et dans le rayon de ma lanterne, car presque tous les réverbères de la place étaient éteints, un visage... est-ce croyable? sur mon âme, plus laid que le mien! un visage dévasté, barbu, blanchi, aux yeux étincelants et hagards, lequel m'a crié d'une voix rauque et amère : « *Je suis le chevalier des Touches; n'est-ce pas, que ce sont des ingrats?* »

— Mère de douleur! s'écria Mlle Sainte, devenue blême. — Êtes-vous bien sûr qu'il était vivant?...

— Sûr, — répondit l'abbé, — comme je suis sûr que vous vivez, Mademoiselle! Voyez plutôt! — ajouta-t-il, en relevant la manche de son habit, — j'ai encore au poignet la marque de cette main frénétique et brûlante, qui m'a lâché après m'avoir étreint! Oui! c'était notre *belle Hélène*, Fierdrap! mais dans quel état de changement, de vieillesse, de démence! C'était le chevalier des Touches, comme il le disait! Je l'ai bien reconnu à travers les haillons du temps et de la misère! J'allais lui parler, l'interroger... quand, d'un souffle, il a éteint la lanterne à la lueur de laquelle je le regardais, saisi d'un étonnement douloureux, et il a comme fondu dans la pluie, la rafale et l'obscurité.

— Et alors?... — dit M. de Fierdrap, devenu pensif.

— Mais cela était tout! — fit l'abbé; et il s'assit dans le fauteuil qui lui tendait les bras. — Je n'ai plus rien vu, rien entendu, et je m'en suis venu jusqu'ici dans une espèce d'horreur de cette apparition étrange. Je ne me rappelle pas avoir éprouvé rien de pareil depuis le jour où, en Sorbonne, je fis la gageure d'aller tranquillement planter un clou, à minuit, sur la tombe d'un de nos confrères, enterré la veille, et qu'en me relevant de cette tombe, où je m'étais agenouillé pour mieux enfoncer mon clou, je me sentis pris par ma soutane...

— Jésus! — firent les deux Touffedelys, par le même procédé de voix et d'émotion jumelles.

— C'était toi qui l'avais clouée! — dit le baron de Fierdrap. — Je connais l'histoire! Si ton revenant de ce soir ressemble à l'autre...

— Fierdrap, tu plaisantes trop maintenant! — dit le majestueux chanoine, avec un ton qui rendit toute autre plaisanterie impossible.

— Ah! si tu le prends ainsi, l'abbé, je deviens sérieux comme un chat qui boit du vinaigre... et du vinaigre versé par toi! Mais, voyons! raisonnons, tâchons de voir clair, malgré ta lanterne soufflée... Pourquoi des Touches serait-il à Valognes, par cette nuit, sous cette apparence misérable?...

— Il doit être fou..., — dit froidement M. de Percy, parlant sa pensée comme s'il avait été seul. — Il est certain qu'il m'a produit l'effet d'un insensé, échappé de quelque hôpital... Il était affreux!

— *Ils* ont une manière — dit profondément M. de Fierdrap — de récompenser les services, qui pourrait bien faire devenir fous leurs serviteurs.

— Oui, — dit l'abbé, suivant la pensée de son ami. — Nous sommes entre nous, et nous les aimons assez pour pouvoir nous en plaindre. Ils ressemblent aux Stuarts, et ils finiront comme eux! Ils en ont la légèreté de cœur et l'ingratitude. Quand le malheureux que je viens de voir m'a parlé *d'ingrats*, il n'avait pas besoin de *les* nommer. Je l'avais reconnu et je le comprenais [28] ! »

Ici, il y eut un moment de silence. Ces demoiselles de Touffedelys ne soufflaient mot d'émotion et de stupéfaction, ou peut-être d'absence de pensée. Mais le royalisme de Mlle de Percy, qui avait, disait-elle, *la religion de la royauté,* jeta un cri qui fut comme une protestation contre les dures paroles de l'abbé :

« Ah ! mon frère ! — dit-elle, avec un accent de reproche.

— Royaliste *quand même!* héroïne *quand même!* C'est bien vous, ma sœur ! — dit l'abbé, en tournant sa tête blanche vers elle. — Vous portez donc toujours vos caleçons de velours rayé et vos grosses bottes de gendarme et vous montez toujours à califourchon votre pouliche pour la maison de Bourbon?... »

Mlle de Percy avait été une des amazones de la Chouannerie. Elle avait plus d'une fois, sous des vêtements d'homme, servi d'officier d'ordonnance ou de courrier aux différents chefs qui avaient insurgé le Maine et voulu armer le Cotentin. Espèce de chevalier d'Éon, mais qui n'avait rien d'apocryphe, elle avait, disait-on, fait le coup de feu du buisson avec une intrépidité qui eût été l'honneur d'un homme. Bien loin que sa beauté ou la délicatesse de ses formes pût jamais révéler son sexe, sa laideur avait pu même quelquefois effrayer l'ennemi [29] !

« Je ne suis plus qu'une vieille fille inutile maintenant, — dit-elle en répondant avec une mélancolie qui n'était pas sans grâce à la plaisanterie de son frère, — et je n'ai pas même un pauvre petit bout de neveu dans les Pages à qui je puisse léguer la carabine de sa tante; mais je mourrai comme j'ai vécu, fidèle à nos maîtres et ne pouvant rien entendre contre eux!

— Tu vaux mieux qu'eux et que nous, Percy! » dit l'abbé, qui admirait ce dévouement, mais qui ne le partageait *plus.* Il appelait toujours sa sœur par son nom de Percy, comme si elle avait été un homme, et il y avait dans cette habitude de langage un hommage de respect que méritait cette vieille lionne de sœur!

L'éloge de l'abbé fut comme un boute-selle pour l'amazone de la Chouannerie... L'agitation n'était jamais bien loin, d'ailleurs, de cette nature sanguine, perpétuellement ivre d'activité sans but, depuis que les guerres étaient finies. Elle repoussa impétueusement sur le guéridon, qui supportait la lampe, le canevas de cette tapisserie dans laquelle elle clouait les impatiences de son âme, depuis qu'elle ne clouait plus les hérons et les butors, tués par elle à la chasse, sur la grande porte des manoirs; et, se levant bruyamment de sa bergère, elle se mit à marcher dans le salon, malgré ses gouttes, l'œil enflammé et les mains derrière le dos, comme un homme :

« Le chevalier des Touches à Valognes! — dit-elle, comme se parlant à elle-même bien plus qu'à ceux qui étaient là. — Et, par la mort-Dieu! pourquoi pas? — ajouta-t-elle; car elle avait rapporté des vieilles guerres au clair de lune des jurons et des mots énergiques qu'elle ne disait pas d'ordinaire, mais qui revenaient à ses lèvres, quand quelque passion la reprenait, comme des oiseaux sauvages et effrontés reviennent à quelque ancien perchoir abandonné depuis longtemps. — Après tout, ce n'est pas impossible! Un homme qui a fait la guerre des Chouans, et qui n'y est pas resté, a la vie dure. Au lieu de débarquer à Granville, il aura pris terre à Portbail ou au havre de Carteret, et il aura passé par Valognes pour retourner dans son pays; car il est, je crois, du côté d'Avranches [30]. Mais, mon frère, — continua-t-elle en s'arrêtant devant lui comme si elle avait été encore dans ces grosses bottes dont il venait de lui parler, et qu'elle eût eu sur la tête, au lieu de son baril de soie orange et violet, le tricorne qu'elle avait porté dans sa jeunesse sur ses cheveux en catogan; — mais, mon frère, si vous êtes sûr que ce fût lui, le chevalier des Touches, pourquoi l'avoir laissé vous quitter si vite et ne pas l'avoir contraint, du moins, à vous parler?

— Suivi! parlé! — répondit gaiement l'abbé au ton sérieux et passionné de Mlle de Percy. — Mais on ne suit pas un coup de vent quand il passe, et on ne parle pas à un homme qui, comme un farfadet, pst! pst! est déjà bien loin quand on commence à le reconnaître, et tout cela par le temps qu'il fait, mademoiselle ma sœur!

— Oh! vous avez toujours été un peu damoiseau, l'abbé! — reprit ce singulier gendarme en cottes bouffantes, qui n'avait, *lui*, jamais été une demoiselle. — Moi j'aurais suivi le chevalier! Pauvre chevalier! — continua-t-elle en marchant toujours, — il ne se doute guère que vous autres, les Touffedelys, vous n'avez plus votre château de Touffedelys, notre ancien quartier général, et que vous êtes devenues des dames de Valognes chez qui *un* de ses sauveurs est maintenant réduit à venir faire de la tapisserie tous les soirs!

— Que dites-vous donc là, mademoiselle de Percy?... — fit le baron de Fierdrap, retirant son nez littéralement enseveli au fond de la boîte de fer-blanc dans laquelle il enfermait son *Tea-Pocket*, comme il l'appelait; et il le tourna, ce nez frémissant et curieux, vers Mlle de Percy, qui marchait toujours d'une encoignure à l'autre du salon, avec le va-et-vient de quelque formidable pendule en vibration.

— Ah! bien oui! tu ne sais pas cela, toi Fierdrap! — reprit l'abbé; — mais ma sœur, que tu vois là, dans la splendeur de tous ses falbalas, est un des sauveurs de des Touches, ni plus ni moins, mon cher! Elle a fait partie, pendant que nous chassions le renard en Angleterre, de la fameuse expédition des *Douze*, qui nous parut si incroyablement héroïque, quand Sainte-Suzanne nous la raconta, un soir, chez mon cousin, le duc de Northumberland. Te le rappelles-tu?... Sainte-Suzanne ne nous dit pas que ma sœur fut un de ces braves. Il ne le savait pas, et je ne l'ai su, moi, que depuis mon retour de l'émigration. Elle avait si bien caché son sexe, ou ces messieurs furent si discrets, qu'elle fut prise pour un de ces gentilshommes qui ne se connaissaient pas tous les uns les autres, mais qui s'appelaient également tous, les uns pour les autres : « Cocarde blanche ! » Aurais-je jamais cru que l'un des *Pâris* de notre *belle Hélène* fût... ma sœur?...

— Vraiment ! — dit M. de Fierdrap, qui ne prit pas garde au geste comique et théâtral de l'abbé de Percy en disant ces dernières paroles. Les yeux gris-fauve du baron se mirent à jeter des étincelles, comme la pierre à fusil, dont ils avaient la nuance, quand elle tombe dans le bassinet. — Vraiment, — répéta-t-il, — Mademoiselle, vous faisiez partie de la fameuse expédition des *Douze?* Alors permettez-moi de baiser votre vaillante main, car, sur ma parole de gentilhomme, voilà ce que je ne savais pas! »

Et il se leva, alla rejoindre au beau milieu du salon Mlle de Percy, qu'il prit par la main, une main un peu forte et si virginale que la vieillesse ne l'avait pas blanchie, et il la lui baisa avec un sentiment si chevaleresque qu'il en aurait été tout idéalisé aux yeux d'un poète, cet antique pêcheur à la ligne, avec sa mise hétéroclite et son nez jaspé !

Elle la lui avait donnée, comme une reine, et quand il eut fait retentir son hommage, un hommage militaire, car le baiser du vieil enthousiaste fit presque le bruit d'un coup de pistolet, ils s'adressèrent mutuellement une de ces solennelles révérences comme la tradition nous rapporte qu'on en faisait une avant de danser le menuet.

« Ma sœur de Percy, — dit l'abbé, — puisque l'apparition de des Touches, dont nous aurons sans doute des nouvelles demain, nous fait tisonner dans son histoire, au coin du feu, ici ce soir, pourquoi ne la raconteriez-vous pas à Fierdrap, qui ne l'a jamais sue que *de bric et de broc,* comme nous disons en Normandie, par la très bonne raison qu'il ne l'a jamais entendue que dans les versions infidèles et changeantes de l'émigration?

— Je le veux bien, mon frère, — dit Mlle de Percy, qui rougit de plaisir à la demande de l'abbé, si cela pouvait s'appeler rougir que de passer de la nuance qu'elle avait à une nuance plus foncée. — Mais il est neuf heures sonnées à la pendule et Mlle Aimée va bientôt venir; c'est son heure. Or, voilà l'embarras : comment raconter devant elle l'enlèvement de des Touches où périt son fiancé d'une manière si fatale? Elle a beau être sourde et préoccupée, la malheureuse fille! il y a des jours où le rideau tendu par la douleur entre elle et le monde est moins épais et laisse passer les bruits et la parole et c'est peut-être un de ces jours-là qu'aujourd'hui!

— Si l'air est très fin, — dit Mlle Ursule de Touffedelys qui faisait la médecine des pauvres, et qui avait des explications à elle pour expliquer une irrégularité organique à laquelle les médecins ne comprenaient rien, — si l'air est très fin, vous pouvez être bien tranquille, elle n'entendra pas une syllabe de tout ce que vous nous direz!

— Et il est très fin, — dit l'abbé, en passant

ses mains le long de ses jambes, — car je sens une vraie tempête de vents coulis sur mes bas de soie. Quand donc ferez-vous descendre votre paravent dans le salon, Mesdemoiselles?

— Eh bien, — dit le baron de Fierdrap, suivant son idée, — ne commençons que quand elle sera venue, afin de n'avoir pas à nous interrompre... » Et, précisément, la pendule se mit à marquer le quart après neuf heures avec un bruit sec...

Cette pendule était un Bacchus d'or moulu, vêtu de sa peau de tigre, qui, debout, tenait sur son genou divin, ni plus ni moins qu'un simple tonnelier de la terre, un tonneau dont le fond était le cadran où l'on voyait les heures, et dont le balancier figurait une grappe de raisin picorée d'abeilles. Sur le socle enguirlandé de pampres et de lierres, à trois pas du dieu aux courts cheveux bouclés, il y avait un thyrse renversé, une amphore et une coupe... Drôle de pendule chez de vieilles filles, qui ne buvaient guère que du lait et de l'eau, et se souciaient moins que l'abbé de mythologie!

Or, presque au même instant, la sonnette de la porte répondit au *tac* de la pendule en tintant avec son bruit aigrelet au fond du corridor qui conduisait à la rue :

« La voici! Nous n'avons pas eu longtemps à attendre », ajouta le baron.

Et celle qu'ils nommaient *mademoiselle* Aimée, et qui allait décider de leur soirée, ouvrit la porte sans qu'on l'annonçât, et entra.

III

UNE JEUNE VIEILLE AU MILIEU DE VÉRITABLES VIEILLARDS

« C'est vous, Aimée! — crièrent du plus haut de leurs gosiers les deux Touffedelys, qui, dans leurs bergères capitonnées, ressemblaient à ces monstres à répétition que l'on plaçait autrefois sur un coussinet de soie piqué, aux deux côtés de la glace de la cheminée, et qui auraient sonné l'heure en même temps. — Mon Dieu! n'êtes-vous pas *traversée*, ma chère?... » reprirent-elles d'une seule haleine, toujours confondant leurs sonneries, virant toutes deux autour de Mlle Aimée, tenant leurs écrans et remuées d'un esprit de maîtresse de maison qui semblait, à leurs agitations, souffler en elles comme un Borée.

Du reste, tout le petit cercle s'était levé d'un mouvement unanime, comme s'il eût cédé à la pression du même ressort. C'était le ressort fort et doux de la sympathie, un acier bien fin qui ne s'était pas rouillé dans tous ces vieux cœurs.

« Ne vous dérangez donc pas! — fit une voix fraîche du fond de la cape rabattue d'un mantelet; car la nouvelle arrivée était entrée dans le salon comme elle était venue, n'ayant laissé dans le corridor que ses patins. Elle répondait plus aux mouvements qu'aux paroles de ses amies. — Je ne suis pas mouillée, — ajouta-t-elle, — je suis venue si vite et le couvent est si près! »

Et, pour prouver ce qu'elle disait, elle pencha, dans le jour ambré de la lampe, son épaule, où quelques gouttes d'eau perlaient sur la soie de son mantelet. Le mantelet était d'un violet sombre, l'épaule était ronde, et les gouttes d'eau tremblaient bien, à cette lueur de lampe, sur cette rondeur soyeuse. On eût dit une grosse touffe de scabieuses où fussent tombés les pleurs du soir.

« Ce n'est que les gouttes du *larmier*, — fit judicieusement la grande observatrice, Mlle Sainte.

— Aimée, vous êtes une imprudente, ma *Délicate-et-Blonde!* — se mit à rugir Mlle de Percy, jouant de sa basse-taille aux oreilles de Mlle Aimée. (C'était un essai : l'entendrait-elle?) La sœur de l'abbé tenait beaucoup à raconter son histoire au baron de Fierdrap, et elle la croyait compromise... — Vous vous êtes exposée — continua-t-elle — à vous rendre malade; car, en venant, si vous n'avez pas eu la pluie, vous avez eu le vent, mon amour! »

Mais, pour toute réponse à cette tonnante observation, machiavéliquement bienveillante, la *Délicate-et-Blonde* avait détaché l'améthyste qui agrafait son mantelet autour de son cou, et, des plis de ce *dessus* reployé, sortit une grande personne, blonde, il est vrai, mais plus forte que délicate. Quand elle se retourna après avoir jeté languissamment son mantelet au dos d'une chaise, et qu'elle vit Mlle de Percy, rouge comme un homard dans son court-bouillon, et qui de sa main faisait un cornet :

« Pardon, — dit-elle, — Mademoiselle, car je crois que vous me parliez; mais, ce soir, je suis... »

Dans sa touchante pudeur d'infirme, elle n'osa dire le mot qui exprimait son infirmité. Mais, montrant, d'un geste, son oreille et son front :

« *Madame est dans sa tour*, au plus haut de sa tour, — dit-elle en souriant, — et je crains bien que, ce soir, elle n'en puisse descendre! »

Mot poétique et enfantin qu'elle avait trouvé et qu'elle répétait les jours où sa surdité était complète. Elle avait une manière de les prononcer, qui faisait de ces mots : « *Madame est dans sa tour* », tout un poème de mélancolie!

« Ce qui veut dire qu'elle est sourde comme un pot, — risqua l'abbé d'un ton sarcastique et cynique. — Tu auras ton histoire, Fierdrap! et ma sœur ne sera pas obligée d'avaler sa langue comme les sauvages... ce qui doit être un rude supplice, même pour les héroïnes de votre force, mademoiselle de Percy! »

Pendant qu'il parlait, la cadette des Touffedelys avait pris par ses coudes, nus au-dessus de ses longues mitaines, Mlle Aimée, et l'avait doucement poussée dans sa bergère, tandis que Mlle Ursule, approchant un carreau, avait posé aimablement dessus les pieds de cette fille, qui semblait si bien porter ce nom d'Aimée qu'ils lui donnaient tous, sans y ajouter d'autre nom.

« Mais vous voulez donc que je m'en retourne, mes trop aimables?... — fit celle-ci, en prenant sur ses pieds les mains de Mlle Ursule et en les gardant dans les siennes. — Vous voilà tous debout! Vous voilà tous en l'air parce que j'arrive! Est-ce là me traiter en voisine et en amie?... Sont-ce là nos conventions? Vous m'avez autorisée à venir sans cérémonie, en douillette et en pantoufles, travailler près de vous chaque soir; car voici le mois où je ne puis rester chez moi toute seule, quand la nuit est tombée... »

Elle dit cela comme si l'on avait su ce qu'elle voulait dire; et, de fait, les deux Touffedelys s'inclinèrent d'adhésion, comme ces magots chinois qui baissent la tête ou tirent la langue quand on les met en branle et qu'on les approche... Seulement, elles s'arrêtèrent au premier de ces deux mouvements.

« Vraiment, je regretterai d'être venue — continua-t-elle — si je vois que je vous dérange, que j'interromps ce que vous disiez... Avec une fille d'aussi peu de ressource que moi dans la causerie, il faut toujours, mes chères amies, faire comme si je n'y étais pas! »

Mais il semblait précisément que ce ne fût pas si facile de faire ce qu'elle disait là d'une voix légère et résignée [31]! Ni dans cette partie indifférente du monde qui s'appelle le *grand* ou le *beau monde,* ni dans le petit monde de l'intimité, ni nulle part enfin dans la vie, cette femme, cette sourde, cette Aimée ne pouvait passer inaperçue. Et, bien loin qu'on pût faire jamais, quand elle était là, *comme si elle n'y était pas*, on sentait, tant elle était charmante ! que même là où elle n'était plus, elle semblait être encore et rester toujours !

Oui ! elle était charmante, quoique, hélas ! aussi sans jeunesse. Mais parmi tous ces vieillards plus ou moins chenus, sur ce fond de chevelures blanchies étagées autour d'elle, elle ressortait bien et elle se détachait comme une étoile d'or pâli sur un glacis d'argent, qui en aurait relevé l'or. De belle qu'elle avait été, elle n'était plus que charmante ; car elle avait été d'une beauté célèbre dans sa province et même à Paris, quand elle y venait avec son oncle, le colonel Walter de Spens, vers 18..., et quand elle accaparait, en se montrant au bord d'une loge, toutes les lorgnettes d'une salle de spectacle. Aimée-Isabelle de Spens, de l'illustre famille écossaise de ce nom, qui portait dans son écu le lion rampant du grand Macduff [32], était le dernier rejeton de cette race antique, venue en France sous Louis XI et dont les divers membres s'étaient établis, les uns en Guyenne et les autres en Normandie [33]. Sortie des anciens comtes de Fife, cette branche de Spens qui, pour se distinguer des autres branches, ajoutait à son nom et à ses armes le nom et les armes de Lathallan, s'éteignait en la personne de la comtesse Aimée-Isabelle, qu'on appelait si simplement *mademoiselle Aimée* dans le salon des Touffedelys, et devait mourir sous les bandeaux blancs et noirs de la virginité et du veuvage, ces doubles bandelettes des grandes victimes! Aimée de Spens avait perdu son fiancé au moment où, devenue pauvre par le fait de la spoliation révolutionnaire, elle cousait elle-même sa modeste robe de noces de ses mains féodales; et même on ajoutait tout bas qu'elle avait fait de cette robe inachevée et inutile le suaire de son malheureux fiancé... Depuis ce temps-là, et il y avait longtemps, le monde intime au sein duquel elle vivait l'appelait souvent la Vierge-Veuve, et ce nom exprimait bien, dans ses deux nuances, sa destinée. Comme il faut avoir vu les choses pour les peindre ressemblantes, le groupe de vieillards qui l'entourait et qui l'avait vue en pleine jeunesse, donnera peut-être en parlant d'elle, dans cette histoire, une idée de sa beauté passée; mais il paraît que cette beauté avait été surnaturelle.

Lorsque le vent de la poésie romantique soufflait dans la tête classique de l'abbé de Percy, qui était poète, mais qui tournait ses vers au *tour en l'air* de Jacques Delille, il disait, sans trop croire tomber dans le galimatias moderne :

Ce fut longtemps l'Astre du jour;
Mais c'est l'Astre des nuits encore!

Et, quelle que fût la valeur métaphorique de ces deux vers, ils ne manquaient pas de justesse. En effet, Aimée, la belle Aimée, était une puissance métamorphosée, mais non détruite. Tout ce qui avait été splendide en elle autrefois, tout ce qui foudroyait les yeux et les cœurs, était devenu, à son déclin, doux, touchant, désarmé, mais suavement invincible. Sidérale d'éclat, sa beauté, en mûrissant, s'était amortie. Comme les rayons de la lune, elle s'était veloutée...

L'abbé disait d'elle encore ce joli mot à la Fontenelle, pour exprimer le charme attachant de sa personne : « Autrefois, elle faisait des victimes : à présent, elle ne fait plus que des captifs. » Le foisonnant buisson de roses s'était éclairci, les fleurs avaient pâli et se dépouillaient, mais en se dépouillant, le parfum de tant de roses ne s'était pas évaporé. Elle était donc toujours *Aimée*... L'outremer de ses longs yeux de « fille des flots », qui distinguait comme un signe de race, cette descendante des anciens *rois de la mer*, ainsi que les Chroniques désignent les Normands, nos ancêtres, n'avait plus, il est vrai, la radieuse pureté de ce regard de Fée, ondé de bleu et de vert, comme les pierres marines et comme les étoiles, et où semblaient chanter, car les couleurs *chantent* au regard, la Sérénité et l'Espérance ! Mais la profondeur d'un sentiment blessé, qui teignait tout de noir dans l'âme d'Aimée, y versait une ombre sublime. Le gris et l'orangé, ces deux couleurs du soir, y descendaient et y jetaient je ne sais quels voiles comme il y en a sur les lacs de saphir de l'Écosse, sa primitive patrie. Moins heureuses que les montagnes, qui ne connaissent pas leur bonheur et qui retiennent longtemps à leurs sommets les feux du soleil couchant et les caresses de la lumière, les femmes, elles, s'éteignent par la cime. Des deux blonds différents qui avaient, pendant tant d'années, joué et lutté dans les ondes d'une chevelure « du poids de sa dot de comtesse », disait orgueilleusement le père d'Aimée de Spens avant sa ruine, le blond mat et morne l'emportait maintenant sur le blond étincelant et joyeux qui avait jadis poudré son front, si mollement rosé, de l'or agaçant de ses paillettes; et c'est ainsi que, comme toujours, le feu, une fois de plus, mourait sous la cendre! Si Mlle Aimée avait été brune, pas de doute que déjà, sur ces nobles tempes qu'elle aimait à découvrir, quoique ce ne fût pas la mode alors comme aujourd'hui, on eût pu voir germer ces *premières fleurs du cimetière,* comme on dit des premiers cheveux blancs que le temps, dans de cruels essais, nous attache au front brin à brin, en attendant que le diadème mortuaire qu'il tresse à nos têtes condamnées soit achevé! Mais Mlle Aimée était blonde. Les cheveux blancs des blondes sont des cheveux bruns, qui, peu à peu, viennent tacher, comme de terre, leurs boucles brillantes, dédorées. Ces terribles taches, Aimée les avait à la racine de ses cheveux relevés, et l'âge de cette jeune vieille n'était pas seulement écrit dans ces sinistres meurtrissures...

Il l'était ailleurs. Il l'était partout. A la clarté de la lampe qui frappait obliquement sa joue, il était aisé d'apercevoir les ombres mystérieuses et fatales qui ne tenaient pas au jeu de la lumière, mais à la triste action de la vie, et qui commençaient à tomber dans les méplats de son visage comme elles étaient déjà tombées dans le bleu de mer de ses yeux. La robe de soie gris de fer qu'elle portait et les longues mitaines noires qui montaient jusqu'à la saignée de son bras rond et vainement puissant, puisqu'il ne devait jamais étreindre ni un pauvre enfant, ni un homme; ce bras dont la chair ressemblait de tissu, de nuance et de fermeté à la fleur de la jacinthe blanche; le bout de dentelle qu'elle avait jeté pour sortir, à la hâte, par-dessus son peigne, et qui, noué sous son menton, encadrait modestement l'ovale de ses traits; tous ces simples détails, ajoutés au travail du temps, humanisaient, faisaient redevenir visage de femme cette céleste figure de Minerve, calme, sérieuse, olympienne, placide, en harmonie avec ce sein hardiment moulé comme l'orbe d'une cuirasse de guerrière, où brûlait chastement, depuis plus de vingt ans, une pensée d'adoration perpétuelle. Et l'on sentait, en voyant ces premiers envahissements de l'âge et ces traces de la douleur, que si cette vierge, grandiose et pudique, avait toujours été la sagesse, elle n'était pas pour cela déesse.

Elle n'était qu'une fille « montée en graine », disaient cyniquement les gentilshommes de la contrée, qui ont tous perdu, au contact des mœurs nouvelles, la galanterie chevaleresque de leurs pères. Mais aux yeux de qui savait voir, cette vieille fille valait mieux à son petit doigt sans anneau qu'à tout leur corps, dans leurs robes de noce, les plus jeunes châtelaines de ce pays, dont les femmes ressemblent pourtant aux touffes de roses des pommiers en fleurs! Au physique, sa beauté de soleil couché, estompée par le crépuscule et par la souffrance, pouvait encore inspirer un grand amour à une imagination réellement poétique; mais, au moral, qui aurait pu lutter contre elle? Qui, sur les âmes élevées, aurait eu plus d'empire que cette Aimée de quarante ans, la femme de son nom autrefois, — car personne n'avait jamais inspiré plus de sentiments ardents et tendres... Richesse et conquêtes inutiles! Don de grâce ironique et cruel! qui n'avait jamais rien pu pour son bonheur, mais qui avait fait de sa vie manquée quelque chose de plus beau que la vie réussie des autres!

Le petit cercle, qui venait de s'ouvrir pour elle et qu'elle avait élargi, s'était refermé autour de la cheminée. Mlle Sainte de Touffedelys avait pris place auprès de sa sœur. La nouvelle arrivée, installée si aimablement dans la bergère de Mlle Sainte, avait tiré de son manchon la broderie commencée chez elle, et de ses doigts effilés, qui sortaient de ses mitaines de soie comme des pistils blancs d'une fleur noire, elle fit quelques points, puis, relevant sa belle tête et leur jetant son regard langoureux à eux tous, qui se préparaient à reprendre leur causerie interrompue :

« A la bonne heure! — dit-elle de cette voix dont la fraîcheur avait plus résisté que celle de ses joues, — une voix de rose qu'il faudrait donner au guide de l'aveugle pour le consoler de n'y voir plus; — à la bonne heure! voilà comme je vous aime maintenant, et comme je vous veux. Causez entre vous et oubliez-moi. »

Et elle repencha sa tête sur son ouvrage, et elle se replongea dans sa préoccupation profonde, ce *puits de l'abîme* qui était en elle et que gardait sa surdité!

« Et à présent, ma chère Percy, — fit doctoralement Mlle Ursule, — vous pouvez dire tout ce qu'il vous plaira sans aucune crainte. Quand sa surdité la reprend, elle devient encore plus distraite que sourde, et, c'est moi qui vous en réponds, elle n'entendra pas un seul mot, fendu en quatre, de votre histoire.

— Oui! — dit l'abbé; — seulement, ma sœur, vous ferez bien de vous arrêter, si votre fougue vous le permet, quand elle lèvera la tête de son ouvrage; car ces diables de sourds voient le son sur les lèvres, et les mots leur arrivent par les yeux.

— Lignes et hameçon! — dit le baron de Fierdrap étonné, — que de précautions pour une histoire! C'est donc quelque chose de bien terrible pour Mlle Aimée, ce que vous allez raconter. J'avais bien ouï dire autrefois qu'elle avait perdu son fiancé dans la fameuse expédition des Douze, et qu'elle n'avait jamais, à cause de cela, voulu entendre parler de mariage, depuis ce temps-là, malgré les bons partis qui se présentèrent; mais, bon Dieu! où donc en sommes-nous, si, au bout de vingt ans, il faut prendre des ménagements pareils pour raconter une vieille histoire devant une... devant une...

— Allons, achève! devant une vieille fille! — interrompit l'abbé. — Elle ne t'entend pas, et voilà déjà le bénéfice de sa surdité qui commence! Mais, mon pauvre Fierdrap, cette vieille fille, comme tu dis, eût-elle l'âge des carpes que tu pêches dans les étangs du Quesnoy[34], et elle est encore loin de cet âge et du nôtre, cette vieille fille, c'est Mlle Aimée de Spens, une perle, vois-tu? qui ne se trouve pas dans la vase où tu prends tes anguilles! une espèce de femme rare comme un dauphin, et à laquelle un vide-rivière de cormoran comme toi n'est pas troussé pour rien comprendre, pas plus qu'à ce terrible coup de filet autour du cœur, qu'on appelle un amour fidèle!

— Peuh! — fit le baron, sur lequel le mot de l'abbé opéra comme un *clangor tubæ,* qui lui sonnait la diane de sa manie et qui lui fit enfourcher son dada, — j'ai pêché, il y a environ dix ans, sous les ponts de Carentan et à l'époque de l'équinoxe de septembre, un poisson de la grosseur d'un fort rouget, qui ressemblait comme deux gouttes d'eau à un dauphin, s'il faut en croire les peintures, les écussons et les tapisseries où ce phénix des poissons est représenté. Comment se trouvait-il dans la Douve? La mer l'avait-elle rejeté là comme elle y rejette quantité de saumons, à certaines marées? Mais le fait est que je l'y trouvai pris à une de mes lignes dormantes, au bout de laquelle il tressautait vigoureusement, comme s'il n'avait pas eu un croc dans la tête, de la profondeur de deux doigts! De ma vie ni de mes jours je n'avais eu un pareil poisson dans ma nasse; non, par Dieu et ses apôtres, qui étaient pêcheurs! ni le père Le Goupil, ni M. Caillot, ni M. d'Ingouville, ni aucun des membres de notre *club des Pêcheurs de la Douve* non plus!

» Je restai d'abord un peu ébahi quand je l'aperçus; mais bientôt je le couchai mollement sur l'herbe, et je me mis à braquer sur lui mes deux lanternes, — et il fit un geste en montrant ses deux yeux, qu'il cligna. — J'avais retenu de mes livres de classe que le dauphin se teignait, à l'heure de la mort, de toutes les nuances de l'arc-en-ciel, et j'étais curieux de voir cela. Mais c'est probablement une de ces bourdes comme nous en ont fait si souvent messieurs les Anciens. As-tu jamais pu croire aux Anciens, toi, l'abbé?... et à leur Pline?... et à leur Varron... et à leur pince-sans-rire de Tacite?... tous drôles qui se moquent de nous à travers les siècles, mais à qui, du moins, l'histoire de mon poisson allongea un bon soufflet de plus; car, mon cher, il mourut aussi bêtement qu'une huître hors de son écaille... sans plus changer de couleur que la première tanche ou le premier brochet venu! Et cependant, quand j'allai, de mon pied mignon, le porter au bonhomme Lambert de Grenthéville, qui s'occupait alors d'histoire naturelle, il me jura, malgré tout ce que je pus lui dire de la plate mort de la bête, et sur son honneur de savant, ce qui n'était pas pour moi, du reste, chose aussi vénérable que le reliquaire de Saint-Lô, oui! il me jura que c'était bien là le dauphin dont les Anciens nous ont tant parlé. En fait de dauphin, voilà, l'abbé, ce que j'ai jamais vu de ma vie, et tu as diablement raison (*diablement* était l'adverbe favori du baron de Fierdrap) si tu entends par là quelque chose de rare! Quant aux amours fidèles, c'est différent... et plus commun... quoiqu'il n'en pleuve pas non plus des potées, et qu'à ce filet-là comme aux autres le temps ôte chaque jour quelque maille, par où le poisson le mieux pris ne manque jamais de décamper!

— Eh bien, sceptique! — reprit l'abbé, — sceptique au cœur des femmes! en voici une qui soufflettera aussi tes observations et tes connaissances... comme si tu étais un Ancien! L'histoire de Mlle Aimée se mêle à l'histoire de ma sœur comme une guirlande de cyprès s'enlace à une branche de laurier. Écoute et profite! et ne suspends pas plus longtemps un récit que tu as demandé toi-même et que tu oublies à *parler poisson*, ô le plus incorrigible des pêcheurs!

— Sur mon honneur, c'est la vérité! j'ai, là, glissé comme une anguille, — dit M. de Fierdrap. Et, se tournant vers Mlle de Percy, littéralement à l'état d'outre, gonflée par l'histoire qu'elle était obligée de retenir, pendant que ces messieurs parlaient : — Excusez-moi, — ajouta-t-il, — Mademoiselle, quoique le plus coupable des deux soit votre frère avec son dauphin qui m'a rappelé le mien...

— Oui! — fit l'abbé, toujours mythologique — comme Arion, un dauphin t'a emporté sur sa croupe et tu as bientôt gagné le large dans la haute mer des distractions...

— Mais je suis à présent tout oreilles pour vous écouter, Mademoiselle », continua M. de Fierdrap à travers la plaisanterie de l'abbé, qui ne l'arrêta pas.

Mlle de Percy, dont l'impatience ressemblait à une menace d'apoplexie et qui débâtissait convulsivement les points qu'elle avait faits à son travail de tapisserie, repoussa son canevas dans sa corbeille; et tenant ses ciseaux, les seules armes dont sa main d'héroïne fût maintenant armée et dont elle tambourinait de temps en temps sur le guéridon contre lequel elle était accoudée, elle commença son récit...

Histoire militaire, digne d'un bien autre tambour[35]!

IV

HISTOIRE DES DOUZE

« Pendant que vous pêchiez des truites en Écosse, monsieur de Fierdrap, et que mon frère, ici présent, faisait voir, dans sa personne, la grave Sorbonne, en habit écarlate, chassant le renard, à franc étrier, sur les domaines de notre gracieux cousin le duc de Northumberland, ces demoiselles de Touffedelys, qui, en leur qualité de châtelaines très aimées des gens de leurs terres, avaient cru pouvoir se dispenser d'émigrer ainsi que moi, la dernière d'une famille nombreuse et depuis longtemps dispersée, nous nous occupions, de ce côté-ci de la Manche, à bien autre chose, je vous assure, qu'à *filer nos quenouilles de lin*, comme dit la vieille chanson bretonne! Les temps paisibles, où l'on ourlait des serviettes ouvrées dans la salle à manger du château, n'étaient plus... Quand la France se mourait dans les guerres civiles, les rouets, l'honneur de la maison, devant lesquels nous avions vu, pendant notre enfance, nos mères et nos aïeules assises comme des princesses des contes de Fées, les rouets dormaient, débandés et couverts de poussière, dans quelque coin du grenier silencieux. Pour parler à la manière des fileuses cotentinaises : nous avions un *lanfois*[36] plus dur à peigner. Il n'y avait plus de maison, plus de famille, plus de pauvres à vêtir, plus de paysannes à doter; et la chemise rouge de Mlle de Corday était tout le trousseau en espérance qu'à des filles comme nous avait laissé la République[37] !

» Or, à l'époque dont je vais vous parler, monsieur de Fierdrap, la grande guerre, ainsi que nous appelions la guerre de la Vendée, était malheureusement finie. Henri de la Rochejaquelein, qui avait compté sur l'appui des populations normandes et bretonnes, avait, un beau matin, paru sous les murs de Granville; mais, défendu par la mer et ses rochers encore mieux que par les réquisitionnaires républicains, cet inaccessible perchoir aux mouettes avait tenu ferme et, de rage de ne pouvoir s'en rendre maître, La Rochejaquelein, à ce moment-là, dit-on, dégoûté de la vie, était allé briser son épée sur la porte de la ville, malgré le canon et la fusillade, puis il avait remmené ses Vendéens[38]. Du reste, si, comme on l'avait cru d'abord, Granville n'avait pas fait de résistance, le sort de la guerre royaliste aurait-il été plus heureux?... Nul des chefs Normands — et je les ai tous très bien connus, — qui avaient, dans notre Cotentin, essayé d'organiser une Chouannerie à l'instar de celle de l'Anjou et du Maine, ne le pensait, même dans ce temps où l'inflammation des esprits rendait toute illusion facile. Pour le croire, ils jugeaient trop bien le paysan normand, qui se battait comme un coq d'Irlande pour son fumier et dans sa basse-cour, mais à qui la Révolution, en vendant à vil prix les biens d'émigrés et les biens d'Église, avait précisément offert le morceau de terre pour lequel cette race, pillarde et conservatrice à la fois, a toujours combattu, depuis sa première apparition dans l'Histoire. Vous n'êtes pas Normand pour des prunes, baron de Fierdrap, et vous savez, comme moi, par expérience, que le vieux sang des pirates du Nord se retrouve encore dans les veines des plus chétifs de nos paysans en sabots. Le général *Télémaque,* comme nous disions alors, c'est-à-dire, de son vrai nom, le chevalier de Montressel[39], qui avait été chargé par M. de Frotté d'organiser la guerre dans cette partie du Cotentin, m'a souvent répété combien il avait été difficile de faire décrocher du manteau de la cheminée le fusil de ces paysans, chez qui l'amour du roi, la religion, le respect des nobles ne venaient que bien après l'amour de leur *fait* et le besoin d'avoir de *quay sur la planche* *. « Tous les intérêts de ces gens-là sont des intérêts », me disait, dans son dépit, le chevalier, qui n'était pas de Normandie. Et il ajoutait, M. de Montressel : « Si la chair de Bleu s'était vendue au prix du gibier sur les marchés de Carentan ou de Valognes, pas de doute que mes lambins dégourdis n'en eussent bourré leurs carnassières, et ne

* De quoi sur la planche.

nous eussent abattu, à tout coin de haie, des républicains, comme ils abattaient, dans les marais de Néhou, des canards sauvages et des sarcelles! »

» Et si je reviens sur tout cela, monsieur de Fierdrap, quoique vous le sachiez aussi bien que moi, c'est que vous n'étiez plus là, vous, quand nous y étions, et que je me sens obligée, avant d'entrer dans mon histoire, de vous rappeler ce qui se passait en cette partie du Cotentin, vers la fin de 1799. Jamais, depuis la mort du Roi et de la Reine, et depuis que la guerre civile avait fait deux camps de la France, nous n'avions eu, nous autres royalistes, le courage, sinon plus abattu, au moins plus navré... Le désastre de la Vendée, le massacre de Quiberon, la triste fin de la Chouannerie du Maine avaient été la mort de nos plus chères espérances, et si nous tenions encore, c'était pour l'honneur; c'était comme pour justifier la vieille parole : « On va bien loin quand on est lassé! » M. de Frotté, qui avait refusé de reconnaître le traité de la Mabilais, continuait de correspondre avec les princes[40]. Des hommes dévoués passaient nuitamment la mer et allaient chercher en Angleterre, pour les rapporter à la côte de France, des dépêches et des instructions. Parmi eux, il en était un qui s'était distingué entre les plus intrépides par une audace, un sang-froid et une adresse incomparables : c'était le chevalier des Touches.

» Je ne vous peindrai pas le chevalier... Vous le disiez, il n'y a qu'un instant, à mon frère, vous l'avez connu à Londres et vous l'appeliez *la Belle Hélène*, beaucoup pour son enlèvement, et un peu aussi pour sa beauté; car il avait, si vous vous en souvenez, une beauté presque féminine, avec son teint blanc et ses beaux cheveux annelés, qui semblaient poudrés, tant ils étaient blonds! Cette beauté, dont tout le monde parlait et dont j'ai vu des femmes jalouses, cette délicate figure d'ange de missel, ne m'a jamais beaucoup charmée. J'ai souvent raillé sur leurs admirations enthousiastes Mlles de Touffedelys et bien d'autres jeunes filles de ce temps, qui regardaient le chevalier de Langotière comme un miracle, et l'auraient volontiers nommé la *belle des belles*, comme du temps de la Fronde, on disait de la duchesse de Montbazon. Seulement, tout en raillant, je n'oubliais pas que cette mignonne beauté de fille à marier était doublée de l'âme d'un homme; que sous cette peau fine, il y avait un cœur de chêne et des muscles comme des cordes à puits... Un jour, dans une foire, à Bricquebec, j'avais vu le chevalier, traité de *Chouan* avec insolence, sous une tente, faire tête à quatre vigoureux paysans, dont il tordit les *pieds de frêne*[41] dans ses charmantes mains, comme si ç'avaient été des roseaux! Je l'avais vu, pris brutalement à la cravate par un brigadier de gendarmerie taillé en hercule, saisir le pouce de cet homme entre ses petites dents, ces deux si jolis rangs de perles! le couper net d'un seul coup et le souffler à la figure du brigadier, tout en s'échappant par un bond qui troua la foule ameutée autour d'eux; et depuis ce jour-là, je l'avoue, la beauté de ce terrible coupeur de pouce m'avait paru moins efféminée! Depuis ce jour-là aussi, j'avais appris à le connaître, au château de Touffedelys, où, comme je vous le disais, baron, nous avions notre quartier général le mieux caché et le plus sûr. Êtes-vous allé quelquefois à Touffedelys, monsieur de Fierdrap?... Vos domaines, à vous, n'étaient pas de ce côté, et de ce pauvre château ruiné, il ne reste pas maintenant une seule pierre! C'était un assez vaste manoir, autrefois crénelé, un débris de construction féodale, qui pouvait abriter une troupe nombreuse entre ses quatre tourelles, et dont les environs étaient couverts de ces grands bois, le vrai nid de toutes les Chouanneries! qui rappelaient, par leur noirceur et les dédales de leurs clairières, ce fameux bois de Misdom où le premier des Chouans, un Condé de broussailles, Jean Cottereau, avait toute sa vie combattu[42]. Situé à peu de distance d'une côte solitaire, presque inabordable à cause des récifs, le château de Touffedelys semblait avoir été placé là, comme avec la main, en prévision de ces guerres de partisans à moitié éteintes et que nous essayions de rallumer! Tout ce qui avait résolu de reprendre et de continuer cette malheureuse guerre interrompue, tout ce qui repoussait dans son âme d'oppressives pacifications, tout ce qui pensait que des combats de buisson et de haie pouvaient mieux réussir qu'une guerre de grande ligne, devenue d'ailleurs impossible, tous ceux qui voulaient brûler une dernière cartouche contre la Fortune, l'ignoble et lâche Fortune! et s'enterrer sous leur dernier coup de fusil, venaient, de toutes parts, se réunir et se concerter dans ce fidèle château de Touffedelys. Les chefs de cette arrière-Chouannerie, qui eut son dénouement, hideusement tragique, à la mort de Frotté, massacré dans le fossé de Verneuil[43], y arrivaient sous toutes sortes de déguisements, et maintes fois ils s'y abouchèrent avec les derniers survivants de la Chouannerie du Maine écrasée. Afin de désorienter le soupçon, le château, qui n'avait plus que deux châtelaines, bien peu inquiétantes, à ce qu'il semblait, pour la République, était le refuge de quelques femmes de la contrée dont les pères, les maris, les frères avaient émigré, et qui, n'ayant voulu ou pu les suivre, évitaient, en vivant à la campagne, au milieu des paysans chez lesquels un vieux respect pour leurs familles existait encore, ce qu'elles n'eussent pas évité dans les villes : le gouffre toujours béant des maisons d'arrêt.

» Elles y vivaient le plus obscurément qu'elles pouvaient, cherchant à se faire oublier des représentants du peuple en mission, ces épouvantables inquisiteurs, mais cherchant à renouer les mailles du réseau, si souvent brisé, d'une insurrection à laquelle l'ensemble a trop manqué toujours. Ces femmes, dont voici quatre échantillons, monsieur de Fierdrap... »

Et, des ciseaux qu'elle tenait, Mlle de Percy indiqua les deux Touffedelys, Mlle Aimée, et enfin elle-même, en retournant la pointe de ses ciseaux vers les redoutables timbales de son corsage [44].

« Ces femmes étaient dans tout l'éclat de leur fraîcheur de Normandes et dans toute la romanesque ferveur des sentiments de leur jeunesse; mais dressées au courage par les événements mortels de chaque jour, perpétuellement à quelques pieds de leurs têtes, et brûlant de ce Royalisme qui n'existe plus, même dans vous autres hommes qui avez pourtant si longtemps combattu et souffert pour la royauté; elles ne ressemblaient pas à ce qu'avaient été leurs mères au même âge et à ce que sont leurs filles ou leurs petites-filles aujourd'hui! La vie du temps, les transes, le danger pour tout ce qu'elles aimaient avaient étendu une frémissante couche de bronze autour de leurs cœurs... Vous voyez bien Sainte de Touffedelys dans sa bergère, qui ne traverserait pas aujourd'hui la place des Capucins, à minuit, pour un empire, et sans se sentir la mort dans les veines... eh bien! Sainte de Touffedelys — n'est-ce pas, Sainte? — venait seule avec moi, la nuit par les plus mauvais temps d'orage, porter sur cette côte isolée et dangereuse des dépêches au chevalier des Touches, déguisé en pêcheur de congres, et qui, dans un canot fait de trois planches, sans aucune voile et sans gouvernail, se risquait, pour le service du Roi, de la côte de France à la côte d'Angleterre, à travers cette Manche toujours grosse de quelque naufrage... aussi froidement que s'il se fût agi d'avaler un simple verre d'eau! — Et cela pouvait être la mer à boire! — interrompit l'abbé, qui, comme le prince de Ligne, aimait jusqu'aux bêtises de la gaieté.

— Car telle était, surtout, — continua Mlle de Percy, trop *partie* pour s'apercevoir de l'interruption de son frère, — la fonction, parmi nous, du chevalier des Touches. Entre les gentilshommes qui hantaient le château de Touffedelys et qui y concertaient la guerre, il n'y avait, malgré le courage qui les distinguait et qui les égalisait tous, que ce jeune damoisel de chevalier des Touches pour se mettre ainsi à la mer comme un poisson; car, vous vous en souvenez, Sainte? c'était réellement à peine un canot que cette pirogue de sauvage qu'il avait construite et dans laquelle il filait, en coupant le flot comme un brochet, caché dans l'entre-deux des vagues et défiant ainsi toutes les lunettes de capitaines qui surveillaient la Manche et l'espionnaient, de chaque pointe de vague ou de falaise, dans ce temps-là! Vous rappelez-vous, Sainte, qu'un soir de brume qu'il allait partir, vous voulûtes, en riant, descendre dans cette frêle pirogue, et que, vous si légère alors, poids de fleur ou d'oiseau, vous manquâtes de la faire chavirer, ma bergeronnette? Et pourtant, c'était dans une pareille coquille de noix qu'il passait, par les plus exécrables temps, d'une côte à l'autre, toujours prêt à revenir ou à partir quand il le fallait, — toujours à l'heure, exact comme un roi, le roi des mers! Certes! parmi ses compagnons d'armes, il y avait des cœurs qui auraient aussi bien que lui tenté l'aventure, qui n'avaient pas plus peur que lui de laisser leurs cadavres aux crabes, et pour qui la manière de mourir était indifférente quand il s'agissait du Roi et de la France; mais, tout en l'imitant, nul d'entre eux n'eût cru réussir et n'eût certainement réussi!... Pour cela, il fallait être un homme à part, plus qu'un marin! plus qu'un pilote! Il fallait enfin être ce qu'il était, cet étonnant jeune homme que la guerre civile avait pris n'ayant vu la mer que de loin, et n'ayant jamais fait autre chose que de tirer des mouettes autour de la gentilhommière de son père! Aussi les vieux matelots du port de Granville, amateurs du merveilleux, comme tous les marins, quand ils surent la périlleuse vie du chevalier pendant dix-huit mois de courses à peu près continuelles, dirent-ils qu'il *charmait* les vagues comme on a dit aussi de Bonaparte qu'il charmait les balles et les boulets. Ils se connaissaient en audace! l'audace du chevalier ne les troublait donc pas. Mais ils avaient besoin de s'expliquer son bonheur par une de ces idées superstitieuses qui sont familières aux matelots.

» Il aurait dû, en effet, vingt fois être pris ou succomber dans ces terribles passages! Ce bonheur insolent et constant, cette imprudence si souvent recommencée et d'un résultat toujours assuré, donnaient à des Touches une importance considérable parmi les autres officiers de la Chouannerie du Cotentin. On sentait que s'il périssait, on ne le remplacerait pas! D'ailleurs, il n'était pas qu'un courrier infatigable et intrépide, qui savait son détroit de mer comme certains guides pyrénéens savent leurs montagnes. Partout, dans le hallier, dans l'embuscade, au combat, lorsqu'il fallait jouer de la carabine ou s'estafiler corps à corps avec le couteau, c'était un des Chouans les plus redoutables, l'effroi des Bleus, qu'il étonnait toujours, en les épouvantant, quand, dans une affaire, il déployait tout à coup, à travers ses formes sveltes et élégantes, la force terrassante du taureau! *C'est la guêpe!* disaient-ils, les Bleus, en reconnaissant dans la fumée des rencontres cette taille fine et cambrée, comme celle d'une femme en corset : — *Tirez à la guêpe!* Mais la guêpe s'envolait toujours, ivre du sang qu'elle avait versé; car *elle* avait une vaillance acharnée et féroce. En toute occasion, ce mignon de beauté était et restait l'homme du pouce si cruellement mordu et coupé à la foire de Bricquebec, le visage blanc, à la lèvre large et rouge, signe de cruauté, dit-on, et qu'il avait aussi rouge que le ruban de votre croix de Saint-Louis, monsieur de Fierdrap! Ce n'était pas seulement le fanatisme de sa cause qui l'exaltait quand, avant ou après le combat, il se montrait implacable. Il était Chouan, mais il ne semblait pas de la même nature que les autres Chouans. Tout en se battant avec eux, tout en jouant sa vie à pile ou face pour eux, il ne semblait pas partager les sentiments qui les animaient. Peut-être chouannait-il pour chouanner, lui, et était-ce tout?... Ces compagnons, ces guérillas, ces gentilshommes n'avaient pas uniquement Dieu et le Roi dans leur cœur. A côté du Royalisme qui y palpitait, il y avait d'autres sentiments, d'autres passions, d'autres enthousiasmes. La jeunesse ne sonnait pas vainement, en eux, son heure brûlante. Comme les chevaliers leurs ancêtres, ils avaient tous ou presque tous une *dame de leurs pensées* dont l'image les accompagnait au combat, et c'est ainsi que le roman allait son train à travers l'Histoire! Mais le chevalier des Touches! Je n'ai jamais revu dans ma vie un tel caractère. A Touffedelys, où nous avons tant brodé de mouchoirs avec nos cheveux pour ces messieurs qui nous faisaient la galanterie de nous les demander, et qui les emportaient comme des talismans dans leurs expéditions nocturnes, je ne crois pas qu'il y en ait eu un seul de brodé pour lui. Qu'en pensez-vous, Ursule?... Toutes les recluses de cette espèce de couvent de guerre l'intéressaient fort peu, quoiqu'elles fussent la plupart fort dignes d'être aimées, même par des héros! Nous pouvons bien le dire aujourd'hui que nous voilà vieilles. Et, d'ailleurs, je ne parle pas pour moi, Barbe-Pétronille de Percy, qui n'ai jamais été une femme que sur les fonts de mon baptême, et qui, hors de là, ne fus toute ma vie qu'un assez brave laideron, dont la laideur n'avait pas plus de sexe que la beauté du chevalier des Touches n'en avait!

» Mais je parle pour ces demoiselles de Touffedelys ici présentes, alors dans toute la splendeur de la vie, deux cygnes de blancheur et de grâce, auxquels il fallait mettre un collier différent autour du cou pour les reconnaître! Je parle pour Hortense de Vély, pour Élisabeth de Manneville, pour Jeanne de Montevreux, pour Yseult d'Orglande, et surtout pour Aimée de Spens, devant qui toutes les autres, si radieuses fussent-elles, s'effaçaient comme un brouillard de rivière devant le soleil. Aimée de Spens était de beaucoup la plus jeune de nous toutes. Elle avait seize ans quand nous en avions trente. C'était une enfant, mais tellement belle, monsieur de Fierdrap, qu'excepté ce cœur de brochet, le chevalier des Touches, il n'y eut peut-être pas un seul des hommes de cette époque qui la vît sans l'aimer, cette *Aimée la bien-nommée,* comme nous l'appelions! Du moins les onze gentilshommes de l'expédition des Douze, puisque le douzième était une femme, — votre servante, baron de Fierdrap! — avaient-ils tous pour elle une passion romanesque et déclarée; car tous, les uns après les autres, ils avaient demandé sa main!

— Quoi! ils l'ont aimée tous les onze? — dit le baron, qui partit comme une bonde à ce trait, frappé de ce détail singulier dans une histoire où les événements étaient aussi étonnants que les personnages.

— Oui! tous, baron! — reprit Mlle de Percy, — et les sentiments inspirés par elle ont plus ou moins duré en ces âmes fortes. Quelques-uns d'entre eux sont restés amoureux et fidèles. Vous vous en étonneriez peu, du reste, si vous aviez connu l'Aimée de cette époque, une femme qui n'a pas eu de peintre, et comme vous n'en avez peut-être jamais rencontré, vous qui avez tant couru le monde.

— Halte! — fit M. de Fierdrap, qui avait été uhlan en Allemagne. — Halte! — répéta-t-il, comme s'il avait eu toute sa compagnie de uhlans sur les talons. — J'ai connu en 180... lady Hamilton, et par les sept coquilles que je porte! Mademoiselle, je vous jure que c'était une commère à faire comprendre, même à un quaker, les satanées bêtises que l'amiral Nelson s'est permises pour elle!

— Je l'ai connue aussi, — dit à son tour l'abbé; — mais Mlle Aimée de Spens, que tu vois là, était encore plus belle. C'était comme le jour et la nuit...

— Corne de cerf! — fit le baron de Fierdrap surexcité, — je vis un jour cette lady Hamilton en bacchante...

— Par exemple, — interrompit railleusement l'abbé, — voilà comme jamais tu n'aurais pu voir Mlle Aimée de Spens, Fierdrap!

— Et je te jure... — dit le baron, qui n'écoutait plus et qui voulait raisonner.

— ... Que cela n'allait pas mal à cette grande fille d'auberge, — interrompit encore l'abbé. — Parbleu! je le crois bien. Elle avait versé de son robuste bras rose hâlé assez de cruches de bière aux palefreniers du Richmond pour jouer de l'amphore... et du reste, avec grâce[45]! Mais Mlle Aimée de Spens n'était pas de cet acabit de beauté-là. Ne t'avise jamais, Fierdrap, de lui comparer personne! Ma sœur a raison. On ne vit pas assez longtemps pour rencontrer dans sa vie deux femmes comme celle-là *a été*... La beauté unique de son temps, mon cher! Et elle aura eu le sort de tout ce qui est absolument beau ici-bas! Il n'y aura pas d'histoire pour elle... pas plus que pour les onze héros qui l'ont aimée. Elle n'en aura déshonoré aucun; elle ne sera entrée dans la baignoire d'aucune reine[46], elle ne comptera point parmi les intéressantes ravageuses de ce monde, qui le bouleversent du vent de leurs jupes! Pauvre magnifique beauté perdue, qui n'entend même pas ce que je dis d'elle, ce soir, au coin de cette cheminée, et qui n'aura été dans toute sa vie que le solitaire plaisir de Dieu! »

Pendant que l'abbé de Percy parlait, le baron de Fierdrap regardait celle qu'il avait appelée *le solitaire plaisir de Dieu*, travaillant alors à sa broderie avec ses deux mains de madone. Il clignait de l'œil, M. de Fierdrap. C'était son tic et il en faisait une finesse. De son autre œil qu'il ne fermait pas, de son œil gris émerillonné, l'ancien uhlan allait du beau front d'Aimée couronné de ses cheveux d'or bronze, de ce beau front à la Monna Lisa, au centre un peu renflé duquel le rayon de la lampe qui y luisait attachait comme une ferronnière d'opale, jusqu'à ces opulentes épaules moulées dans la soie gris de fer collant au corsage, et peut-être pensait-il, en voyant tout cela, que, malgré le temps, malgré la douleur, malgré tout, il restait du *plaisir solitaire de Dieu* d'assez riches miettes pour que les hommes, et les plus difficiles des hommes, pussent faire encore une ripaille de roi.

Mais il ne dit pas ce qu'il pensait... Si des incongruités zigzaguèrent un instant dans son cerveau, il les contint sous sa perruque aventurine[47], et Mlle de Percy reprit son histoire, en haletant, comme une locomotive qui repart :

« Comme elle était une orpheline, et, malheureusement la dernière de sa race, Aimée de Spens passait une partie de ses jours avec nous, graves filles de trente ans, qui lui faisions comme une troupe de mères... Depuis quelque temps, elle habitait Touffedelys, quand elle y vit pour la première fois ce jeune inconnu qu'elle a aimé, et dont nous avons toujours ignoré le vrai nom, le pays et les aventures. A-t-elle su tout cela, elle? Dans les longues heures passées front à front sous les profondes embrasures de chêne de la grande salle de Touffedelys, où nous les avons tant laissés causer à voix basse dès que nous eûmes appris qu'ils s'étaient *promis* l'un à l'autre, lui aura-t-il révélé le secret de sa vie? Mais si cela fut, elle l'a bien gardé. Tout est enterré dans ce cœur avec son amour! Ah! Aimée de Spens, c'est une tombe, mais une tombe sous une plate-bande de muguets calmes! Tenez! monsieur de Fierdrap, regardez l'air placide de cette fille finie, dont la vie, depuis vingt ans, est désespérée et si simple, de cette créature digne d'un trône, et qui mourra pauvre *Dame en chambre* du couvent des Bernardines de Valognes. Elle n'entend plus; elle écoute à peine; elle n'a pour tout que ce sourire charmant qui vaut mieux que tout et qu'elle met par-dessus tout. Elle ne vit que dans sa pensée, que dans ses souvenirs, qu'elle n'a jamais profanés par une confidence! oubliant le monde et résignée à l'oubli du monde, ne voyant que l'homme qu'elle a aimé...

— Non! Barbe, non! elle ne le voit pas! — fit ingénument Mlle Sainte, toujours au seuil du monde surnaturel, et qui prit au pied de la lettre la métaphore, assez modeste pourtant, de Mlle de Percy. — Depuis qu'il est mort, elle ne l'a jamais vu, mais elle n'en est pas moins *hantée*... et c'est plus particulièrement au mois dans lequel il a été tué qu'il *revient!* C'est pour cela qu'elle ne peut pas, pendant ce mois-là, rester seule dans sa chambre quand la nuit est tombée. Toute sourde et archisourde qu'elle est, elle y entend très bien alors des bruits étranges et effrayants. On y soupire dans tous les coins et il n'y a personne! Les anneaux de cuivre des rideaux grincent sur leurs tringles de fer, comme si on les tirait avec violence... Une fois, je les ai entendus avec elle, et je lui dis tout épeurée, car les cheveux m'en *grigeaient* sur le front : « C'est bien sûr son *âme* qui revient vous demander des prières, Aimée! » Et elle me répondit gravement et moins troublée que je n'étais : « Je fais toujours dire une messe à l'autel des morts, le lendemain des soirs où j'entends cela, Sainte! » Or, c'était bien vrai que c'était *sa* messe qu'*il* voulait, car, une fois, Aimée ayant tardé d'un jour à la faire dire comme d'habitude le lendemain des bruits, ils devinrent affreux la nuit suivante. Les rideaux semblèrent fous sur leurs tringles, et toute la nuit les meubles craquèrent comme des marrons qu'on n'a pas coupés et qui sautent hors du feu !

— Eh bien, — reprit Mlle de Percy, mécontente d'avoir été pendant si longtemps interrompue, — cette Aimée qui croit aux fantômes, mais pas comme vous, Sainte ! — elle lui payait par ce petit mot de mépris son interruption, à cette pauvre et benoîte brebis du bon Dieu, qui avait bêlé hors de propos, — cette Aimée qui peut très bien croire à ceux-là qu'elle voit dans son cœur, a toujours été et est encore pour nous, monsieur de Fierdrap, un mystère, plus profond et plus étonnant que le mystère de son fiancé. Lui, n'a fait que paraître et disparaître. Quoi donc d'étonnant à ce que nous n'en ayons jamais rien su?... Mais nous avons vécu vingt-cinq ans avec elle, et nous n'en savons pas sur elle beaucoup davantage ! Quand cet inconnu, resté pour nous un inconnu, vint au château de Touffedelys, il fut précisément amené par notre chevalier des Touches. Aimée connaissait le chevalier. Elle l'avait vu à plusieurs reprises dans l'Avranchin, chez une de ses tantes : Mme de la Roche-Piquet, une vieille Chouanne, qui ne pouvait pas chouanner comme moi, car elle était cul-de-jatte, mais qui chouannait à sa manière, en cachant, le jour, des Chouans dans ses celliers et dans ses granges pour les expéditions de nuit. Aimée avait retrouvé le chevalier à Touffedelys, et moi, qui, dès lors, avec ma laideur cramoisie, n'avais qu'à observer l'amour... dans les autres, j'avais craint parfois, mais sérieusement, qu'elle ne l'aimât... Du moins, toujours, quand le chevalier était là... était-ce l'effet de la beauté éblouissante de cet homme, peut-être plus fémininement beau qu'elle?... j'avais remarqué sur les paupières obstinément baissées de la belle et noble Aimée un frissonnement, et, sur son front rose, un ton de feu, qui m'avaient souvent inquiétée[48]... Ame de ma vie! ils auraient fait, cela n'est pas douteux, un superbe couple. Mais outre que le petit chevalier de Langotière n'était pas de souche à épouser une de Spens, il semblait, à ma Minerve, à moi, qu'un homme comme des Touches devait être terrible à aimer!

» Dieu y para. Elle ne l'aima point. Celui qu'elle aima fut, au contraire, ce compagnon du chevalier, qui arriva avec lui une nuit à Touffedelys, par une de ces épouvantables tempêtes que des Touches préférait au calme des nuits claires, pour ses passages.

» Vous souvient-il de cette nuit-là, Ursule?... Nous ne dormions pas; nous étions dans le grand salon, occupées, vous et Aimée, à faire de la charpie, et moi à fondre des balles, car je n'ai jamais aimé les chiffons; veillant comme ce soir, mais moins tranquilles. Tout à coup, le cri de la chouette s'entendit et tous deux entrèrent, dans leurs peaux de bique ruisselantes, semblables à des loups tombés dans la mer. Le chevalier des Touches nous présenta son compagnon comme un gentilhomme qui avait fait longtemps la guerre du Maine sous le nom de *M. Jacques*[49] qu'on lui donnait encore.

— Par Dieu! — fit le baron de Fierdrap, qui tressaillit à ce nom comme à un coup de carabine, — il est bien connu, ce pseudonyme-là, dans le Maine! Il y a fait lever assez de *fertes*[50]*!* Il y est resté assez glorieux! *M. Jacques!* Mais Jambe-d'Argent lui-même[51] se courbait devant l'intrépidité et le génie de général de *M. Jacques!* Seulement, Mademoiselle, il devait être mort vers cette époque, si c'était celui-là?...

— Oui! on l'avait cru mort, — reprit Mlle de Percy, — mais, après avoir échappé aux Bleus, il s'était réfugié en Angleterre, où les princes l'avaient chargé d'une mission personnelle auprès de M. de Frotté. Et c'est pour cela qu'il était venu de Guernesey à la côte de France dans ce canot de des Touches, où il ne pouvait tenir qu'un seul homme, et qui faillit cent fois sombrer, sous le poids de deux! Pour supprimer tout fardeau inutile, ils avaient ramé avec leurs fusils...

» M. de Frotté était alors sur les confins de la Normandie et de la Bretagne, cherchant à ranimer des insurrections expirantes... *M. Jacques* alla seul l'y joindre et revint quelque temps après à Touffedelys, grièvement blessé. En y revenant, il avait été obligé de se glisser entre les tronçons épars des Colonnes Infernales qui pillaient et massacraient le pays, et il avait essuyé je ne sais combien de coups de feu, dont les derniers tirés l'atteignirent. Quand il rentra à Touffedelys sur son cheval, blessé comme lui, le cheval et l'homme, rouges de sang, tombèrent, le cheval mort sous l'homme mourant et sans connaissance. Les balles dont il était criblé le clouèrent longtemps à Touffedelys. Ses blessures, qu'il fallut soigner, l'y retinrent. Elles étaient nombreuses et nous pûmes les compter; car nous les pansâmes toutes, ma foi! de nos mains de demoiselles. On ne faisait pas de pruderie dans ce temps-là. La guerre, le danger avaient emporté toutes les affectations et les petites mines. Il n'y avait pas de chirurgiens au château de Touffedelys; il n'y avait que des chirurgiennes. J'étais la chirurgienne en chef. On m'appelait : « le Major », parce que je savais mieux débrider une blessure que toutes ces trembleuses...

— Tu la débridais comme tu l'aurais faite! » dit l'abbé.

Pour Mlle de Percy, cette héroïne inconnue, l'opinion de l'abbé représentait la Gloire. Elle devint plus pivoine que jamais à l'observation de son frère.

« Oui! elles m'appelaient : « le Major », — continua-t-elle, avec la gaieté de l'orgueil flatté, — et comme c'était moi qui faisais d'ordinaire l'inventaire des blessures que nous avions à fermer, je me rappelle que quand je vis l'épouvantable hachis du corps de *M. Jacques*, étendu devant nous, je regardai circulairement tout mon groupe d'aides, alors très pâles, et comme j'ai toujours été un peu saint Jean bouche d'or...

— Et plus bouche d'or que sainte, — glissa encore l'abbé.

— ... Je leur dis gaillardement, pour leur donner du courage, en leur désignant le blessé évanoui : « Mort de ma vie! si nous le sauvons, quel beau bijou guilloché ce sera pour celle de vous qui voudra se le passer autour du cou, Mesdemoiselles! »

» Elles se mirent à rire comme des folles, mais Aimée resta sérieuse et en silence. Elle avait rougi.

« — Elle rougit aussi pour des Touches! — pensai-je. — Laquelle donc de ces deux rougeurs est l'amour?... »

» C'était, du reste, comme le chevalier des Touches, un homme que je n'aurais jamais songé à aimer, ce *M. Jacques*, si j'avais été bâtie pour les sentiments tendres! Il n'avait pas la beauté féminine et cruelle du chevalier, mais quoique la sienne fût plus virile, plus brune et plus ardente, elle avait aussi son côté femme : la mélancolie. Les hommes mélancoliques me sont insupportables. Je les trouve moins hommes que les autres hommes. *M. Jacques* était ce qu'on a appelé longtemps : *un beau ténébreux*. Or, je suis de l'avis de cette coquine de Ninon, qui disait : « La gaieté de l'esprit prouve sa force. » Je me moque de l'esprit... et n'y tiens pas, mais cela est certain que la gaieté est un courage... un courage de plus! *M. Jacques*, que ces dames, qui ne pensaient pas comme moi, appelaient, à Touffedelys, pour le poétiser : « le beau Tristan », m'aurait donné sur les nerfs, avec son impatientante mélancolie, — si une grosse fille de mon calibre pouvait avoir des nerfs! Que voulez-vous? Il faut, pour moi, que les héros eux-mêmes soient de bonne humeur, et rient à la figure de tous les dangers!

— Oh! vous avez toujours été, mademoiselle de Percy, — fit l'abbé, — un vrai Roger Bontemps[52], qui, dans une autre époque qu'une époque de révolution, aurait inquiété sa famille. Ce n'était pas seulement des héros qu'il vous fallait, à vous, c'étaient des lurons d'héroïsme! Dieu a bien fait de vous faire laide, et tous les matins je l'en remercie à la messe; car peut-être l'honneur des Percy eût-il couru grand risque, sans cette précaution.

— Riez toujours! riez! allez, mon frère, — répondit-elle, riant elle-même, montrant combien elle aimait la gaieté par la façon dont elle accueillait la plaisanterie. — Tout vous est permis contre votre cadette. N'êtes-vous pas le chef de notre maison?

— C'est vrai, — glissa alors Mlle Ursule, qui n'avait rien dit jusque-là et qui intervint dans la causerie, pendule retardée qui sonnait! — c'est vrai qu'il n'était pas très aimable, ce *M. Jacques,* il était triste comme un bonnet de nuit.

— Comme un bonnet rouge, plutôt! — interrompit l'impétueuse Mlle de Percy. — Les révolutionnaires de tous les pays se ressemblent. Les Jacobins français étaient aussi rechignés, aussi solennels, aussi pédants que les puritains d'Angleterre. Je n'en ai pas connu un seul qui fût gai, tandis que tous l'étaient parmi les royalistes qui avaient gardé l'esprit du pays qu'on nommait autrefois : « la gaye France », parmi ces fiers *gars* qui avaient tout perdu et même l'espérance, mais qui se consolaient de tout par la guerre, par le piquant inattendu de l'aventure et la risette des coups de fusil !

— Mais, s'il était triste, — dit Mlle Ursule, qui reprit comme la fourmi reprend son brin de paille, sa petite idée interrompue par cette fanfare d'enthousiasme militaire, qui venait de passer sur son cerveau comme une trombe sur une couche à cornichons, — s'il était triste, vous savez bien, ma chère Percy, qu'on disait qu'il avait des raisons pour l'être! Vous savez bien qu'on se disait dans le tuyau de l'oreille qu'il était un commandeur de Malte, et qu'il avait prononcé ses vœux...

— Oui! — répondit Mlle de Percy, admettant l'objection, — cela se chuchotait, et si réellement il était commandeur de Malte, l'idée de ses vœux dut le faire cruellement souffrir quand il devint amoureux de cette Aimée qu'il ne pouvait pas épouser; car les chevaliers de Malte étaient tenus à célibat comme les prêtres... Mais, de cela, quelle preuve avons-nous jamais eue?... si ce n'est cette affreuse pâleur de mort qui lui couvrit tout à coup le visage le jour où, à table, au dessert, Aimée nous apprit qu'elle s'était *engagée*, en vous disant, Ursule, devant nous toutes, rose de pudeur et de l'effort que lui coûtait cet aveu, qui, pour nous, était une nouvelle :

« — Ma chère Ursule, je vous en prie, donnez des fraises à mon fiancé ! »

» Il devait être heureux d'un tel mot, et il devint livide... Mais toutes les pâleurs ne se ressemblent-elles pas? Qui peut reconnaître la pâleur d'un homme heureux de celle d'un traître? S'il en était un, si vraiment il avait menti avec Aimée, le coup de feu qui l'abattit à mes pieds, la nuit de l'enlèvement, a fait à la pauvre fille moins de mal que ce qui l'attendait, s'il était revenu avec nous. Elle a gardé l'illusion qu'il *pouvait être à elle,* et lorsque je lui rapportai le bracelet qu'elle lui avait fait devant nous des plus belles tresses de sa chevelure, elle ne sut pas, et depuis elle n'a su jamais, que le sang dont il était couvert pouvait être celui d'un homme qui l'avait trompée.

— Mais des Touches! mais des Touches? — fit M. de Fierdrap, qui, depuis sa *remembrance* sur lady Hamilton, n'avait plus rien dit, et qui regardait Mlle de Percy comme il devait regarder le liège de sa ligne, quand le poisson ne mordait pas. Il avait les deux plus belles patiences du monde : celle du pêcheur à la ligne et celle du chasseur à l'affût, et il en avait aussi la double obstination.

— Fierdrap a raison, — dit l'abbé toujours taquin. — Tu t'*égailles trop,* ma sœur. Vieille habitude de Chouanne! Tu chouannes... jusque dans ta manière de raconter[53].

— Ta, ta, ta! — fit Mlle de Percy, — contenez

vos jeunesses! Des Touches? je vais y arriver; mais, mort-Dieu! je ne puis en venir à des Touches et à son enlèvement, sans vous parler d'un homme qui a joué le plus grand rôle dans cette crânerie, puisque c'est le seul qui y soit resté!

— Ce n'est pas une raison, cela, — dit gravement l'abbé. — Dans une expédition pareille, il y a plus important que de bien mourir.

— Il y a réussir, — repartit la vieille amazone, qui avait gardé sous ces cottes grotesques le génie de l'action virile. — Mais il a réussi, mon frère, puisque nous avons réussi et qu'il était avec nous! D'ailleurs, quoique je ne me soucie guère de ce beau Tristan, comme on disait à Touffedelys, qui a laissé sa tristesse sur la vie d'Aimée, je n'en serai pas moins juste envers lui. Il n'y allait pas gaiement, mais il y allait! C'est lui, c'est ce sentimental, qui, lors du premier emprisonnement de des Touches à Avranches, prit une torche dans sa languissante main, entra résolument dans la prison et n'en sortit que quand tout fut à feu!

— Comment, à Avranches?. — objecta le baron de Fierdrap étonné. — Mais c'est à Coutances que vous avez délivré des Touches, Mademoiselle!

— Ah! — fit Mlle de Percy, heureuse d'une ignorance qui donnait de l'inattendu à son histoire. — Vous étiez en Angleterre en ce temps-là, vous et mon frère, et vous n'avez su que l'enlèvement qui, de fait, eut lieu à Coutances. Mais avant d'être emprisonné dans cette ville, c'est à Avranches qu'il l'avait été, et il ne fut même transféré à Coutances que parce qu'à Avranches nous avions tenté de brûler la prison.

— Très bien! — dit le baron de Fierdrap apaisé. — Je ne savais pas, mais j'en suis enchanté, que le chevalier des Touches eût autant coûté à la République!

— Laissez-la donc conter, Fierdrap, — fit l'abbé, qui, de tous, était celui-là qui avait le plus interrompu la conteuse, et qui se montrait le plus animé contre ceux qui avaient son vice, selon la coutume de tous les vicieux et de tous les interrupteurs.

— C'était donc vers la fin de l'année 1799, reprit l'historienne du chevalier des Touches. — Il y avait plusieurs mois que *M. Jacques* était avec nous, à peu près guéri, mais affaibli et souffrant encore de ses blessures. Pendant cette longue convalescence de *M. Jacques* à Touffedelys, — où il vivait caché, comme on vivait, dans ce temps-là, quand on ne se trouvait pas, le fusil à la main, au grand air sous le clair de lune, — des Touches, lui, le *charmeur de vagues*, était repassé peut-être vingt fois de Normandie en Angleterre et d'Angleterre en Normandie. Nous ne le voyions pas à chacun de ses passages. Souvent il débarquait sur des points extrêmement distants les uns des autres, pour dépister les espions armés et acharnés qui, tapis sous chaque dune, aplatis dans le creux des falaises, couchés à plat ventre au fond des anses, le long de ces côtes dentelées de criques, cernaient la mer de toutes parts et faisaient coucher à fleur de sol des baïonnettes et des canons de fusil qui ne demandaient qu'à se lever! Plus il allait, ce chevalier des Touches, traqué sur mer par des bricks, traqué sur terre par des soldats et des gendarmes; plus il allait, cet homme qui caressait le danger comme une femme caresse sa chimère, ce rude joueur qui jouait son va-tout à chaque partie, et qui gagnait, plus il était obligé cependant, malgré son impassible audace, d'user de précautions et d'adresse; car le bonheur inouï de ses passages avait exaspéré l'observation de ses ennemis, pour lesquels il était devenu l'homme de son nom : *la Guêpe!* La guêpe, insaisissable et affolante, l'ennemi invisible, le plus provocant et le plus moqueur des ennemis! Il ne faisait plus l'effet d'un homme en chair et en os, mais, comme je l'ai souvent ouï dire aux gens de mer de ces rivages, « d'une vapeur, d'un farfadet »! Il y avait entre les Bleus et lui, — et les Bleus, ne l'oubliez pas! c'était tout le pays organisé contre nous, groupes de partisans éparpillés à sa surface, qui ne nous rattachions les uns aux autres que par des fils faciles à couper; — il y avait entre les Bleus et lui un sentiment d'amour-propre excité et blessé, plus redoutable encore, à ce qu'il semblait, que l'implacable haine de Bleu à Chouan!... La guerre entre eux était plus que de la guerre, c'était de la chasse!... C'était le duel que vous connaissez, monsieur de Fierdrap, entre la bête et le chasseur! Déjà plus d'une fois, racontait-on dans les cabarets et les fermes du pays, dont cet homme est peut-être encore la légende, il avait été sur le point d'être pris. On lui avait tenu, disaient les paysans narquois, la main diablement près des oreilles... On rapportait même un fait, mais celui-là était avéré, — il avait eu la notoriété d'un combat en *règle,* — c'est qu'une fois, au cabaret de *la Faux,* dans les terres entre Avranches et Granville, il s'était battu, seul, contre une troupe de républicains, enfermé et barricadé dans le grenier du cabaret comme Charles XII à Bender [54], et qu'après avoir tiré toute la nuit par les lucarnes et mis par terre une soixantaine de Bleus, il avait disparu au jour, par le toit... On ne savait comment, — disaient les femmes, dont il frappait l'imagination superstitieuse, — mais comme s'il eût eu des ailes au dos et sur la langue du *trèfle à quatre feuilles!*

« Ainsi, il n'était pas un farfadet que sur la mer; il l'était aussi sur le *plancher des vaches.* Beaucoup d'expéditions de terre, dont il avait fait partie, l'avaient prouvé, du reste. Seulement, il ne pouvait pas l'être toujours! La martingale qu'il jouait devait nécessairement avoir un terme, et le danger qu'il courait sous les deux espèces, il devait y succomber, à la fin. Or, cet espoir de prendre des Touches, de tenir *la Guêpe,* et de pouvoir bien l'écraser sous son pied, avivait et transportait jusqu'au délire ces âmes irritées, et créait pour lui un péril si certain et tellement inévitable, que, dans l'opinion des hommes de son parti comme dans celle de ses ennemis, sa prise ou sa mort n'était plus qu'une question de temps, et que, quand à Touffedelys on vint nous dire cette terrible nouvelle : « Des Touches est pris ! » nous n'eûmes pas même un étonnement.

» Celui qui vint nous la dire, à Touffedelys, cette terrible nouvelle, était un jeune homme de cette ville-ci, dont vous ne savez probablement pas le nom, quoique vous soyez du pays, monsieur de Fierdrap; car il n'était pas gentilhomme. Il s'appelait Juste Le Breton. L'un des préjugés que les Bleus ont le plus odieusement exploités contre nous, c'est que, dans la guerre des Chouans, nous n'étions que des gentilshommes qui remorquaient leurs paysans au combat, et rien n'est plus faux ! Nous avions avec nous des jeunes gens des villes, dignes de porter l'épée qu'ils maniaient très bien, et Juste Le Breton était de ceux-là... Il avait été anobli par l'épée des gentilshommes qui l'avaient traité en égal, en croisant le fer avec lui, dans plusieurs de ces duels comme on en avait alors à Valognes, où le duel a été longtemps une tradition... Aussi, quand la Chouannerie éclata, il vint à nous, cet anobli par l'épée, et il nous apporta la sienne ! La sienne était au bout d'un bras d'Hercule. Juste était fort comme le chevalier des Touches, mais il ne cachait pas sa force sous les formes sveltes et élancées du chevalier, qui faisait toujours cette foudroyante surprise quand, tout à coup, il la montrait ! Non ! c'était un homme trapu et carré, blond comme un Celte qu'il était; car son nom de Le Breton disait son origine. C'était un Breton mêlé de Normand. Sa famille avait passé en Normandie, et elle y avait oublié ses rochers de Bretagne pour les pâturages de cette terre qui a des griffes pour retenir qui la touche; car qui la touche ne peut s'en détacher! Il semblait qu'il aurait fallu, pour tuer ce Juste Le Breton, lui jeter une montagne sur la tête, et il est mort en duel, après la guerre, comme nous avions cru jusqu'à ce soir que des Touches était mort lui-même, et il est mort d'un misérable coup dans l'aine, le croira-t-on? sans profondeur. Je l'ai vu cracher le sang six mois et mourir épuisé comme une fille pulmonique, avec une poitrine qui ressemblait à un tambour! Juste savait, à n'en pouvoir douter, que des Touches était pris; mais il ignorait encore comment il avait été pris. Avec un pareil homme, nous dit-il, et nous pensions comme lui, il fallait qu'il y eût eu de la trahison [55]!

» Il y en avait eu, en effet, je l'ai su plus tard, et ce fut même là, comme vous le verrez, une bonne occasion pour juger du granit coupant qu'avait dans le ventre ce beau et délicat des Touches, qui m'avait fait un instant peur pour Aimée, quand, à ses rougeurs incompréhensibles, je m'étais imaginé qu'elle pouvait l'aimer!

« — Un homme comme des Touches — dit *M. Jacques* — ne peut jamais être pris, tant qu'il y a un Chouan debout, avec un fusil et une poire à poudre.

» Il n'en faut pas même tant, fit tranquillement Juste. — Avec nos seules mains vides, nous le reprendrions! »

» C'était dans les environs d'Avranches que des Touches avait été enveloppé et saisi par une troupe tout entière, on disait tout un bataillon, et c'est dans la prison de cette ville qu'il avait été déposé, en attendant son exécution, qui serait certainement bientôt faite; car la République n'y allait jamais de main morte, et ici, il fallait qu'elle y allât de main très vive si elle ne voulait pas que cet homme, l'idole de son parti et doué du génie des ressources, échappât à ses bourreaux!... — « La chouette a sifflé du côté de Touffedelys! » ajouta Juste Le Breton, et le soir même, à la tombée, nous vîmes arriver au château, sous des déguisements divers de colporteurs, de mendiants, de rémouleurs et de marchands de parapluies, — car cette guerre de Chouans était nocturne et masquée, — une grande quantité de nos gens, qui, au premier bruit de la prise de des Touches, s'étaient juré de le délivrer ou d'y périr.

» Il en vint même trop. Ce fut une folie que ce grand nombre, dirigé sur un point unique et venant aboutir à Touffedelys. Mais cela vous donnera une idée de l'importance du chevalier des Touches, que les Chouans, qui avaient la prudence au même degré que la bravoure, aient pu compromettre un instant, par un zèle trop vif, l'existence d'un quartier général aussi commode pour les guérillas comme eux que le château de Touffedelys.

» Vous ne vous doutez pas, monsieur de Fierdrap, ni vous non plus, mon frère, de ce que, dans l'intérêt de notre cause et de ses défenseurs, nous avions fait de Touffedelys, et si je ne vous le disais pas, mon histoire serait incomplète. Nous avions transformé ce vieux château démantelé, sans pont-levis et sans herse, qui n'était plus, depuis longtemps, un château fort, mais qui était encore une noble demeure, en un château humilié et paisible auquel la République pouvait pardonner. Nous en avions fait combler les fossés, baisser les murs, et si nous n'en avions pas abattu les tourelles, nous les avions du moins découronnées de leurs créneaux, et elles ne semblaient plus que les quatre spectres blancs des anciennes tourelles décapitées! Partout où elles brillaient autrefois, sur la grande façade du château, dans les coins des plafonds, sur les hautes plaques des cheminées, et jusque sur les girouettes des toits, nous avions fait effacer ces armoiries charmantes et parlantes des Touffedelys, qui portent, comme vous le savez, de *sinople à trois touffes de lys d'argent*, avec la devise, au jeu de mots héroïques : ILS NE FILENT PAS. Hélas! les pauvres lys, ils avaient filé! ils s'en étaient allés jusque de ce jardin où, de génération en génération, on en cultivait d'immenses corbeilles, qui faisaient de loin ressembler le vaste parterre à une mer couverte de l'albâtre de ses écumes! Nous avions partout remplacé les lys par des lilas.

» Des lilas, c'est peut-être des lys en deuil? Oui! nous avions accompli tous ces sacrilèges, nous avions consommé toutes les petites bassesses de la ruse qui joue la soumission résignée, pour conserver à nos amis ce lieu de réunion et d'asile, doux et désarmé comme son nom, qui semblait la maison de l'Innocence, et dans laquelle on voyait moins les hommes et les armes, derrière ces robes de femmes qui y flottaient toujours. Excepté les jardiniers, il n'y avait que des femmes à Touffedelys. Nous étions servis par des femmes.

» C'est à l'aide de toutes ces précautions, de toutes ces coquetteries de douceur, que nous avions pu faire de notre nid de palombes effrayées une aire momentanée pour ces aigles de nuit qui s'y abattaient, comme des Touches et comme *M. Jacques.* Seulement, vous le comprenez bien, la sécurité de tout cela n'existait qu'à la condition que les Chouans, qui s'abouchaient par là pour comploter leur guerre d'embuscade, n'y fussent jamais très nombreux.

» La prise de des Touches fut l'unique dérogation qui ait été faite à cette règle. Mais les chefs comprirent l'imprudence d'une grande réunion, et ils *égaillèrent* leurs hommes. Quand un pays tout entier est hostile, les petites troupes valent mieux que les grandes. Elles sont plus résolues, leurs efforts plus ramassés et plus puissants, leur action plus rapide, leur marche plus cachée. Quelques hommes suffisaient pour enlever des Touches, et ceux qu'on choisit à Touffedelys étaient hommes à aller le reprendre sous le tranchant de la guillotine ou à la gueule de l'enfer... Ce sont ceux-là que, depuis, on a appelés les *Douze,* et qui ont perdu, dans ce nom collectif des *Douze*, leur nom particulier, que personne ne sait à cette heure.

— Parfaitement vrai! — dit M. de Fierdrap intéressé, qui décroisa ses jambes de cerf, et refit, en sens inverse, l'X qu'elles formaient. — Nous n'avons pas entendu dire un seul de leurs noms en Angleterre, n'est-ce pas, l'abbé? et Sainte-Suzanne lui-même ne les savait pas.

— Et quand celle qui vous raconte cette histoire au coin du feu, dans cette petite ville endormie, — reprit Mlle de Percy, — sera couchée dans sa bière, sous sa croix, dans le cimetière de Valognes, il n'y aura plus personne pour dire ces noms oubliés à personne... Ceux qui les ont portés étaient trop fiers pour se plaindre de l'injustice ou de la bêtise de la gloire.

» Aimée, que vous voyez d'ici abîmée en elle-même bien plus que dans sa broderie, s'est absorbée dans son *M. Jacques*, et Sainte et Ursule de Touffedelys ne vous diraient peut-être pas tous les douze noms des *Douze*. Mais moi, je le puis, je les sais! Et, après ma mort, — ajouta-t-elle presque belle d'enthousiasme mélancolique, elle qui n'était qu'un laideron joyeux, — tout le temps que je ne serai pas tout à fait dissoute en poussière, on n'aura qu'à ouvrir mon cercueil pour les savoir, ces noms qui méritaient la gloire et qui ne l'ont pas eue! On les trouvera dans mon cœur. »

V

LA PREMIÈRE EXPÉDITION

« Le château de Touffedelys — continua Mlle de Percy, après un moment de silence ému que les personnes qui l'entouraient avaient respecté, — n'était pas à beaucoup plus de trois heures de marche d'Avranches, pour un homme allant d'un bon pas. Entouré, du côté de cette ville, des masses profondes de ces grands bois dans lesquels les Chouans aimaient à se perdre pour se retrouver dans leurs clairières, et, du côté opposé, par ces espèces de dunes mouvantes nommées *bougues* qui aboutissaient à la mer et à ces falaises dont les hautes et étroites jointures avaient été souvent, pour des Touches et son esquif, des havres sauveurs, ce château, qui avait le double avantage des bois et de la mer, fut choisi naturellement par les Douze comme point de retraite ou de refuge dans l'expédition qu'ils projetaient, et il fut convenu parmi eux qu'on y ramènerait le chevalier des Touches, si on parvenait à l'enlever.

— Mais leurs noms, Mademoiselle, leurs noms !

— dit M. de Fierdrap, qui, de curiosité et d'impatience, piétinait le parquet de son pied guêtré.

— Leurs noms! baron! — répondit la conteuse, — ah! n'allez pas croire que je pense à vous les cacher! Je suis trop heureuse de les dire. Il y a eu assez d'anonymes et de pseudonymes comme cela dans cette guerre de sublimes dupes que nous avons faite, et, par la mort-Dieu! je n'en veux plus. Croyez-le bien, vous m'en auriez laissé le temps qu'ils auraient tous trouvé leur place dans l'histoire que je vous raconte! Mais, puisque vous le désirez, je m'en vais vous les défiler, tous ces noms, tous ces grains d'un chapelet d'honneur qu'après moi ne dira plus personne! Écoutez-les : C'étaient La Valesnie, ou, comme disaient les paysans, La Varesnerie, La Bochonnière, Cantilly, Beaumont, Saint-Germain, La Chapelle, Campion, Le Planquais, Desfontaines et Vinel-Royal-Aunis, qui n'était que Vinel, en son nom, mais qui s'appelait Royal-Aunis, du nom du régiment dans lequel il avait été officier. Les voilà tous, avec Juste Le Breton et *M. Jacques*[56]! Comme *M. Jacques*, dont le nom vrai s'est perdu sous le sobriquet de bataille, ils avaient tous aussi leur nom de guerre, pour cacher leur véritable nom et ne pas faire guillotiner leurs mères ou leurs sœurs, restées à la maison, et trop vieilles ou trop faibles pour faire comme moi la guerre avec eux. »

En entendant ces noms, qui n'étaient pas tous des noms nobles cependant, prononcés par un sentiment si profond qu'il donnait presque à cette vieille fille, coiffée de son baril de soie jaune et violet, la majesté d'une Muse de l'histoire, l'abbé de Percy et M. de Fierdrap eurent, d'instinct de sang, le même mouvement de gentilshommes. Ils ne pouvaient pas se découvrir, puisqu'ils étaient tête nue, mais ils s'inclinèrent à ces noms d'une troupe héroïque, comme s'ils avaient salué leurs pairs.

« Par la pêche miraculeuse! — clama le baron de Fierdrap, — il me semble que j'en connais plusieurs, de ces noms-là, Mademoiselle! Et même, — ajouta-t-il, tombant dans la rêverie et comme cherchant dans le fouillis de ses souvenirs, — et même aussi je crois avoir rencontré, je ne sais plus trop où, plusieurs de ceux qui les portèrent. La Varesnerie, Cantilly, Beaumont, je les ai connus. Seulement, lorsque je les ai rencontrés, ni allusion, ni mot, d'eux ou de personne, ne m'a averti une seule fois que j'avais là, devant moi, de ces hardis partisans qui avaient délivré des Touches!... Mais, Mademoiselle, — fit-il encore, en se ravisant, — je vous demande pardon! je n'y pensais pas... En fait de héros, les Chouans comptaient donc treize à la douzaine, puisque vous n'avez pas dit votre nom parmi les noms des Douze, et que pourtant vous en étiez?

— Non! — répondit la vieille historiographe sans plume, et qui ne l'était que de bec, — je n'en étais pas, monsieur de Fierdrap. Je ne fus point de la première expédition des Douze. Je n'ai été que de la seconde, et vous saurez pourquoi, tout à l'heure, si vous me permettez de continuer.

» La première ne parut d'abord douteuse à personne. On ne comptait, pour toute garnison, à Avranches, que ce bataillon de Bleus qui avaient pris des Touches et l'avaient amené à la prison de cette ville, la plus rapprochée de l'endroit où ils l'avaient surpris et capturé; car, vertu de ma vie! lorsqu'on parle de ce des Touches, qui valait bien dans ce moment-là le prix d'un vaisseau de ligne pour le Roi de France, on peut bien, ma foi! dire capturé. Des Touches n'était pas un simple prisonnier, c'était une capture! Juste Le Breton se cassait la tête pour savoir comment ils avaient pu le prendre, lui, ce Samson sans Dalila! lui, *la Guêpe!* lui, *le Farfadet!* Mais le fait était là... Il avait été pris! Juste disait l'avoir vu entrer dans Avranches, porté au centre du bataillon des Bleus massés autour de lui, armes chargées. Il l'avait vu, ayant aux poings des chaînes en fer au lieu de menottes, bâillonné avec une baïonnette qui lui coupait les coins de la bouche, durement couché sur une civière de fusils, aux canons desquels on l'avait bouclé avec des ceinturons de sabre, et moins fou de fureur de tous ces supplices que de sentir contre son visage le contact du drapeau exécré de la République, dont, en marchant, ces Bleus insolents souffletaient, pour l'humilier, son front terrible. Certes! de tels gens défendraient avec acharnement le chevalier des Touches contre ceux qui tenteraient de le leur reprendre; mais il n'y avait, en somme, avec eux, qu'une brigade de gendarmerie et une garde nationale mal armée, qui comptait, disait-on, un grand nombre de royalistes dans ses rangs. Enfin, ce qui donnait surtout à nous autres le grand espoir de réussir, c'est qu'il allait y avoir le lendemain, à Avranches, une grande foire de bœufs et de chevaux qui durait trois jours, et que, d'une vingtaine de lieues à l'entour, il viendrait s'empiler et s'accumuler dans cette petite ville proprette une masse compacte de bêtes et de gens qui rendrait la surveillance d'une police bien plus difficile et qui devait augmenter épouvantablement le désordre à l'aide duquel on voulait exécuter l'enlèvement. Il s'agissait, en effet, de provoquer une de ces rixes qui sont contagieuses, qui finissent par entraîner les plus calmes dans la violence électrique de leur tourbillon. Les Douze eurent bientôt leur plan fait... Ils quittèrent Touffedelys un à un, et gagnèrent Avranches par les bois. Pour n'être pas reconnus, ces hommes suspects, et déconcerter l'œil allumé des espions de la République, ils avaient résolu d'entrer dans la ville par douze côtés différents, habillés en blatiers[57], vêtus comme eux de vareuses blanches et coiffés de ces grands chapeaux, dits *couvertures à cuve*, qui engloutissent une figure comme dans l'ombre d'une caverne. Ils les avaient saupoudrés de fleur de farine.

« — Puisque nous ne pouvons pas porter l'autre, ce sera toujours une espèce de cocarde blanche, à laquelle nous nous reconnaîtrons dans la foule », avait dit Vinel-Royal-Aunis.

» Il n'y avait pas eu moyen d'emporter des fusils ou des carabines. Mais quelques-uns d'entre eux avaient glissé dans une ceinture, sous leur vareuse blanche, des couteaux et des pistolets... Tous, du reste, tous s'étaient ceints, de l'épaule à la hanche, de ce redoutable fouet des blatiers, lesquels ont toujours deux ou trois chevaux chargés de sacs de blé ou de farine à conduire; arme effroyable, au manche d'épine durci au feu, faite de lanières de cuir tressées, avec une mordante *courgée* [58] de six pouces, dont chaque coup creusait un sillon. Et, à la main, ils avaient le *pied de frêne* familier à toute main normande, le bâton-massue de la Normandie, avec lequel des hommes de ce poignet et de cette vaillance auraient pris, Dieu me damne! des pièces de canon.

» C'est armés ainsi que nous les vîmes partir. Ils s'égrenèrent et disparurent isolément dans les bois, comme s'ils allaient à la pipée. Et ils y allaient, en effet, à une pipée sanglante! *M. Jacques* partit le dernier. Ses blessures, son amour pour Aimée, la pensée mystérieuse qui semblait lui manger le cœur, — car pourquoi être triste comme il l'était, avec l'amour d'Aimée, avec la possession certaine de cette merveille de corps qui lui avait juré d'être sa femme à son retour? — toutes ces choses avaient-elles énervé l'énergie, prouvée en tant de rencontres, de *M. Jacques*?... Sa belle fiancée alla le conduire à plus d'une demi-lieue dans les bois, jusqu'à ce vieil abreuvoir où une source bleuissait sur un fond d'ardoises et qu'on appelait : « la Fontaine-aux-Biches », parce qu'entre deux battements de cœur et dans le crochet d'une course forcée, les biches venaient en aspirer, en frissonnant, l'eau frissonnante. Quand Aimée revint seule à Touffedelys, ah! elle fut bien de Spens!... Elle fut bien d'une race où les femmes ne pleurent pas parce que les hommes sont à la guerre! Nous ne lui surprîmes pas une larme, mais son front d'aurore était devenu pâle comme l'écorce d'un bouleau. J'en eus plus pitié que les autres. Vous savez, j'étais la chirurgienne-major. Je savais toucher les blessures. Pour donner de la force à ce cœur qui saignait et ne se plaignait pas, je lui dis, sans savoir ce que je disais et comme si j'avais eu le sort dans ma main, — mais ce n'est jamais qu'avec des mots insensés qu'on peut apaiser les âmes folles :

« — N'ayez peur, Aimée! dans quatre jours ils seront tous ici pour votre mariage, et des Touches sera votre témoin! »

» Dieu de ma vie! à ce mot de *témoin*, de la pâleur de l'ivoire vert son teint passa, comme un éclair, à la pourpre d'un incendie. Son front, sa joue, son cou, ce qu'on apercevait de ses épaules, jusqu'à la raie nacrée de ses étincelants cheveux d'or, tout s'infusa, s'inonda de ce subit vermillon de flamme; et c'était à se demander si tout ce qu'on ne voyait pas de sa personne se colorait comme ce qu'on voyait, tant cette rougeur semblait partout! tant elle en était immergée!

» C'était toujours la même question : Pourquoi rougissait-elle?... — « Mort de mon âme! — me dis-je en moi-même, — je ne suis guère qu'un homme manqué, et on le voit à ma figure; mais homme manqué ou non, je veux bien que le diable m'emporte sans confession, si je suis assez femme pour comprendre cela! »

— Eh! eh! — dit l'abbé, — je suis obligé de t'avertir que tu n'es plus au temps de tes dragonnades au clair de lune, et que tu continues à jurer comme un dragon, mademoiselle ma sœur!

— Influence des temps de guerre civile sur les époques calmes! — répondit-elle avec une brusquerie comique, en riant dans ses moustaches grises ébouriffées... — Tu es plus sévère que le curé d'Aleaume [59], l'abbé! Est-ce que je ne me suis pas battue assez de temps en l'honneur de Dieu et de sa sainte Église, pour qu'il ne puisse me passer très bien de mauvaises habitudes contractées à son service et qu'il ne s'en formalise pas?...

— Vous me rappelez, Mademoiselle, — dit alors M. de Fierdrap, — le mot fameux de Louis XIV après la bataille de Malplaquet : « J'avais — dit-il — rendu à Dieu assez de services pour avoir le droit d'espérer qu'il se conduirait mieux avec moi! »

— Et il ne fut jamais — repartit vivement l'abbé — meilleur chrétien que quand il a dit cela, Louis XIV! c'est moi qui te le certifie, moi qui suis un ancien docteur de Sorbonne! La foi sincère a souvent de ces familiarités avec Dieu, que des sots prennent pour des irrévérences ridicules, et des âmes de laquais ou de philosophes pour de l'orgueil. Laissons jaboter ces gens-là. Mais entre nous autres, gentilshommes, à qui le respect pour le Roi n'a jamais ôté, que je sache, l'aisance avec le Roi [60]...

— C'est toi qui interromps maintenant! — fit M. de Fierdrap, enchanté de rendre sa petite leçon à l'abbé et de lui *couper* sa théorie. — Laisse donc ta théologie et ta Sorbonne, et vous, Mademoiselle, — ajouta-t-il avec une déférence flatteuse, — puisque c'est pour moi particulièrement que vous racontez cette histoire, je vous écoute de mes deux oreilles, et je regrette de n'en avoir pas quatre à vous offrir; daignez continuer! »

Elle fut flattée et se panacha, et les ciseaux ayant un peu *battu aux champs* sur le guéridon de vieille laque, elle reprit :

« Aimée rentra bientôt dans sa pâleur d'âme en peine. Elle devait, en effet, plus souffrir que nous pendant les trois jours qui suivirent le départ des Douze. Nous, nous n'avions pour les Douze, et même pour le chevalier des Touches, que le genre d'affection et de sympathie qu'on a, quand on est femme et jeune, pour de nobles jeunes hommes dévoués à leur cause, une cause qui représentait l'honneur, la religion, la royauté, cette triple fortune de la France, et qui, pour elle, s'exposaient journellement à mourir! Nous avions pour ces Douze l'intérêt véhément qu'on se porte entre gens de même parti et de même drapeau! Mais enfin nos cœurs n'étaient pas pris comme celui d'Aimée et le coup de fusil d'un Bleu ne pouvait pas y atteindre à travers un autre cœur...

» Nous nous préoccupions sans doute de l'événement qui devait se produire à Avranches, nous en attendions l'issue avec anxiété, moi surtout, dont le sang a toujours été turbulent dans mes grosses veines, quand il s'est agi de coups à donner et à recevoir! Mais ce n'étaient pas là, ce ne pouvaient pas être les transes d'Aimée. Elle ne les disait pas. Elle engloutissait ses tortures dans ce cœur qui a tout englouti. Mais je les devinais à la fièvre de ses mains brûlantes, au feu sec de ses regards. Une fois, pendant ces jours d'alarme où nous vivions dans l'ignorance et l'incertitude sur le destin de nos amis, je fus obligée de lui arracher son feston; car elle coupait avec ses ciseaux dans la chair de ses doigts, croyant couper autour de sa broderie, et le sang coulait sur ses genoux sans qu'elle sentît, dans sa préoccupation hagarde, qu'elle se massacrait ses belles mains! Je finis par ne plus la quitter. Nous ne parlions pas, mais nous restions les mains étreintes à nous regarder fixement dans les yeux. Nous y lisions la même pensée, la question éternelle de l'inquiétude : « A présent, que font-ils? » cette question à laquelle on ne répond jamais; car si on pouvait y répondre, on ne la ferait pas, et ce ne serait plus l'inquiétude! A quel travail de vrille cet horrible sentiment ne se livre-t-il pas dans nos cœurs? Pour nous soustraire à ce rongement perpétuel, à ce creusement sur place, qu'on croit diminuer en s'agitant, nous allions ensemble sur la route qui passait au pied du château de Touffedelys, espérant y rencontrer quelque roulier, quelque marchand forain, quelque voyageur quelconque qui nous donnerait des nouvelles, qui nous parlerait de cette foire d'Avranches où se jouait un drame qui, pour nous, pouvait être une tragédie! Mais ce mouvement que nous nous donnions était inutile.

» Ceux qui, des paroisses circonvoisines, avaient eu affaire à la foire, étaient passés et ils n'en revenaient pas encore. Les routes étaient désertes. On ne voyait poindre personne au bout de leur long ruban blanc solitaire. Nulle âme qui vive n'apparaissait sur cette ligne droite qui s'enfonçait dans le lointain et ne venait nous dire ce qui se faisait tout là-bas, derrière l'horizon, du côté de cette ville dont on n'apercevait rien dans les fumées de l'éloignement, et d'où nous croyions quelquefois, à l'intensité de notre attention, à l'effort de nos oreilles pour recueillir la moindre des ondes sonores qui agitait l'espace, entendre sonner et bourdonner comme un bruit vague de cloches lointaines. Illusion de nos sens, qui nous trompaient à force de se tendre! Il n'y avait pas même de cloches en ce temps-là. On les avait descendues de tous les clochers, et on les avait fondues en canons pour la République. On ne sonnait donc pas; ce n'était donc pas le tocsin. Nous rêvions, les oreilles nous tintaient. Et si la générale battait, — la générale, ce tocsin du tambour! — il nous était impossible d'en démêler les sons contre le vent, à cette distance, au milieu de tous ces bruissements d'insectes et de ces mille fermentations de la terre qui semble susurrer, sous nos pieds, à certains jours chauds, et nous étions dans ces jours-là. Ah! nous nous dévorions... moi, de curiosité, elle, d'angoisse. Lasses d'écouter à fleur de sol et de regarder sur cette route abandonnée et muette, allongée platement dans son immobile poussière, nous voulions parfois écouter et voir mieux, écouter de plus haut et voir plus loin, et nous montions alors sur la plate-forme la plus élevée des tourelles, et nous regardions de là, oh! nous regardions de tous nos yeux! Mais nous avions beau les allonger et les écarter sur les longs massifs de bois qui s'étendaient indéfiniment du côté d'Avranches, nous ne voyions jamais que des abîmes de feuillage, que des océans de verdure, sur lesquels le regard lassé se perdait... De l'autre côté, entre deux récifs, c'était la mer bleue, s'étendant lentement comme une huile lourde sur la grève silencieuse, sans une seule voile qui piquât d'un flocon blanc et animât son azur monotone. Et ce calme de tout, pendant que nous étions si agitées, redoublait nos agitations, agaçait nos nerfs par cette indifférence des choses et, par moments, nous jetait dans l'état suraigu qui doit précéder la folie!

» La nuit même, nous restions penchées sur le haut de notre tourelle, cet observatoire d'où l'on ne voyait rien, si ce n'est le ciel, que nous ne regardions seulement pas! genre de supplice auquel nous revenions, parce qu'à chaque instant, nous nous imaginions qu'il allait cesser. Le soir du deuxième jour de cette foire d'Avranches, qu'on appelait, je crois, la *Saint-Paterne*, et qu'ils ont pu, depuis, appeler la *Flambée*, nous vîmes, en tressaillant, monter à l'horizon une longue flamme rouge, et des tourbillons de fumée épaisse, apportés par le vent, déferlèrent et s'étagèrent sur la cime des bois, que la lune éclairait.

« — Aimée, — lui dis-je, — c'est le feu! Nos hommes brûleraient-ils Avranches pour ravoir des Touches? Il vaut bien Avranches! Ce serait beau! »

» Nous écoutâmes..., et, pour cette fois, nous crûmes entendre, mais nous avions la tête montée, des cris indistincts et comme une masse de sons confus qui seraient sortis d'une ruche immense! Mon oreille de Chouanne exercée, car j'avais déjà fait la guerre et je me connaissais à la musique de la poudre, cherchait à distinguer les coups de fusil sur la basse continue de ce grand tumulte éloigné et assourdi par l'éloignement; mais, tonnerre de Dieu! je n'étais sûre de rien... Je ne distinguais pas. Je m'étais penchée sur la plate-forme! J'avais mis la tête hors de mon capuchon granvillais, que j'avais pris contre le froid de la nuit pour monter si haut et tête nue, l'oreille au vent, l'œil à la flamme qui se réverbérait en tons d'incarnat dans les nuées, calculant que si c'était Avranches qui brûlait, dans deux heures, pas une minute de plus, le temps juste pour revenir à Touffedelys, ils y seraient de retour, vainqueurs ou vaincus, je le dis vivement à Aimée...

» J'avais calculé avec une précision militaire. Juste deux heures après... nous haletions toujours sur notre plate-forme et nous voyions s'éteindre le feu lointain, ce feu qui n'était pas l'incendie d'Avranches; car Avranches à brûler aurait demandé plus de temps, — voilà que tout à coup nous entendîmes sous nos pieds, au bas de la tourelle, le *hou-hou* mesuré de la chouette, et, magie de l'amour! Aimée reconnut tout de suite de quelles paumes de mains était parti ce *hou-hou*, qui me parut sinistre, à moi, tant il était plaintif! et qui lui parut joyeux et triomphant, à elle, parce qu'il lui annonçait l'homme qui était devenu sa vie et qui lui rapportait la sienne!

« — C'est lui! » s'écria-t-elle, et nous descendîmes de la tourelle avec la rapidité de deux hirondelles qui plongent d'un toit vers le sol.

» Et, en effet, c'était *M. Jacques! M. Jacques,* le visage noirci, les cheveux brûlés, l'air d'un démon, ou plutôt d'un damné échappé de l'enfer; car les démons y restent...

« — Ah! — lui dis-je, incorrigible, toujours prête à rire, même dans les malheurs! — parti blanc comme un sac de farine, revenu noir comme un sac de charbon!

» — Oui! — répondit-il en mordant sa lèvre, — noir de deuil. Le deuil de la défaite! Le coup a manqué, Mademoiselle... Il faut recommencer demain. »

» Le coup était manqué, et pourtant, — reprit la vieille Chouanne, animée de plus en plus, et montrant une verve qui fit prendre à l'abbé son frère voluptueusement une prise de tabac, — pourtant l'affaire n'avait pas été mal menée, comme vous allez pouvoir en juger, monsieur de Fierdrap...

» ... C'est midi sonnant, au plus fort du tohu-bohu de la foire, que les Douze entrèrent dans Avranches. Ils y marchèrent d'abord vers le champ de foire, éparpillés, nonchalants, flânant, les bras ballants, guignant les sacs de blé ou de farine mis à cul sur le sol, déficelés et ouverts, pour que l'acheteur jugeât la marchandise, jouant leur rôle de blatiers qui ont le temps d'acheter, qui ne se pressent pas, qui attendent, en vrais Normands, que les prix fléchissent, mais, du fond de leurs grands chapeaux rabattus qui leur tombaient sur les épaules, se reconnaissant sans avoir l'air de se reconnaître, se comptant, se coudoyant, et sentant le coude ami qui frémissait contre leur coude. Ils nous dirent plus tard ces détails et ces sensations... Il y avait, et cela leur parut de bon augure, un monde fou à la foire cette année-là ! La ville encombrée était pleine de gens, d'animaux et de voitures de toute forme et de toute grandeur. Les auberges et les cabarets regorgeaient d'Augerons, de bouviers, de porchers, qui amenaient leurs bêtes pour la foire et dont les troupeaux s'amoncelaient dans les rues, rendant le passage impossible, bouchant la porte des maisons, menaçant les fenêtres des rez-de-chaussée, qu'on avait, dans beaucoup d'endroits, calfeutrées de leurs contrevents, par peur d'enfoncement des vitrages sous la corne de quelque bœuf en courroux ou la croupe reculante de quelque cheval effaré. Un instant retardées par leur accumulation aux angles des rues, au resserrement des venelles et aux tourniquets des carrefours, ces puissantes troupes de bœufs et de chevaux reprenaient bientôt leur marche lente sous les *pieds de frêne* de leurs conducteurs, et s'avançaient serrées si dru les unes contre les autres qu'on eût dit un fleuve qui coulait. Le mouvement de ces masses de bêtes et de gens se faisait surtout dans un sens, dans la direction du champ de foire, qui était la place du marché, à l'un des angles de laquelle s'élevait la prison où était renfermé des Touches.

» Il semblait que ce fût là une circonstance menaçante pour le dessein des Douze, que cette foule épaisse, qui, ceignant la prison de tous les côtés, augmentait naturellement la difficulté d'y pénétrer ou d'en sortir; mais cela leur parut, au contraire, un heureux hasard, à ces énergiques cœurs, tournés à l'espérance! Avec le génie des petites troupes résolues, n'avaient-ils pas toujours compté, pour faire leur coup, sur l'entremêlement du grand nombre, dont il est si aisé de faire un chaos? D'ailleurs, il y avait cela d'absolument bon dans cette circonstance de la situation de la prison sur le champ de foire, que le bataillon des Bleus qui y avait conduit des Touches, et qui, tout à côté, s'y était bâti avec des planches un corps de garde, avait été obligé de transporter ce corps de garde à l'autre extrémité de la place et dégager un endroit spécialement réservé aux chevaux de la foire, qu'on rangeait contre la longue muraille de la prison, dans toute sa longueur, et qu'on attachait par de gros anneaux en fer scellés entre les fortes pierres... D'abord, ces Bleus avaient fait des façons, vous vous en doutez bien, quand on leur avait signifié d'aller planter ailleurs leur corps de garde. Ils n'avaient qu'une idée, eux, c'est que des Touches pouvait s'échapper! Mais les tranquilles Normands, qui, dans toute autre circonstance, pourraient s'en laisser imposer par répugnance pour le *dérangement*, conséquence de toute lutte, ne s'en laissent plus conter et ne craignent plus leur peine quand le moindre intérêt est en jeu, et sur-le-champ voilà qu'ils redeviennent les âpres contendants connus, les chicaneurs terribles dont le cri de guerre sera jusqu'à leur dernier soupir : *Gaignaige!* L'écurie en plein vent rapportait de l'argent à la ville. Puis c'était là une coutume autant qu'un péage. Coutume et péage, toute la Normandie tient dans ces deux mots! les Bleus virent bien qu'ils ne seraient pas les plus forts... Ils avaient dégagé la prison.

» Cette prison, monsieur de Fierdrap, nos douze blatiers eurent tout le temps de la regarder et de l'étudier en gens de guerre, de la place du marché, qu'elle dominait, et qui était alors couverte de tentes, rangées en files comme les maisons des rues, entre lesquelles s'agitait et écumait le flot de la population foraine, aux rayons d'un soleil cuisant qui était aussi un avantage; car il faisait bouillir ce tas de cerveaux, excités déjà par le débat des prix et le cidre en bouteille qui allument si bien les têtes normandes, ces têtes que, ce jour-là précisément, il fallait faire sauter comme des poudrières, si l'on voulait enlever des Touches! Là étaient, en effet, tout le secret et le moyen de l'enlèvement : jeter, n'importe comment, toute cette multitude, les uns contre les autres, à travers les tentes renversées et les animaux, fous d'épouvante! Et, pendant cette immense ruée qui pouvait prendre les proportions d'une bataille d'aveugles et devenir une tuerie, se glisser à trois ou quatre dans la prison, y délivrer le chevalier et se replier vivement sur les bois, tel était le plan simple et hardi, convenu à Touffedelys, mais que l'aspect de la prison pouvait cependant modifier.

— Hure de saumon! Je le crois bien! — fit en s'exclamant le baron de Fierdrap. — Je la connais, votre prison, Mademoiselle! J'ai eu longtemps à Avranches un vieux compagnon de l'armée de Condé, qui s'appelait le chevalier de la Champagne, lequel, revenu au pigeonnier comme moi et n'ayant plus de poudre à brûler, s'était mis à aimer les vieilles pierres, comme moi je me suis mis à aimer le poisson. Eh bien, c'est à lui que je dois ma connaissance de la prison d'Avranches; car il m'a assez trimbalé, le damné maniaque d'antiquaire qu'il était! par les escaliers en colimaçon de cette forteresse, pour que je me la rappelle parfaitement et que les jambes me chantent encore une chansonnette en pensant à la hauteur de ses deux tours, qui résisteraient, Dieu me pardonne! à du canon.

— Oui! — reprit Mlle de Percy, — ces deux tours étaient formidables. Reliées ensemble par d'anciens bâtiments faisant poterne, elles étaient flanquées de constructions d'une date plus récente, qui, certes! n'auraient pas résisté à une attaque vigoureusement poussée. Mais avec les tours! les massives tours qui les épaulaient... bernicle! En les examinant, les Douze comprirent qu'on ne pouvait pénétrer là-dedans que par stratagème... Il fallait ruser. Ce fut Vinel-Royal-Aunis qui fut chargé de la geôlière; car — encore un bonheur, à ce qu'il semblait, pour les Douze, — il n'y avait pas de geôlier. Seulement, monsieur de Fierdrap, à la guerre, le hasard est souvent un traître. Vous verrez tout à l'heure que la geôlière de la prison d'Avranches pouvait faire tête d'homme et même plus! On la nommait la Hocson. C'était une femme de quarante-cinq à cinquante ans, sur qui avaient couru dans le temps des bruits dont on n'était pas sûr, mais épouvantables. On avait dit, entre le haut et le bas, qu'elle avait été poissarde au faubourg du Bourg-l'Abbé, à Caen, et qu'elle avait goûté au cœur de M. de Belzunce, quand les autres poissardes du Bourg-l'Abbé et de Vaucelles avaient, après l'émeute où il fut massacré, arraché le cœur à ce jeune officier et l'avaient dévoré tout chaud[61]... Était-ce vrai, cela? On en doutait, mais il paraît que la figure de la Hocson ne démentait pas ces bruits affreux. Son mari, jacobin violent, était mort dans l'exercice de ses fonctions de geôlier à Avranches, et elle lui avait succédé. Louve sinistre, devenue chienne de garde de la République, ce fut à Vinel-Aunis qu'il échut de l'apprivoiser... Cela ne devait pas être facile. Mais Vinel-Aunis était Vinel-Aunis! Son surnom parmi nous était : *Doute de rien!* et il le portait comme un panache. Il passait pour ce qu'on appelle un *loustic* de régiment, mais il était, par-dessus le marché, un beau garçon bien découplé, d'une tournure d'officier superbe, et qui, pour l'instant, faisait un blatier très faraud aux larges épaules, comptant sur trois choses qu'il estimait irrésistibles, même séparées : primo, par Dieu! ses avantages physiques; secundo, une langue à laquelle il faisait tout dire et comme de ma vie je n'en ai revu une pareille à personne, et tertio, une bonne poignée d'assignats. C'était un gaillard toujours prêt à tout. Il n'avait qu'un mot : « A la guerre — disait-il — comme à la guerre! » Probablement, le morceau qu'on lui jetait ne le ragoûtait pas, mais il sauta lestement par-dessus ses répugnances. Il eut l'aplomb de se présenter à cette geôlière d'Avranches, dont la physionomie était aussi atroce que la renommée, avec la fleur de fatuité qu'en France, les blatiers peuvent avoir comme les officiers, et ce génie impayable de la Plaisanterie, qu'il avait développé dans Royal-Aunis. Et malgré l'horreur très légitime que devait lui inspirer une créature qui pouvait encore avoir aux lèvres du sang de Belzunce, il débuta par s'élancer sur elle et par l'embrasser, paf! paf! paf! sur les joues, à la manière normande, par trois fois.

« — Et bonjour, ma cousine! — lui dit-il, à cette femme étonnée, figée d'étonnement et qui se laissa faire de stupéfaction. — Comment vous portez-vous, ma chère et honorable cousine?... Vous ne me remettez donc pas?... Je suis votre cousin Trépied de Carquebu, qui n'a pas voulu venir à votre foire d'Avranches sans vous souhaiter bien des prospérités et vous embrasser! »

» Il avait dit *Trépied*, cet improvisateur au pied levé, parce qu'elle avait un trépied devant elle, sur lequel elle récurait, avec une poignée de paille, un chaudron!

« — En fait de trépied, je ne connais que *cha*, — fit-elle avec colère en lui montrant celui de son chaudron, — et vous mériteriez bien que je vous l'envoyasse par la figure pour vous punir de vos insolentes *josteries* [62], méchant attrapeur! »

» Mais Vinel-Aunis n'était pas homme à avoir peur d'un trépied manœuvré par la main d'une vieille femme, et il prouva qu'il avait raison de croire à sa langue, comme il disait; car il soutint, mais *mordicus*, à la Hocson, qu'elle avait des parents de ce nom de Trépied à Carquebu et qu'il était bel et bien de ces Trépied-là. Puis il enfila une longue histoire sur ces Trépied de Carquebu, lesquels lui avaient si souvent parlé de leur cousine d'Avranches, avant son départ, à lui, pour l'armée, lors de la première réquisition, que depuis qu'il avait pu revenir à Carquebu reprendre le fouet de blatier qu'avait toute sa vie fait claquer son père, il s'était promis de profiter de la première foire à Avranches pour venir saluer sa cousine et faire connaissance et amitié avec elle. Et, par ma foi! il en dit tant, il eut l'air si sûr de ce qu'il disait, il fut si précis dans toutes les circonstances, il versa enfin à la Hocson, restée le bec cloué et aplati devant ce torrent de paroles, une telle douche de phrases sur la tête, qu'en écoutant son cousin Trépied elle oublia l'autre, qu'elle laissa tranquille sous son chaudron, et qu'elle tomba assise sur un banc, persuadée, domptée, confondue. Elle était si complètement hébétée, qu'elle finit même par inviter ce cousin, qui lui tombait de Carquebu, à boire une chopine et à manger du *cornuet*[63] de la foire, et Vinel-Royal-Aunis s'attabla. Il se crut maître de la place. Il crut qu'il tenait son des Touches! Mais... il se trompait.

» Il continuait cependant d'aller de cette langue infatigable. Il but une chopine, puis un pot, puis un autre pot, et voyant que la Hocson buvait comme lui, aussi ferme que lui, devenant plus sombre seulement à mesure qu'elle buvait, mais restait froide sous ces libations sans vertu, il voulut faire à sa cousine, l'aimable blatier, la politesse de l'eau-de-vie, et il en envoya chercher au cabaret voisin par une petite fille que la

Hocson appelait : « la petiote à son fils ». Mais cette femme, cette Hocson, nous dit-il plus tard à Touffedelys, était plus difficile à mettre à feu que la prison d'Avranches, qui y était trois heures après. C'est que cette femme, monsieur de Fierdrap, avait dans le cœur ce qui empêche l'ivresse, — l'ivresse qui, dit-on (ceux qui boivent), est un oubli, une illusion, une autre vie dans la vie. Elle avait un souvenir dans le cœur plus fort que l'ivresse, qui glaçait l'ivresse et que l'ivresse ne noyait pas. Et ce n'était pas, non! le souvenir du sang de Belzunce, si réellement, comme on le disait, elle y avait goûté, mais un souvenir à tuer celui-là, à l'empêcher de penser même à ce crime, si elle l'avait commis, et à en effacer le remords. C'était, enfin, dans le fond de son cœur une plaie si large, que toute la mer changée en eau-de-vie pour la faire boire à cette femme, dont l'âme entière n'était plus qu'un trou de blessure, y aurait passé comme dans un crible, sans rien engourdir et sans rien fermer! »

La pléthorique Mlle de Percy, que son histoire oppressait, s'arrêta une minute pour reprendre haleine; mais l'abbé et le baron, pris par l'histoire, restèrent silencieux. Ils ne plaisantaient plus.

« Et si je vous parle ainsi de cette femme, monsieur de Fierdrap, — reprit Mlle de Percy, — si je m'arrête un instant sur cette créature, qui était peut-être une scélérate, mais qui, ce jour-là, eut aussi, comme les Douze, sa grandeur, c'est que cette femme fut la cause unique du malheur des Douze dans cette première expédition. Sans elle, et sans elle *seule,* notez bien ce mot-là ! pas le moindre doute que les Douze, qui mirent Avranches sens dessus dessous, dans ce jour dont on se souviendra longtemps, n'eussent repris le chevalier des Touches. Pour moi, je le pense, ils auraient réussi. Mais elle leur opposa une volonté aussi forte que ces murailles de la prison qui étaient des blocs de granit. Vinel-Aunis avait essayé de l'enivrer; il essaya de la corrompre. Il s'y prit avec elle comme on s'y prend avec tous les geôliers de la terre depuis qu'il y a des geôliers. Mais il trouva une âme imprenable parce qu'elle était gardée par la haine, et la plus implacable et la plus indestructible des haines : celle qui est faite avec de l'amour! La Hocson avait eu son fils tué par les Chouans; non pas tué au combat, mais après le combat, comme on tue souvent dans les guerres civiles, en ajoutant à la mort des recherches de cruauté qui sont des vengeances ou des représailles. Tombé dans une embuscade, après une chaude affaire où les Bleus avaient couché par terre beaucoup de Chouans, car ils avaient avec eux une pièce de canon, ce jeune homme avait été enterré vivant, lui vingt-quatrième, jusqu'à cet endroit du cou qu'on appelait, dans ce temps-là, la place du collier de la guillotine. Quand ils virent ces vingt-quatre têtes, sortant du sol, emmanchées de leurs cous et se dressant comme des quilles vivantes, les Chouans eurent l'idée horrible de faire une partie de ces quilles-là avant de quitter le champ de bataille, et de les abattre à coups de boulet! Lancé par leurs mains frénétiques, le boulet, à chaque heurt contre ces visages qui criaient quartier, les fracassait en détail... et se rougissait de leur sang pour revenir les en tacher encore. C'est ainsi que le fils Hocson avait péri. Sa mère, qui avait su cette mort, avait à peine pleuré... Mais elle voyait toujours cette quille sanglante... et elle nourrissait pour les Chouans une haine contre laquelle tout devait se briser... et Vinel-Aunis s'y brisa.

« — Ah! — lui dit-elle, — tu m'as donc gouaillée! Tu n'es qu'un Chouan, et tu viens pour le prisonnier. Oh! je n'ai pas peur que tu me tues, — il avait pris un pistolet sous sa vareuse. — Il y a longtemps que je désire la mort! Petiote! — cria-t-elle, — va vite au corps de garde me chercher les Bleus! »

« — Je l'aurais bien tuée, — nous dit Vinel-Aunis, — mais je ne savais pas même dans laquelle des tours était des Touches. Cela aurait fait du bruit. J'aurais perdu du temps. »

» Et il jeta un escabeau, qui se trouvait là, dans les jambes de la petite, pour l'empêcher de sortir en la faisant tomber.

» Mais le temps de son mouvement avait suffi à la Hocson pour s'échapper, par un couloir noir comme de l'encre où Vinel-Aunis se perdit pendant qu'il l'entendait grimper quatre à quatre l'escalier d'une des tours, ouvrir la porte de la prison et s'y enfermer à clef avec le prisonnier.

— Diable! — fit M. de Fierdrap.

— Peste ! — dit l'abbé.

— Or, pendant que tout ceci se passait à la prison, — continua la vieille amazone, qui ne prit pas garde aux deux exclamations, — l'aiguille du cadran qui surmontait la façade de la Maison Commune, sise au fond de la place du Marché, arrivait au chiffre de l'heure marquée par les Douze pour agir. Incapables, quoi qu'il advînt, d'hésiter une minute quand une résolution était prise :

« — C'est à nous de commencer la danse ! » fit gaiement Juste le Breton à La Varesnerie.

» Et ils entrèrent tous deux sous une des tentes de la foire où il y avait le plus de monde et où l'on buvait. Ils y entrèrent nonchalamment, mais ils avaient leurs bâtons gaufrés à la main. Autour d'eux, on n'avait nulle méfiance. Le monde qui était là resta, les uns assis, les autres debout, quand Juste Le Breton, s'approchant de la grande table de ceux qui buvaient, coucha délicatement son bâton sur une rangée de verres pleins jusqu'aux bords, et dit, de sa voix qu'il avait très claire :

« — Personne ne boira ici que nous n'ayons bu ! »

» Tout le monde se retourna à cette voix mordante, et les deux blatiers devinrent le point de mire de mille regards où l'étonnement annonçait une colère qui n'était pas loin.

« — Es-tu fou, blatier ? — dit un paysan. — Ote-moi ton bâton de *delà !* et garde-le pour défendre tes oreilles ! » Et, prenant par le bout le bâton que Juste avait couché sur la rangée de verres, mais qu'il tenait toujours par la poignée, il l'écarta.

» C'était là l'insulte que Juste cherchait. Il ne dit mot, il resta tranquille comme Baptiste; mais il releva subitement son bâton à bras tendu par-dessus sa tête, et, de cette main qu'il avait aussi adroite que vigoureuse, il l'abattit sur toute cette ligne de verres pleins, en file, qu'il cassa d'un seul coup, et dont les morceaux volèrent de tous les côtés de la tente. Ce fut le signal du branle-bas. Tout le monde fut debout, criant, menaçant, mêlé déjà, les pieds dans le cidre qui coulait, en attendant le sang. Les femmes poussaient ces cris aigus qui enivrent de colère les hommes et leur prennent sur les nerfs comme des fifres... Elles voulaient fuir et ne pouvaient, dans cette masse impossible à percer, et qui se ruait sur les deux blatiers pour les étouffer.

« Vous avez eu l'honneur du premier coup d'archet, Monsieur, — dit à Juste Le Breton M. de La Varesnerie, avec cette élégante politesse qui ne le quitta jamais, — mais si nous voulons exécuter tout le morceau, il faut que nous tâchions de sortir de cette tente, où nous n'avons pas assez d'espace pour faire seulement, avec nos bâtons, un moulinet. »

» Et de leurs épaules, de leurs têtes et de leurs poitrines, ils essayèrent de trouer cette foule, compacte à crever les toiles de la tente, où ce qui venait de se passer faisait accourir du monde encore. Mais, cette marée d'hommes montant toujours, ils poussèrent alors, pour qu'on vînt les dégager, du dehors, le cri que leurs amis, autour de la tente, attendaient comme un commandement :

« — A nous, les blatiers! »

» Ce dut être un curieux spectacle! Les blatiers répondirent à ce cri par le claquement de leurs fouets terribles, et ils se mirent à sabrer cette foule avec ces fouets qui coupaient les figures tout aussi bien que des damas. Ce fut une vraie charge, et ce fut aussi une bataille! Tous les *pieds de frêne* furent en l'air sur une surface immense, la foire s'interrompit, et jamais, dans nulle batterie de sarrasin, les fléaux ne tombèrent sur le grain comme, ce jour-là, les bâtons sur les têtes. Dans ce temps-là, la politique était à fleur de peau de tout. Le moindre coup faisait jaillir du sang dont on reconnaissait la couleur, à la première goutte. Le cri : « Ce sont les Chouans! » partit de vingt côtés à la fois. A ce cri, la générale battit. Cette générale, que nous n'avions pas entendue du haut de la tourelle de Touffedelys, couvrit Avranches et le souleva. Le bataillon des Bleus voulut passer à la baïonnette à travers cette masse qui roulait dans le champ de foire comme une mer, mais impossible! Il aurait fallu percer un passage dans cette foule d'hommes, d'enfants et de femmes qui s'agitaient là, et qui, à eux seuls, de leur pression et de leur poids, pouvaient écraser cette poignée de Chouans. Les

Douze, ou plutôt les Onze, car Vinel-Royal-Aunis était à la prison, les Onze, qui semblaient un tourbillon qui tourne au centre de cette mer humaine dont ils recevaient la houle au visage, les Onze ramassés sous leurs fouets et sous le moulinet de leurs bâtons, avaient bien calculé. Ils abattaient autour d'eux ceux qui les poussaient, et qui leur rendaient coup pour coup...

» Partout ailleurs, ce n'était, dans ce champ de foire, qu'un désordre sans nom, un étouffement, l'ondulation immense d'une foule au sein de laquelle, affolé par les cris, par le son du tambour, par l'odeur du combat qui commençait à s'élever de cette plaine de colère, quelque cheval cabré montrait les fers de ses pieds par-dessus les têtes, et où, çà et là, des troupes de bœufs épeurés se tassaient, en beuglant, jusqu'à monter les uns sur les autres, l'échine vibrante, la croupe levée, la queue roide, comme si la mouche piquait. Mais à l'endroit où les Onze tapaient, cela n'ondulait plus. Cela se creusait. Le sang jaillissait et faisait fumée comme l'eau fait sous la roue du moulin! Là on ne marchait plus que sur des corps tombés, comme sur de l'herbe, et la sensation de piler ces corps sous leurs pieds leur donna, à tous les Onze, la même pensée; car, tout en tapant, ils se mirent tous les Onze à chanter gaiement la vieille ronde normande :

Pilons, pilons, pilons, l'herbe;
L'herbe pilée reviendra!

» Mais elle n'est pas revenue! A Avranches, on vous montrera, si vous voulez, à cette heure encore, la place où ces rudes chanteurs combattirent. L'herbe n'a jamais repoussé à cette place. Le sang qui, là, trempa la terre, était sans doute assez brûlant pour la dessécher.

« Ils y tinrent à peu près deux heures... mais Cantilly avait le bras cassé, La Varesnerie la tête ouverte, Beaumont les clavicules rompues, presque tous les autres blessés, plus ou moins, mais tous debout encore dans leurs vareuses, qui n'étaient plus blanches comme le matin, et qu'une rosée de sang poudrait maintenant à la place de fleur de farine. Tout à coup, *M. Jacques* tomba, au cri de joie de ces paysans électrisés, qui crurent avoir abattu un de ces blatiers du diable, solides comme des piliers que l'on pouvait battre comme plâtre, mais qu'on ne pouvait renverser. *M. Jacques* n'était pas même blessé. Tout en combattant, il avait vu, à la hauteur du soleil qui commençait à baisser et à prendre la place en écharpe, qu'il était l'heure d'aller à des Touches et de rejoindre Vinel-Aunis... Aussi, avec la souplesse du chat sauvage, se glissa-t-il en rampant à travers les jambes de ces hommes, qui ne faisaient guère attention dans ce moment-là qu'au jeu terrible de leurs mains, et, comme un plongeur qui disparaît à un endroit de l'eau pour ailleurs reparaître, il se retrouva assez loin de l'espace où l'on se battait et dans une tourbe, à cet endroit-là, moins ardente qu'épouvantée. Comment passa-t-il? Il avait jeté son grand chapeau à *couverture à cuve* qui l'aurait gêné; mais comment ne fut-il pas reconnu à sa vareuse sanglante, tué, mis en pièces? Lui-même n'a jamais su le dire. Il ne le savait pas, et cela doit paraître incroyable. Mais vous avez fait la guerre, baron, et à la guerre, ce qui est incroyable arrive tous les jours. Fascination de la terreur! Quand il se releva, dans cette foule qu'il avait traversée en s'aplatissant, on se mit à fuir devant cet homme qui lui-même semblait fuir, et dans le pêle-mêle de la place, il put parvenir à la prison où Vinel-Royal-Aunis aurait dû préparer la délivrance de des Touches. Mais à la prison, au pied de la prison, il trouva... les Bleus.

» Oui, c'étaient les Bleus!

» Voyant qu'ils ne pouvaient ni s'avancer ni manœuvrer dans ce champ de foire, plein à regorger, et où d'ailleurs les paysans de l'Avranchin les remplaçaient et ne faisaient pas mal leur besogne, les Bleus, au premier cri : « Ce sont les Chouans! » s'étaient portés au pas de charge sur la prison; car officiers et soldats maintenant ne doutaient plus que la bataille qui se donnait au fond de la place n'appuyât une tentative sur des Touches. Or, à la prison, si vous n'en avez pas oublié la construction, monsieur de Fierdrap, les Bleus avaient trouvé la lourde porte de l'espèce de bâtiment moderne qu'occupait la Hocson très fortement barricadée, et comme la petite fille, à qui Vinel-Aunis avait jeté l'escabeau dans les jambes pour la faire tomber, à moitié évanouie de peur, ne soufflait mot sous la bouche du pistolet de Vinel, et que tout paraissait, à l'intérieur, silencieux et tranquille, ils crurent naturellement que la Hocson, dont ils connaissaient l'énergie, avait pris ses précautions de défense au premier bruit de tumulte populaire et de Chouannerie. Et, sûrs qu'elle tenait son prisonnier, ils se réservèrent pour le cas d'attaque ou de sortie, si quelques Chouans avaient été assez hardis pour se glisser dans la prison qui devait être pour eux une souricière, et ils se déployèrent parallèlement à cette longue muraille, où les chevaux amenés pour être vendus à la foire étaient rangés et attachés aux anneaux de fer dont je vous ai déjà parlé. Ils furent seulement obligés de se déployer assez loin de ces chevaux, qui répondaient à la tempête de cris et de mugissements de la place par des hennissements de colère et des ruades furieuses, et ils s'étaient établis prudemment hors de la portée de cette effrayante ligne de pieds ferrés, toujours en l'air comme des projectiles, et qui leur auraient cassé les reins. *M. Jacques* avait vu tout cela. C'était un homme, après tout, que ce mélancolique! Le jour baissait. Il attendit, caché par la multitude, qu'il fût tombé un peu d'ombre... Les fouets claquaient toujours au fond de la place. Il prit son temps, et il eut le sang-froid et l'audace de faire, sous le ventre de ces chevaux frémissants et devenus presque sauvages, ce qu'il avait fait sous les pieds des hommes dans la foule. Il se coula entre la muraille et les Bleus. Il ne pouvait pas douter, lui, que Vinel-Aunis ne fût dans la prison... La porte barricadée le lui prouvait. C'était Vinel-Aunis qui, à tout événement, l'avait barricadée... Aux approches de la nuit, la multitude, qui s'étouffait, sans voir, sur le champ de foire, comprit enfin qu'il fallait s'écouler par les rues; mais son courant y rencontrait un contre-courant contre lequel elle se heurtait, et partout c'était des congestions et des rebondissements de foule nouvelle. On entendait dans la nuit la générale battant sur tous les points d'Avranches, entrecoupée du cri bref : « Aux armes! » La garde nationale, la gendarmerie avaient voulu, comme les Bleus, pénétrer jusqu'à l'endroit où l'on s'égorgeait, mais, comme les Bleus, elles avaient trouvé l'invincible résistance de ce monde aggloméré, pressé et trop épais pour qu'on pût s'y faire un passage... à moins de tout massacrer. Cette circonstance, que les Douze avaient prévue et calculée et qui les avait protégés jusque-là contre la baïonnette et la fusillade, allait cependant se retourner contre eux. Pris dans ces cercles redoublés d'une foule qu'ils échancraient à coups de fouet et de bâton, qu'ils élargissaient, mais qu'ils ne brisaient pas comme on brise un cuvier dont on abattrait les douvelles, ils ne pouvaient ni faire retraite, ni s'égailler. Et c'était là l'anxiété de *M. Jacques*. Tapi à terre sous la poterne, il grimpa dans les vieux lierres qui couvraient les murs de la prison jusqu'à un trou grillé, par lequel il envoya, en le modulant bassement, son cri de chouette, pour avertir Vinel-Aunis, qui l'entendit et doucement débarricada la porte.

« — Et des Touches? » lui fit *M. Jacques*. Mais Vinel-Royal-Aunis donna à *M. Jacques* le froid de la défaite, en lui racontant comment la geôlière lui avait échappé et comment elle avait eu la hardiesse de s'enfermer sous clef, tête à tête avec le prisonnier, dans la tour.

« — Des Touches, sans ses fers, la romprait sur son genou comme une baguette! — ajouta Royal-Aunis, — mais il est enchaîné... On n'entend rien à travers cette sacrée porte, — et la Hocson est, par Dieu! bien femme à le tuer, à coups de couteau.

» — Nous le saurons demain! — dit *M. Jacques*, avec la rapidité de décision de l'homme de guerre qu'il avait, ce beau ténébreux, malgré sa langueur. — Mais, ce soir, il faut sauver ceux qui se battent là-bas... Il faut les dégager et faire retourner la tête à cette foule, et il n'y a qu'un moyen... Mettons le feu à la prison! »

— Bravo! — dit M. de Fierdrap, avec l'enthousiasme du connaisseur. — Militairement, le moyen était bon, mais, ventre de carpe! ça ne devait pas être chose facile que de mettre le feu à la prison d'Avranches, une geôle de granit humide, à peu près inflammable comme le fond d'un puits!

— Aussi, ce qui brûla, baron, —reprit Mlle de Percy, — fut le grand bâtiment de date plus moderne qui reliait les tours, et dans lequel habitait la geôlière. Il y avait dans le haut de ce bâtiment un immense grenier à foin pour la gendarmerie de la ville, et c'est là que *M. Jacques* et Vinel-Aunis mirent intrépidement le feu, avec deux coups de pistolet. En un clin d'œil, par le temps sec et chaud qu'il faisait, la flamme s'élança de cet amas de foin, et, sortant avec une brusquerie convulsive du toit dont elle fit voler en éclats les ardoises, tant elle était intense! elle embrasa instantanément les épais tapis de lierre séculaire qui enveloppaient les tours, et elle les couvrit d'une robe de feu. Ces deux tours devinrent tout à coup deux monstrueux flambeaux-colosses, qui éclairèrent la place de l'un à l'autre bout et firent, comme l'avait dit *M. Jacques*, retourner les mille têtes de la foule. A cette lueur soudaine, un frisson de terreur immense passa électriquement sur ces mille têtes comme un sillon de foudre, malgré la colère du combat; car il ne s'agissait plus d'une poignée de Chouans à réduire, mais d'Avranches, d'Avranches qui pouvait brûler tout entier! La prison, en effet, touchait aux premières maisons de la vieille ville, qui n'étaient pas de granit, elles! et qui auraient pris comme de l'amadou. Des fentes, comme il s'en entrouvre dans des murs qui vont crouler, se firent subitement en ce gros d'hommes amoncelés, et, chose horrible! les bœufs qui étaient tassés et avaient jusque-là été contenus par la densité de la foule sur la place, les bœufs, enragés par cette violence écarlate de l'incendie qui leur donnait dans les yeux, se mirent à fuir par ces fentes qu'ils agrandirent, écrasant des pieds et des cornes tout ce qui leur était obstacle. Ce fut là une autre tuerie, pire que celle des Onze, qui continuaient imperturbablement leur massacre à l'extrémité du champ de foire, et que cette intervention inattendue de l'incendie allait sauver; car ils n'en pouvaient plus... Leurs fouets claquaient toujours, mais le claquement de ces fouets était moins sonore. Il devenait de plus en plus mat à chaque coup frappé dans cet amas de chairs sanglantes qui faisait boue autour d'eux, et qu'ils envoyaient à la figure de leurs ennemis en éclaboussures.

« — Sabre-tout, — fit Saint-Germain à Campion, en l'appelant par son nom de guerre, — assez sabré pour aujourd'hui! »

» Et, gai comme pinson, il ajouta :

« — Nous étions frits sans l'incendie, mais voilà qui va nous dégager. Dans cinq minutes, ils y seront tous.

» — Faisons-nous dos à dos, Messieurs, — dit La Varesnerie, — et sortons de cette place. Une fois dans les rues, nous chouannerons. Les rues d'Avranches vont valoir le buisson, cette nuit. »

» Et ils exécutèrent leur manœuvre de dos à dos, couverts de ces fouets et de ces bâtons qu'ils maniaient en maîtres. Et, marchant au pas, ils s'avancèrent à travers cette foule qui se dépaississait, distraite par le feu, culbutée et broyée par les bœufs qui couraient çà et là comme une tempête fauve, et c'est ainsi qu'ils purent enfin quitter, sans avoir perdu un seul homme, cette place où, depuis trois heures, ils avaient du sang jusqu'au jarret, et où, comme nous le dit Le Planquais quelques jours plus tard, « ils avaient battu le beurre, à pleine baratte, comme on sait le battre dans le Cotentin[64] ! ».

— Sais-tu bien que c'est aussi beau que Fontenoy, cela, Fierdrap?... — fit l'abbé, profondément pensif, pendant que sa bouillante sœur, dont la tête devait fumer sous son baril violet et orange, respirait.

— C'est même plus beau ! — dit le baron. — Leur petit carré n'a pas été enfoncé, à eux, à ces Onze ! Et ce sont eux, au contraire, qui ont enfoncé le grand carré des paysans qui les tenaient de tête, de queue et des deux flancs, et qui l'ont enfoncé avec de simples fouets pour toutes pièces de canon. Le diable m'emporte ! c'est plus beau. »

L'héroïne de la Chouannerie s'associait tellement à ses compagnons d'armes, même pour les batailles où elle n'était pas, qu'elle sourit aimablement au vieux uhlan pour le remercier de son opinion, et elle reprit :

« Une fois dans les rues, ils essuyèrent bien quelques coups de fusils épars... Mais la lune n'était pas encore levée, et, d'ailleurs, elle l'aurait été, que la fumée rougeâtre de l'incendie, qui se mit à couvrir la ville comme d'un dais sombre, en eût intercepté la lumière. Il faisait noir dans ces rues étroites, qui n'avaient pas alors de réverbères comme aujourd'hui. Ils sentirent bien siffler quelques balles qui rebondissaient contre les angles des pignons, mais ce fut tout, et ils purent, sans nouveau combat, sortir des faubourgs de la ville, alors tout entière à l'incendie, et se rallier, comme d'avance ils en étaient convenus, sous l'arche d'un vieux pont qui n'avait plus que cette arche, et qu'on appelait le *Pont-au-Prêtre* (peut-être à cause de la couleur de ses pierres qui étaient noires). Il coulait sous cette arche solitaire un filet de rivière profondément encaissée, et ce fut là qu'ils se comptèrent... Or, comme ils ne savaient rien du sort de des Touches et qu'ils avaient sur le cœur le poids affreux de l'absence des amis qui manquent à l'appel, ils résolurent de rentrer à Avranches, et ils y rentrèrent. Ils laissèrent sous l'arche du *Pont-au-Prêtre* leurs vareuses sanglantes qui les auraient trahis, et comme des ouvriers des faubourgs de la ville qui auraient couru au feu en toute hâte et en manches de chemise, ils y allèrent ainsi, et sans leurs grands chapeaux, la tête ceinte de leurs mouchoirs, qu'ils avaient mouillés dans cette rivière, où ceux qui étaient blessés parmi eux lavèrent leurs blessures. Cantilly resta seul à attendre ses compagnons, couché sur le monceau de vareuses sanglantes; car son bras cassé le faisait cruellement souffrir. Mais il ne les attendit pas longtemps. Ils revinrent vite. En entrant sur la place où la foule avait roulé sa masse en sens inverse et travaillait encore à éteindre l'incendie, ils avaient vu que tout était perdu et fini... La Hocson qui, par la fenêtre grillée de la prison léchée par les flammes, n'avait pas cessé de repaître ses yeux de ce qui se passait sur la place, venait d'ouvrir aux Bleus la porte de ce cachot où elle s'était renfermée avec son prisonnier.

« — Tenez! — leur avait-elle dit en le leur montrant garrotté de chaînes et couché par terre sur la dalle, — le voilà, le brigand! Je les ai bien entendus *fourgonner* dans la porte pour la mettre à feu; mais ils auraient fait un four à chaux de cette geôle, que je m'y serais laissée cuire avec lui, vivante, plutôt que de le rendre à un autre qu'au valet du bourreau à qui il appartient! »

» *M. Jacques* et Vinel-Royal-Aunis s'étaient, en effet, obstinés à vouloir brûler cette porte épaisse, résistante à l'action du feu comme à l'action du levier. Ils s'y obstinaient encore, quand la foule, devenue maîtresse de l'incendie, s'élança dans le couloir et les escaliers de la prison. Alors, ils s'étaient jetés, tête baissée, en avant, la torche et le pistolet à la main, et, grâce à la flamme, à la fumée et au désordre de l'invasion dans la prison de ces Bleus, qui couraient, comme des fous, au cachot de des Touches, ils avaient passé.

» C'est au moment où il sortait de là que nous avions revu *M. Jacques*. L'idée d'Aimée, sans doute, le fit revenir plus vite à Touffedelys que ses autres compagnons, mais douze heures après, à l'exception de Vinel-Aunis, ils y étaient tous. *M. Jacques* ignorait le sort de Vinel-Aunis. Nous crûmes qu'il était mort. Il ne l'était pas. Il avait reçu dans le ventre un coup furieux de la baïonnette d'un Bleu, et il avait eu l'énergie de faire plus d'un quart de lieue dans les bois, contenant avec sa main ses entrailles près de s'échapper, et, dans cet état, de gagner la cahute d'un sabotier Chouan... Ces détails, que nous avons sus plus tard, nous les ignorions. Nous pensions qu'il avait laissé sa vie dans cette affaire, et cela nous paraissait une chose si simple, que bientôt nous n'en parlâmes plus. Mais il n'en était pas de même de des Touches. Qu'était devenu des Touches?... *Pour recommencer demain,* comme l'avait dit *M. Jacques,* il fallait avoir des nouvelles de des Touches. Il n'en venait aucune à Touffedelys. — Une femme inspire moins de défiance qu'un homme. Je proposai à ces messieurs d'aller à Avranches en chercher.

» Ils acceptèrent, et j'y allai, monsieur de Fierdrap. Je n'étais pas novice, je vous l'ai dit; j'avais bien des fois porté des dépêches aux chefs des différentes paroisses, sous toutes sortes de déguisements. Pour me mêler mieux aux gens de la ville et pour détourner tout soupçon, je me déguisai en femme du peuple. Je passai un déshabillé de droguet; je posai sur mes cheveux, qui, depuis la guerre, ne connaissaient plus qu'une espèce de poudre, — celle avec laquelle on frise l'ennemi! — cette coiffe des Granvillaises qui ressemble à une serviette pliée en quatre qu'on se plaquerait sur la tête. On mit des hottes sur une de nos juments poulinières, et un *panneau* couvert de peau de veau avec son poil; et assise de côté là-dessus, un de mes pieds en sabots dans une de mes hottes, l'autre pendant sur le cou de ma jument, je m'en allai vers Avranches d'un bon trot d'*allure*. J'avais, pour les vendre au marché, mes hottes pleines de beaux pains de beurre enveloppés dans des feuilles de vigne. Vous parliez de mon caleçon de velours rayé, il n'y a qu'un moment, mon frère, et de mes grandes bottes *à la Frédéric?* — ajouta-t-elle avec la seule coquetterie qui lui fût possible, la coquetterie d'avoir porté de pareilles bottes; — mais, ce jour-là, votre sœur, la cousine des Northumberland, était tout simplement une beurrière des faubourgs de Granville. Oui! voilà ce qu'était, pour le quart d'heure, Barbe-Pétronille de Percy-Percy!

— Barbe, sans barbe! — dit l'abbé, qui se prit à rire, — mais digne de la porter.

— Elle m'est venue depuis, — dit-elle, en riant aussi, — mais trop tard, depuis que je n'en ai que faire, et que j'ai repris, pour ne plus les quitter, ces ennuyeux jupons qui me vont à peu près comme à un grenadier. Je n'avais alors qu'un petit bout de moustache brune qui, avec ma figure à la diable, me donnait l'air assez dur sous ma serviette pliée en quatre, et justifiait le mot d'un drôle d'Avranches, qui faisait les beaux bras au marché et qui se permit de mettre ses deux mains autour de ma grosse taille. Je lui avais allongé sur les doigts le meilleur coup du manche de mon couteau à beurre.

« — Ne fais pas tant ta mijaurée! — m'avait-il dit furieux; — il n'y a pas de quoi. Après tout, tu n'es pas si fraîche que ton beurre, la grosse mère!

» — Mais je suis plus salée! — lui répondis-je, le poing sur la hanche, comme une vraie harengère de Bréhat, — et si tu veux y goûter, polisson, tu vas le savoir! »

» C'est à cela seul que se bornèrent tous les dangers que courut, à Avranches, l'honneur de votre sœur, mon frère. J'y fis ce qu'on appelle un bon marché. Tout en vendant mes pelotes de beurre, j'arrondis mes pelotes de nouvelles. Je ramassai tous les bruits, tous les commérages de la ville. Elle n'était pas remise de la chaude alarme que nos Douze lui avaient donnée. On ne parlait partout que des faux blatiers et du feu mis à la prison. On disait, en les exagérant peut-être, le nombre des personnes qui avaient péri dans cette batterie. On montrait encore, sur le champ de foire, des mares de sang... « Mais, au moins, — criaient les trembleurs, — nous sommes délivrés du des Touches! » Cet appât ne devait plus faire revenir les Chouans. La nuit du lendemain de ce jour terrible, dont les événements avaient si profondément bouleversé Avranches, on avait fait quitter secrètement la ville au prisonnier. On l'avait jeté avec ses fers dans une petite charrette recouverte de planches, et, tout le bataillon des Bleus l'escortant, il était parti, sans tambour ni trompette, pour Coutances, où il devait être jugé et certainement condamné à mort.

» Je revins grand train à Touffedelys apprendre

à nos amis ce changement de prison de des Touches, qui le plaçait plus loin de notre portée et dans des conditions de captivité plus dures à surmonter que les premières; car à la guerre, toute tentative, avortée une fois, devient plus difficile de cela seul qu'elle a avorté : l'ennemi est prévenu, il veille davantage. *M. Jacques* avait dit la pensée de tous ses compagnons, en disant qu'il fallait recommencer l'entreprise.

« — Messieurs, — ajouta-t-il, — prenez aujourd'hui pour panser vos blessures. Nous tâcherons de les rendre à l'ennemi demain. Il faut que dans deux jours nous soyons sous Coutances, pour rejouer la partie que nous avons perdue. Coutances est une ville plus forte qu'Avranches, et nous sommes, nous, moins forts que nous n'étions... Nous ne sommes plus que onze...

» — Vous êtes toujours douze, Monsieur, — lui dis-je. — Onze est un mauvais compte. Il nous porterait malheur. Puisque M. Vinel-Aunis n'est pas revenu, je m'offre pour le remplacer. Dame! je n'ai jamais été la plus belle fille du monde, mais la plus belle ne donne encore que ce qu'elle a. »

» Et c'est ainsi, baron, que je fis partie de la seconde expédition des Douze, et que je vis, de mes deux yeux, qui ne reverront jamais pareilles choses, ce qui me reste à vous conter. »

VI

UNE HALTE ENTRE LES DEUX EXPÉDITIONS

Mademoiselle de Percy s'arrêta un instant encore. Le Bacchus d'or moulu sonna de son timbre flûté et argentin. Il s'en allait dérivant vers minuit, l'heure, dit-on, des spectres... et n étaient-ce pas des spectres, en effet, que ces gens du passé, rassemblés dans ce petit salon à l'air antique, et qui parlaient entre eux de leur jeunesse évanouie et des nobles choses qu'ils avaient vues mourir[65]?... Ursule et Sainte de Touffedelys pouvaient bien, elles surtout, faire l'effet de deux spectres; pauvres fantômes doux! Pâles et séchées sous leurs cheveux pâles, elles tenaient toujours dans leurs doigts amincis ces écrans transparents dont la gaze verte, tamisant la lueur du feu qui s'éteignait, jetait à leurs visages exsangues un reflet de lune de cimetière... Le baron de Fierdrap, l'abbé et sa sœur, d'une couleur plus chaude, d'yeux plus brillants, semblaient plus vivants, plus passionnés; mais, au fond, n'agitaient-ils pas des souvenirs aussi vains que ces fantômes de nuit qui se dissipent à l'aube?... Et Aimée elle-même, la plus jeune d'entre eux, dont la beauté disait éloquemment qu'elle était moins avancée dans la vie, Aimée penchée sur son feston auquel elle ne pensait pas, Aimée la solitaire et la silentiaire par la surdité, dont l'âme cherchait une autre âme dans la mort, n'était-elle pas encore, d'eux tous, la plus morte et la plus du pays des rêves?

« Ce fut un grand jour à Touffedelys, — reprit Mlle de Percy, — que le jour qui précéda notre départ pour Coutances, et, pour moi, je vivrais cent ans que je me rappellerais le plus léger détail de cette espèce de veillée d'armes! On commença, bien entendu, par panser les blessés, les blessés qui plaisantaient et riaient de leurs blessures, la meilleure manière de s'en parer! Le plus blessé de tous, et pour cette raison celui qui de tous plaisantait et piaffait davantage, était M. de Cantilly, à qui, par parenthèse, vous donnâtes si joliment votre mouchoir à la *Marie-Antoinette*, ma chère Sainte! Vous le rappelez-vous? Oui! n'est-ce pas? Il n'eut qu'à vous dire galamment : « Si vous voulez que mon bras ne me fasse plus souffrir, Mademoiselle, donnez-moi votre mouchoir de cou pour en faire une écharpe. Mon autre bras n'en ira que mieux! » Et vous, sans vous faire prier davantage, vous l'ôtâtes de votre cou, mon innocente, et vous le lui donnâtes, tiède de vos épaules. Après les blessés, on s'occupa des armes. Ces armes, que nous avions cachées, et en réserve, dans ce château, tombé, à ce qu'il semblait, en quenouille, furent mises en état de bien faire. Une vingtaine de belles mains parmi lesquelles il y avait les deux belles qui festonnent là-bas, sous cette lampe, monsieur de Fierdrap, se noircirent à faire des cartouches pour nos hommes. Nous étions à peu près, à ce moment-là, une quinzaine de femmes à Touffedelys. Quoique les Douze n'eussent pas réussi dans leur entreprise sur des Touches, nous avions — l'inquiétude sur leur sort une fois passée et l'événement connu — repris cette gaieté qui nous revenait toujours après les catastrophes, et qui est peut-être l'obstination de l'espérance! Toutes, nous avions foi en nos héros. « Ils n'ont pas réussi hier, eh bien, ils réussiront demain! » disions-nous, et chacune de vous autres, qui étiez plus femmes que moi, Mesdemoiselles, retrouvait les rires et les légers propos de la jeunesse, au milieu de nos guerrières occupations.

» Aimée elle-même, toujours sérieuse comme une reine, mais qui avait vu revenir de la première expédition son fiancé sans une seule blessure, s'épanouit, malgré sa réserve, dans un sentiment qui était plus que de l'amour, qui était de la fierté heureuse! Oui! le seul jour où j'aie vu Aimée, cette magnifique rose fermée et toute sa vie restée en bouton, nous montrer un peu de l'intérieur de son calice, fut ce jour qui précéda notre départie pour Coutances et le malheur qui allait la frapper.

» Nul pressentiment ne l'avertit de ce qui devait si tôt suivre... et quand *M. Jacques*, triste ce jour-là plus que les autres jours parmi ses compagnons joyeux, nous dit, à lui, son pressentiment, c'est-à-dire qu'il mourrait dans cette seconde expédition...

— Oui! — interrompit Mlle Ursule de Touffedelys, — c'est à moi qu'il le dit et à Phœbé de Thiboutot, qui étions ses voisines de table, au souper après lequel vous deviez partir dans la nuit. On était au dessert. Tous ces messieurs, très animés, parlaient du lendemain comme d'un jour de fête. On avait bu à la santé du Roi et à l'enlèvement du chevalier des Touches. Lui seul, *M. Jacques*, restait sombre, son verre plein. Phœbé de Thiboutot, qui n'était que depuis peu à Touffedelys, et qui, d'ailleurs, était légèrement follette, lui dit, comme une enfant qu'elle était : — « Pourquoi êtes-vous si triste, vous! Vous ne croyez donc pas au succès de l'enlèvement du chevalier?... » Et il lui répondit en regardant Aimée, comme si cela expliquait tout : — « Pardon, Mademoiselle; je crois très fort à l'enlèvement de des Touches, mais *je suis* sûr que j'y mourrai. — Alors, pourquoi y allez-vous? » lui dis-je. Car après tout ce qu'il avait fait et ce qu'on racontait de lui, dans le Maine, il n'y avait pas à douter de sa grande bravoure. Mais je me sentis coupée par le ton qu'il prit, et je me souviendrai toujours de l'expression de sa figure, quand il me répondit : — « Mademoiselle, c'est une raison de plus! »

— Eh bien! — reprit Mlle de Percy, — ce pressentiment de *M. Jacques*, qui fut un avertissement de sa destinée, ce pressentiment dont j'aurais haussé les épaules alors et auquel j'ai bien pensé sérieusement depuis, Aimée ne le partagea pas, et elle crut, sans doute, qu'elle pourrait le lui ôter du cœur en réalisant, comme elle fit ce soir-là, l'idée qui devait le plus enivrer un homme épris comme il l'était et lui faire oublier toutes les chances de l'avenir dans la minute présente, qui lui apportait un tel bonheur! A partir du jour où elle nous avait appris, avec la simplicité d'un amour si résolu et si dévoué dans une âme aussi pudique que l'était la sienne, que sa foi était engagée à *M. Jacques*, tout avait été dit entre elle et nous... Elle, elle était trop imposante dans sa réserve, et nous, nous étions trop confiants dans la noblesse de son âme, pour lui adresser jamais la moindre question sur *M. Jacques*. Quoi qu'il fût, il avait l'honneur d'être le fiancé d'Aimée de Spens, et cela suffisait... Mais ce jour-là, Aimée voulut qu'il fût davantage. Elle voulait qu'il fût son mari aux yeux de tous, et que le mariage, impossible dans ce temps, où il n'y avait plus de chapelle à Touffedelys pour le faire et à dix lieues à la ronde de prêtre pour le célébrer, s'accomplît au moins, par la promesse et par le serment, devant ces dix hommes, ses frères d'armes, avec qui, peut-être, le lendemain, il allait mourir.

— Eh! elle commence à m'intéresser, votre demoiselle Aimée! — fit candidement le baron de Fierdrap.

— C'est bien heureux! — dit plaisamment l'abbé. — Préfères-tu encore ton dauphin, qui n'en était pas un, ô pêcheur plein de sagacité?...

— Ah! elle vous intéresse?... — dit impétueusement Mlle de Percy, qui tira son histoire des parenthèses de l'interruption, comme elle tirait son aiguille à laine de sa tapisserie. — Je ne m'en étonne pas, monsieur de Fierdrap! Nous n'avons vu agir qu'une fois cette Aimée, et c'était ce soir-là, et je vous jure que, ce soir-là, elle ne descendit pas de sa race... Cette soirée paya toute sa vie. Toute sa vie a été le malheur, le veuvage, la surdité, un bout de feston derrière lequel on cache sa rêverie et la pauvreté d'une violette au pied d'un tombeau; mais, ce soir-là, où elle voulut se fiancer publiquement à *M. Jacques* comme elle s'y était déjà fiancée en secret, elle nous donna en une fois la mesure de ce qu'elle aurait pu être si, comme à tant d'autres, le cadre des circonstances ne lui avait pas manqué et n'eût pas été plus petit qu'elle[66]!

» Ce qu'elle avait voulu eut lieu comme elle l'avait voulu, et donna un caractère d'exaltation nouvelle à cette journée d'enthousiasme et de joie virile. Aimée n'avait dit à personne le projet qui devait donner à l'homme dont elle était aimée un bonheur à essuyer toutes ses tristesses et à lui mettre au front les rayonnements des cœurs heureux. — Avait-elle entendu ce que *M. Jacques* vous avait répondu, Ursule, ou même avait-elle besoin de l'entendre pour savoir ce qu'il y avait dans ce cœur triste où elle vivait?... Mais toujours est-il qu'elle se leva de table peu d'instants après, et que sa meilleure amie, Jeanne de Montevreux, la suivit. On n'y prit pas garde; on parlait de l'expédition du lendemain et de ce départ attendu, souhaité, qui aurait lieu dans quelques heures... lorsque, au bout d'un certain temps qu'on ne calcula pas, elle rentra avec Jeanne de Montevreux dans la salle de Touffedelys. En rentrant, dès le seuil, elle nous fit l'effet d'une apparition. Ce n'était plus la même femme. Elle était tout en blanc et en voile... Et, par la manière dont elle marcha vers la table où nous étions, nous sentîmes, et moi toute la première, baron, que quelque chose de grand allait se passer.

« — Messieurs, — dit-elle d'une voix altérée, pleine d'émotion, mais de résolution aussi, — vous allez partir tout à l'heure. Quand reviendrez-vous et combien reviendrez-vous?... Dieu seul le sait. Un de vous, de douze que vous étiez, n'est pas revenu d'Avranches. Il peut en manquer encore un... peut-être plusieurs, à votre prochain retour. Eh bien, j'ai voulu, pendant que vous êtes tous ici encore, vous prier d'être les témoins de mon mariage avec *M. Jacques*... Acceptez-vous?... »

» Elle dit si bien cela, cette Aimée! elle fut si bien la comtesse Aimée-Isabelle de Spens, en disant ces simples paroles, que, sous le dais féodal de sa maison, elle n'aurait pas été plus comtesse... et que tous, romanesques comme des héros, se levèrent spontanément et l'acclamèrent, quoique plusieurs d'entre eux fussent devenus pâles; car, je vous l'ai déjà dit, monsieur de

Fierdrap, tous l'aimaient... avec un espoir fou ou sans espoir... mais tous l'aimaient; et, je crois vous l'avoir dit encore, sa cousine, Mme de Portelance, m'a assuré qu'ils avaient tous demandé sa main.

» Quand elle eut fini de parler, je regardai *M. Jacques*. Vous savez! il ne me plaisait pas. Mais, dans ce moment-là, j'en fus contente; sa physionomie était indescriptible. Dieu m'est témoin que si elle lui avait mis une couronne de roi sur la tête, il n'aurait pas eu l'air plus fier!...

» Surpris, plus surpris qu'eux, il s'était levé avec les autres, et il alla, en chancelant, à elle...

« — Voici ma main qui est à vous! » lui dit-elle en la lui tendant.

» Peut-être serait-il tombé de joie et d'orgueil à ses pieds, mais il se retint à cette main.

« — Soyez témoins, Messieurs, — dit-elle, encore plus touchante et plus majestueuse à chaque mot, — que moi, Aimée-Isabelle de Spens, comtesse de Spens, marquise de Lathallan, ici présente, je prends aujourd'hui pour époux et pour maître *M. Jacques*, actuellement soldat au service de Sa Majesté, notre Roi. Forcée par la nécessité de ces tristes temps, qui n'ont plus ni églises, ni prêtres pour ratifier et consacrer l'engagement solennel que je contracte aujourd'hui, j'ai voulu au moins devant vous, qui êtes des chrétiens et des gentilshommes, — et des chrétiens, en temps d'épreuve, sont presque des prêtres! — jurer, en pleine liberté d'âme, obéissance et fidélité à *M. Jacques*, et lui engager ma foi et ma vie. »

» Ils se tenaient, tous deux, l'un à côté de l'autre, elle splendide, et lui comme éclairé de sa splendeur.

« — Et — dit-elle avec la tristesse du regret — il n'y a seulement pas une croix sur laquelle je puisse prononcer mon serment !

» — Si! Madame, — reprit fougueusement Beaumont, qui eut une idée de soldat. — Croise ton épée avec la mienne! » dit-il à La Varesnerie, qui était en face de lui.

» Et ils les croisèrent. Et cela fit une croix.

» Et devant ces deux lames nues entrecroisées qui pouvaient être rouges dans quelques heures, Aimée de Spens et *M. Jacques* se jurèrent l'un à l'autre ce qu'ils se seraient juré devant un autel, si à Touffedelys il y avait eu un autel encore. Et tout cela fut si rapide et si sublime dans sa rapidité, monsieur de Fierdrap, qu'après trente ans ce moment-là m'est resté flamboyant dans la pensée comme l'éclair de ces deux épées qui leur tomba sur le front, à ces deux fiancés d'avant la bataille, défiancés par la mort, le lendemain!

« — Voilà de belles noces! — fit La Bochonnière qui était le plus jeune des Douze. — Mais on danse aux noces. Si nous dansions? »

» Cette idée tomba comme une étincelle sur la poudre dans ces esprits qui flambaient à toute étincelle. En un clin d'œil, la table fut enlevée et chacun d'eux sur place, tenant sur le poing sa danseuse. S'il y avait là des cœurs brisés, les jambes ne l'étaient pas, et ils dansèrent... comme ils s'étaient battus à la foire d'Avranches; et ils cassèrent des bras encore, mais ce furent les deux miens...

— Comment?... — fit le baron de Fierdrap, qui, de ce coup, ne comprit pas, et dont le nez devint le plus beau point d'exclamation qui ait jamais dessiné son crochet sous la giroflée d'une engelure.

— Oui! baron, — reprit-elle; — car c'est moi qui les fis danser comme des perdus jusqu'à trois heures du matin, sans reprendre haleine. C'est moi qui fus le ménétrier de cette noce. Quoique je ne fusse pas alors, grâce à la guerre, aussi ventripotente qu'aujourd'hui, je n'avais pas cependant, dès ce temps-là, une taille de danseuse, et je n'étais guère bonne qu'à faire, dans un coin de bal, un ménétrier. Je jouais assez bien du violon, comme beaucoup de femmes de ma jeunesse; car vous vous rappelez, baron, que les femmes du siècle passé eurent un jour la fantaisie de jouer du violon, et qu'elles inventèrent une manière d'en jouer qu'elles appelaient: *jouer par-dessus viole*, et qui consistait à tenir son instrument sur le genou, maintenu par la main gauche qui arrondissait le bras, pendant que la droite menait magistralement l'archet, dans une pose de sainte Cécile. C'était même assez gracieux, cela, quand on était jolie; mais vous vous doutez bien que ce n'était pas ainsi que je jouais. J'aurais fait, moi, une drôle de sainte Cécile! Je n'étais pas si fière de montrer mon gros bras, qu'on voyait déjà bien assez, et je n'avais pas de menton à gâter. Je tenais donc mon violon et j'en jouais comme j'ai fait tant de choses... comme un homme. Et c'est ainsi que j'en jouai à cette noce d'Aimée, qui a été mon dernier coup d'archet dans ce monde. Je ne touche plus maintenant à cet alto qui allait si bien à ma figure de polichinelle, disiez-vous, mon frère, et je me suis punie, en l'accrochant à mon lambris, d'avoir, à cette noce d'Aimée, si follement accompagné les derniers moments de son bonheur et sonné si joyeusement une agonie.

— Tu es une bonne fille, après tout, Percy, que le bon Dieu a mise dans le fond d'un vaillant homme! — dit l'abbé, que sa sœur touchait, malgré lui... Elle n'avait plus sa fanfare de voix. Les ciseaux ne battaient plus *aux champs*.

— Et en effet, — reprit-elle, — c'était une agonie, mais qui donc, excepté *M. Jacques*, qui n'y pensait plus, aurait eu l'idée de la mort sous la joie de ce singulier bal de noces, animé par l'enthousiasme des cœurs et les grandioses illusions du courage?... Aimée, selon l'usage, l'avait ouvert en dansant la première contredanse avec celui dont elle venait de faire son époux. Elle avait désiré qu'on ne l'appelât cette nuit-là que *M*^me^ *Jacques*, et nous ne lui donnâmes pas d'autre nom. Elle y resta, éblouissante, dans cette robe de mariée, dont elle a fait plus tard un suaire pour l'homme heureux qu'elle tenait alors par la main... Vers trois heures du matin, il fallut songer au départ et à l'expédition projetée. Je changeai tout à coup l'air de la contredanse que je jouais :

« — Voici la diane qui sonne, Messieurs ! » leur dis-je, en attaquant brusquement un air militaire et royaliste que nous avions souvent chanté.

» En trois secondes, chacun fut prêt. J'allai prendre les vêtements de Chouan sous lesquels j'avais fait, en divers temps, plus d'une expédition nocturne. Le seul plan que nous eussions alors était de marcher réunis jusqu'au grand jour, pour nous disperser et rejoindre près de Coutances, dans la campagne, une place que La Varesnerie, qui connaissait bien le pays, nous indiqua, chez des paysans, Chouans même à l'occasion, où nous pourrions cacher nos armes. Deux ou trois au plus d'entre nous devaient se risquer dans la ville et prendre des renseignements sur le prisonnier et sur la prison.

» C'était à la tombée de la nuit que nous avions résolu de nous armer et d'entrer dans Coutances; car avec une ville aussi calme, où la moindre chose était toujours sur le point de faire événement, et qui, de plus, avait pour se garder une forte garnison d'infanterie, ce n'était vraiment que pendant la nuit et par surprise qu'on pouvait enlever des Touches. »

VII

LA SECONDE EXPÉDITION

« Rien de particulier, monsieur de Fierdrap, ne marqua l'espèce de marche forcée que nous fîmes de Touffedelys à Coutances, — continua la vieille chroniqueuse, qui avait repris son aplomb, un instant troublé, à présent et à mesure qu'elle entrait dans le récit d'un fait de guerre auquel elle avait pris part et qui lui faisait dire *nous* avec un bonheur qui touchait presque à la sensualité. — Dans ces temps-là, les routes étaient plus mauvaises qu'aujourd'hui, et, pour cette raison, bien moins fréquentées. D'ailleurs, ce n'était pas la route départementale, qu'on appelait la grande route, que nous avions prise. La grande route voyait deux fois par jour la diligence, escortée de gendarmes à cheval; car les Chouans avaient une idée qui motivait cette bandoulière de gendarmes : c'est que la guerre paye partout la guerre, et que l'argent du gouvernement qu'ils voulaient mettre par terre leur appartenait[67]. Malgré ce principe, ce jour-là, nous avions évité soigneusement cette diligence et ses gendarmes protecteurs et nous avions pris la *traverse*, qu'en notre qualité de Chouans nous connaissions très bien, pour l'avoir longtemps pratiquée... Nous arrivâmes donc d'assez bonne heure chez les paysans de La Varesnerie, et bien nous prit de n'avoir rencontré sur notre route personne de contrariant et d'avoir eu la jambe assez leste, malgré la danse d'où nous sortions, puisque, à notre arrivée, ces paysans, qui demeuraient à un quart de lieue des faubourgs de la ville, nous apprirent que des Touches avait été condamné la veille au soir par le tribunal révolutionnaire de Coutances, et qu'il devait être *raccourci* le lendemain. Il paraît, du reste, qu'il s'était conduit avec le tribunal révolutionnaire de manière à exaspérer davantage un fanatisme de haine politique qui n'avait pourtant pas besoin d'être exaspéré. Du caractère incompressible qui était le sien et qu'il ne démentit jamais, il avait dédaigné de répondre aux questions des juges, et il était resté fermé et rebelle à toutes les interrogations et même à toutes les supplications de ceux-là qui semblaient prendre intérêt à son destin, leur opposant un silence qu'il ne rompit point, même par un cri ou par un soupir, et une impassibilité de sauvage... De pareilles nouvelles, confirmées d'ailleurs par les deux ou trois d'entre nous qui étaient entrés dans Coutances, et qui avaient vu la guillotine déjà dressée et prête sur la place des exécutions, nous mettaient dans la nécessité d'agir comme la foudre et de ne plus compter que sur l'énergie *seule*, l'énergie en ligne droite et courte, qui n'avait plus le temps de se replier dans la ruse (comme on l'avait fait à Avranches), et qui devait tout simplifier, comme le coup droit dans le maniement de l'épée, par la rapidité de son action.

« — Il n'y a pas deux partis à prendre, — nous dit *M. Jacques*, et c'était à tous notre avis. — Il faut, cette nuit, à l'heure où la ville commencera d'être endormie, tenter d'ensemble une brusque entrée dans la prison et y prendre ou y délivrer des Touches par la force. Ce sera rude, Messieurs! La prison est située au centre de trois cours spacieuses qui s'enveloppent les unes les autres. Dans la première et la plus extérieure de ces cours, est une sentinelle qui, en tirant son coup de fusil, fera sortir tout le corps de garde placé dans la rue à côté, lequel, en faisant décharge sur nous, fera venir à son tour toute la garnison de la ville. Si les bourgeois s'en mêlent, ils peuvent nous jeter par leurs fenêtres les premières choses qui leur tomberont sous la main, ou par leurs portes entrebâillées nous fusiller au détour de ces rues dont nous ne connaissons pas le réseau.

» — Bourreau! — s'écria Desfontaines, dont c'était le juron, — quel programme! — Il trouvait Vinel-Aunis charmant et il l'imitait. Il en était le clair de lune. — Nous dansions hier soir, camarades, — ajouta-t-il, — nous pourrions bien *la* danser cette nuit.

» — Vous faites le plan de l'ennemi, Monsieur, dit La Varesnerie à *M. Jacques*, — mais le nôtre, Monsieur, quel est-il?

» — Le nôtre — répondit *M. Jacques* — est celui des boulets, des obus et des balles, qui entrent partout et brisent tout, quand ils ne sont pas aplatis.

» — Eh bien, — dit Juste Le Breton, dont le surnom était « le Téméraire », — soyons donc des projectiles, et entrons! »

» J'ai toujours dans les oreilles — continua Mˡˡᵉ de Percy — la voix claire de Juste Le Breton, quand il dit ce mot d'*entrons!* qui fut réalisé quelques heures après; car nous entrâmes, et même nous sortîmes, ce qui était plus fort. Je n'ai jamais entendu de plus joyeux son de trompette! Juste Le Breton était vraiment heureux de ce que venait de dire *M. Jacques*. Nous autres, les dix autres, nous n'en souffrions pas; nous n'en tremblions pas mais Juste, il en était heureux. C'était un contempteur absolu de toute prudence, que ce Juste Le Breton. L'idée qu'il n'y avait plus dans cette question de l'enlèvement de des Touches que de la force, et qu'en fait de stratagèmes et de précautions humaines nous étions au bout du fossé et qu'il n'y avait plus qu'à sauter, cette idée, formidable aux plus braves, le ravissait! J'ai vu bien des gens braves dans ma vie, je n'en ai pas vu exactement de ce genre de bravoure-là. *M. Jacques*, qui avait le génie du général sous l'officier intrépide, des Touches lui-même, cet homme inouï parmi les énergiques, qui n'a peut-être jamais senti en toute sa vie un seul battement de cœur dans sa poitrine de marbre, admettaient, en une foule de circonstances, la prudence humaine; mais Juste Le Breton, jamais! Ils l'appelaient le Téméraire; ils auraient tout aussi bien pu l'appeler : « Rien d'impossible! » Voulez-vous en juger? Un jour, ici, sur la place du Château, il était entré à cheval chez un de ses amis, qui logeait hôtel de la *Poste*, et ayant monté ainsi les quatre étages, il avait forcé à sauter par la fenêtre son cheval, qui, en tombant, se brisa trois jambes et s'ouvrit le poitrail, mais sur lequel il resta vissé, les éperons enfoncés jusqu'à la botte, n'ayant pas, pour son compte, une égratignure!

— Deux secondes de sensation d'hippogriffe, — dit l'abbé; — mais l'hippogriffe avait des ailes, ce qui fait le Roger de l'Arioste d'un mérite moins grand que ton héros, mademoiselle ma sœur.

— Une autre fois, — reprit-elle, toute palpitante du succès de celui que son frère venait d'appeler *son héros*, — s'ennuyant chez un de ses amis un jour de pluie (je crois que c'était chez ce coq batailleur de Fermanville), il lui dit : « Si nous nous battions pour passer le temps? » car, à cette époque-là, on était ainsi à Valognes : on y tuait le temps à coups d'épée. Et Fermanville n'ayant pas d'autre objection à faire à cette proposition qu'il n'y avait là qu'un seul sabre : « Prends la lame et laisse-moi le fourreau », dit Juste; et comme l'autre, qui avait du cœur, ne voulait pas de ce partage, Juste Le Breton le força bien à se servir de la lame; car il se jeta sur lui et l'écharpa avec le fourreau.

— Je ne ferai plus de réflexions, Percy, — dit l'abbé éternellement taquin, — parce que tu me donnerais encore une anecdote sur ton favori Juste, et Fierdrap, qui tortille son manchon d'impatience, attendrait son histoire trop longtemps.

— J'ai fini, — dit-elle, — mais ce n'était pas une digression, mon frère. Il fallait bien, dans l'intérêt même de mon histoire, que je vous fisse comprendre ce Juste Le Breton, qui aimait le danger, non pas comme on aime sa maîtresse; car on la trouve toujours assez jolie...

— Et assez dangereuse, — fit cette fine langue d'abbé.

— Tandis que lui — continua-t-elle — ne trouvait jamais le danger assez grand, comme il le prouva, du reste, une fois de plus, ce jour-là, dans cette affaire de des Touches, où il l'augmenta par une imprudence qui fut la cause de la mort de *M. Jacques*, et qui pouvait nous faire, dans les murs de Coutances, massacrer jusqu'au dernier! »

Elle dit cela ardemment, comme elle disait tout, cette vieille lionne; mais au ton qu'elle avait, on voyait bien qu'elle ne gardait pas grande rancune à son sublime cerveau brûlé de Juste Le Breton!

« C'est entre onze heures et minuit — repritelle — que nous quittâmes la ferme des Mauger, ces paysans de La Varesnerie qui nous avaient donné asile. Nous la quittâmes pour n'y pas revenir. Si nous réussissions, nous ne pouvions ramener des Touches dans un endroit si près de la ville; si nous ne pouvions pas réussir, nul des Douze ne devait revenir, ni là ni ailleurs. Nous avions, chacun, une bonne carabine très courte, avec de la poudre et des balles en suffisance, et, à la ceinture, un couteau à éventrer les sangliers. Seul, Cantilly, à cause de son bras en écharpe dans votre mouchoir, Sainte, avait des pistolets au lieu de carabine. Il marchait, lui, le pistolet à la main. Lorsque nous sortîmes de la ferme des Mauger, un traître clair de lune fit dire à notre *loustic* en second de Desfontaines :

— Phœbé pour Phœbé, j'aimerais mieux pour cette nuit Mlle Phœbé de Thiboutot que celle-là ! »

» Cette lune de mauvais augure pouvait, en effet, nous jouer plus d'un méchant tour. Mais, en nous approchant de la ville, nous fûmes un peu rassurés par un petit brouillard qui commença à s'élever du sol, comme la fumée d'un feu de tourbière dans un champ. Nous eûmes l'espoir que ce brouillard s'épaissirait assez, du moins, pour qu'on ne pût rien distinguer de bien net dans ces rues de Coutances, plus étroites que celles d'Avranches, par conséquent plus plongées dans l'ombre tombant des maisons. Nous entrâmes dans la ville à minuit moins un quart, qui tinta à la Cathédrale et que répétèrent pour les échos seuls les autres horloges de cette ville, qui dormait comme une assemblée de justes, quoique ce fût une ville de coquins révolutionnaires. Les rues étaient muettes; pas un chat n'y passait. Que fût-il arrivé de nous tous, de des

Touches, de notre projet, si nous avions rencontré seulement une patrouille? Nous savions bien ce qui, dans ce cas, serait arrivé; mais nous n'avions la liberté d'aucun choix : il fallait aller, s'exposer à tout, jouer son va-tout enfin, ou, pas de milieu, demain des Touches serait guillotiné! Heureusement, nous n'aperçûmes pas l'ombre d'une patrouille dans cette ville, morte de sommeil. Des réverbères très rares, et à de grandes distances les uns des autres, tremblaient au vent à l'angle des rues. Suspendus à de longues perches noires transversalement coupées par une solive, et figurant un T inachevé, ils avaient assez l'air de potences. Tout cela était morne, mais peu effrayant. Nous enfilâmes une rue, puis une autre. Toujours même silence et même solitude. La lune, qui se brouillait de plus en plus, se regardait encore un peu dans les vitres des fenêtres, derrière lesquelles on ne voyait pas même la lueur d'une veilleuse expirante. Nous assoupissions le bruit de nos pas en marchant.

» Le moment était pour nous si solennel, monsieur de Fierdrap, que j'ai gardé les moindres impressions de cette nocturne entrée dans Coutances et le long de ces rues où nous avancions comme sur une trappe dont on se défie et qui peut s'ouvrir tout à coup et vous avaler, et que je me rappelle parfaitement une vieille femme en cornette de nuit et en serre-tête, le seul être vivant de cette ville ensevelie tout entière dans ses maisons comme dans des tombes, laquelle, à la fenêtre d'un haut étage, vidait, au clair de la lune, une cuvette avec précaution et mystère, et mettait à cela une telle lenteur, que les gouttes du liquide qu'elle versait auraient eu le temps de se cristalliser avant de tomber sur le sol, s'il avait fait un peu plus froid. Elle en accompagnait la chute de l'avertissement charitable : « *Gare l'eau! gare l'eau!* » prononcé d'une voix tremblotante, qu'elle veloutait pour n'éveiller personne, et qui disait à quel point elle était consciencieuse dans ce qu'elle faisait, et même timorée. A chaque goutte qui tombait ou qui ne tombait pas, elle répétait du même ton dolent son « *Gare l'eau!* » monotone... Nous nous rangeâmes contre le mur d'en face, craignant qu'elle ne nous aperçût... Mais, trop occupée pour cela, elle continua d'épancher sa source éternelle, en disant toujours : « *Gare l'eau!* »

« — Dans mon pays, — dit à voix basse La Bochonnière, — les moulins à eau s'appellent des *Écoute-s'il-pleut;* mais du diable! en voilà un comme je n'en avais jamais vu.

» — Cela l'étonnerait un peu si, d'une balle, on lui cassait sa cuvette au rez de la main », fit Cantilly, très fort au pistolet, qui jetait en l'air une paire de gants et la perçait d'une balle avant qu'elle ne fût retombée.

» Nous rîmes et nous passâmes, oubliant la bonne femme en tournant le coin de la rue et en nous trouvant nez à nez avec la guillotine, droite et menaçante devant nous, attendant son homme. . Embuscade funèbre! C'était la place des exécutions. La prison n'était pas loin de là. Nous descendîmes, comme des gens qui dévalent à l'abîme, cette rue qui va de la prison à la place de l'échafaud, et qu'on appelle dans toute la ville la rue *Monte-à-regret*, cette rue qu'il nous fallait empêcher des Touches de monter le lendemain! La prison blanchissait au bout de cette espèce de boyau sombre, sur une autre place. Nous nous arrêtâmes... le temps de respirer. »

Elle contait comme quelqu'un qui a vécu de la vie de son conte. L'abbé et le baron, eux, ne respiraient plus.

« Ah! c'était le moment, — fit-elle, — le moment terrible où l'on va casser le vitrage et où l'on serait perdu si, en la brisant, une seule vitre allait faire du bruit!... La sentinelle, dans sa houppelande bleue, se promenait nonchalamment, son fusil penché dans l'angle de son bras, de l'un à l'autre côté du porche, comme un chapier d'église, à vêpres. Le dernier rayon vacillant de cette lune, qui devait ressembler une heure après à un chaudron de bouillie froide et qui nous rendit ce dernier service, tombait à plein dans la figure du soldat en faction et l'empêchait de distinguer nos ombres mobiles dans l'ombre arrêtée des maisons.

« — Je me charge de la sentinelle », dit à voix basse Juste Le Breton à *M. Jacques*, et d'un bond il fut sur elle et l'enleva, houppelande, fusil, homme et tout, et disparut avec ce paquet sous le porche de la prison, en nous faisant le passage libre. Comment s'y était-il pris, ce diable de

Juste?... Mais la sentinelle n'avait pas poussé un seul cri.

« — Il l'aura poignardée! — fit *M. Jacques.* — Allons! c'est à notre tour, Messieurs. Nous pouvons avancer... »

» Et tous, avec lui, serrés les uns contre les autres comme les grains d'une grappe, nous nous précipitâmes dans la première cour de la prison.

» C'était une cour parfaitement ronde, dont l'enceinte intérieure ressemblait à la cour d'un cloître, avec des arcades très basses et des piliers trapus. Elle était vide. Où était passé Juste?... Nous fouillâmes du regard sous ces arcades noires où l'on ne voyait rien, entre ces piliers blancs où il avait porté peut-être la sentinelle égorgée; mais, bah! Il saurait bien nous retrouver, et nous franchîmes au pas accéléré la deuxième cour, aussi déserte que la première, pour arriver d'une haleine à la prison, qui était au fond de la troisième... Ah! nous allions vite. Nous avions aux reins la pique de la nécessité! Nous vîmes vaciller une lueur à un petit corps de bâtiment avancé attenant à la geôle, et qui ressemblait à ce qu'on appelle, en terme de construction militaire, une poivrière. Le geôlier n'était pas couché. Ce n'était plus l'énergique Hocson d'Avranches, avec son cœur désolé et implacable; c'était tout simplement, celui-là, une bête brute à bonnet rouge, savetier pour les gens de la ville, entre deux tours de clef. Comme c'était le jour de décade ce jour-là, et qu'il avait à livrer le lendemain des chaussures à ses pratiques, il veillait... Sa femme et sa fille, une enfant de treize ans, dormaient dans une espèce de soupente très élevée et à laquelle on montait avec une échelle. Nous vîmes tout cela à travers une vitre crasseuse qu'une lampe à crochet éclairait d'un jour rouge et fumeux... Nous ne le prévînmes pas; nous ne l'appelâmes pas; nous ne frappâmes pas doucement à sa porte; mais, poussés par une nécessité d'agir à la *manière des boulets*, comme l'avait dit *M. Jacques*, des onze crosses de nos carabines, qui ne firent qu'un seul coup dans cette porte, nous la fîmes voler sur ses gonds et nous tombâmes comme un tonnerre sur cet homme, terrassé d'abord, puis relevé de terre, mis sur ses pieds et tenu au collet par deux poignes vigoureuses, avec injonction, le couteau sur le cœur, de livrer ses clefs et de nous conduire à des Touches. Vous le savez, monsieur de Fierdrap, les Chouans avaient une renommée sinistre, et parfois ils l'avaient méritée. On les voyait toujours un peu à la lueur des horribles feux qu'ils allumaient sous les pieds des Bleus. L'épouvante publique leur donnait un des noms du diable : on les appelait *Grille-pieds*. Nous profitâmes de cette affreuse réputation des Chouans pour terrifier le misérable que nous tenions, et Campion, qui avait les sourcils barrés et la face terrible, le menaça de le faire griller comme un marcassin de basse-cour si seulement il osait résister. Il ne résista pas. Il était dissous par la surprise et par la peur, une peur idiote et livide. Il livra ses clefs, et, traîné par deux d'entre nous, il nous mena au cachot de des Touches. Sa femme et sa fille étaient restées, plus mortes que vives, dans leur soupente; mais pour qu'elles n'en descendissent pas et n'allassent avertir, nous renversâmes l'échelle. La terreur leur coupait la gorge. Elles ne crièrent pas; mais elles auraient crié, que peu nous importait! Ce n'était pas comme la sentinelle. Les murs de la prison étaient épais. Il y avait trois cours, trois cours désertes. On n'aurait pas entendu leurs cris.

« — Vive le Roi! » fîmes-nous en entrant dans le cachot de des Touches... Prisonnier une semaine à Avranches, prisonnier à Coutances depuis quelques jours, maltraité par ses ennemis, qui voulaient broyer son énergie sous les tortures de la faim et le montrer sur l'échafaud dans une déshonorante faiblesse, des Touches était assis sur une espèce de soubassement de pierre tenant au mur de la prison et qui avait la forme d'une huche, lié de chaînes, mais fort calme.

» Il savait les chances de la guerre comme il savait les inconstances de la vague, ce partisan et ce pilote! Pris un jour, délivré l'autre, repris peut-être! il avait usé cette pensée...

« — Eh bien, — dit-il avec son beau sourire, — ce ne sera pas pour demain encore! Tenez! — ajouta-t-il, — déferrez cette main et je vous aiderai pour le reste. »

» Il avait tordu la chaîne qui attachait ses deux bras, mais, pincés dans des bracelets d'acier qui paralysaient, en les comprimant, le jeu de ses muscles, il n'avait pas pu la briser.

« — Non! chevalier, — lui dit *M. Jacques*, — scier tout cela serait trop long. Nous sommes pressés, nous vous enlèverons avec vos fers! »

» Et comme il avait été dit, il fut fait, baron de Fierdrap! Trois d'entre nous le prirent sur leurs épaules et l'emportèrent, comme sur un pavois.

» Nous roulâmes sur la dalle de cette prison, à la place de des Touches, le geôlier, auquel nous laissâmes la vie, mais que, par prudence, nous enfermâmes à double tour dans le cachot. Je mets plus de temps à vous conter ces choses que nous n'en mîmes à les exécuter. Les zigzags de l'éclair ne sont pas plus rapides. Nous traversâmes les trois grandes cours, toujours solitaires; mais à la rue... à la rue, le danger allait recommencer!

» Et cependant, tout était au mieux! Nous tenions des Touches! La lune n'était plus qu'un œil vide. Elle tachait le ciel au lieu de l'éclairer, et le brouillard commençait à mettre, entre les objets et nous, comme une espèce de voile de soie... Les profils des maisons fondaient dans la vapeur. Nous reprîmes les rues que nous avions suivies déjà, toujours sans rencontrer personne. Hasard prodigieux! C'était presque de la féerie! Cette ville, immobile dans son sommeil, semblait enchantée. Quand nous repassâmes dans la rue de la bonne femme qui vidait sa cuvette, elle était encore à la même place, faisant le geste de la vider toujours. Nous la vîmes moins à cause du brouillard; mais elle disait, sans discontinuer, son « *Gare l'eau!* » prudent et plaintif. Était-ce une statue qui parlait? Ce que nous entendîmes tout à coup l'interrompit-elle? Dans l'immense silence de la ville, un coup de fusil éclata.

« — Armons nos carabines, Messieurs, et garde à nous! — dit *M. Jacques*.

» — Et gare les balles! — dit Desfontaines. — Ce n'est plus : « *Gare l'eau!* »

» Presque au même instant, une autre détonation plus âpre déchira plus cruellement l'air et fit vibrer l'espace.

« — Ceci est la carabine de Juste Le Breton! » dit *M. Jacques*, qui la reconnut avec son oreille militaire.

» Il n'avait pas prononcé ces mots, que Juste, lancé comme un tigre, tombait parmi nous et nous disait de sa voix claire :

« — Doublez le pas! voici les Bleus! »

» Or, sachez ce qui s'était passé, monsieur de Fierdrap! Le « Téméraire », qui n'avait pas volé son nom, au lieu de poignarder la sentinelle, ainsi que l'instinct de la guerre l'avait fait croire à *M. Jacques*, l'avait portée vivante, à bout de bras, sous les arcades de la prison. Sûr de sa force et aimant à jouer avec elle, il avait eu le dédain généreux de ne pas tuer cet homme, et il l'avait tenu dans l'impossibilité absolue de pousser un cri, tant de sa formidable main il l'avait étreint à la gorge! et il était resté ainsi, l'étreignant, tout le temps que nous avions mis à enlever des Touches. Du fond de son arceau et de ces ténèbres, il nous avait vus repasser dans la cour avec le prisonnier, et, pour nous donner le temps de faire sûrement notre retraite, il avait continué de maintenir la sentinelle dans cette situation, terrible pour tous les deux. Quand il nous crut assez loin de la prison pour n'avoir plus rien à craindre, il la lâcha et pensa l'avoir étouffée. En effet, ruse ou douleur d'avoir senti si longtemps le carcan de cette main de fer, elle était tombée aux pieds de Juste, qui s'en alla. Mais, une fois parti, la sentinelle, fidèle à sa consigne, s'était relevée, avait ramassé son fusil et tiré pour appeler le corps de garde aux armes.

» Juste était alors au haut de la rue *Monte-à-regret*.

« — Ah! — pensa-t-il, — j'ai fait une faute d'avoir épargné cette canaille, mais il va la payer! »

» Et il redescendit la rue, et, à soixante pas, malgré le brouillard, il étendit raide morte la sentinelle qui rechargeait son arme, et il prit sa volée pour nous rejoindre et nous avertir.

» Mais le feu était à la poudre! On entendait des roulements de tambour du côté du quartier de la ville que nous venions de quitter. Nous hâtions le pas.

» Derrière nous, à l'extrémité d'une des rues que nous enfilions, nous vîmes une troupe que nous crûmes les gens du corps de garde, et c'étaient eux probablement. Ils s'avançaient avec précaution; car ils ne savaient pas notre nombre... « *Qui vive?* » firent-ils en s'approchant, mais tous, excepté ceux qui portaient des Touches, nous leur répondîmes par une décharge de carabines, qui leur dit, du reste, avec une clarté suffisante, que nous étions les *Chasseurs du Roi!*

» Eux aussi tirèrent. Nous sentîmes le vent de leurs balles, qui ricochèrent contre les murs, mais ne nous tuèrent personne. Il était évident pour nous, à la mollesse de leur poursuite, que ces hommes qui marchaient sur nous attendaient du renfort de la garnison réveillée, et cette circonstance nous donna de l'avance, et probablement nous sauva. Tout en marchant presque à la course, partout où nous apercevions un réverbère, d'un coup de feu il était cassé! L'obscurité pleuvait donc dans ces rues étroites, où la plus forte troupe n'aurait pu déployer qu'un très petit front. C'était là pour nous un avantage. Ceux qui portaient des Touches étaient couverts par les neuf autres, qui, de minute en minute, se retournaient et tiraient, en se retournant. Nous touchions à la porte du faubourg de la ville, et il était temps. Au centre de Coutances s'élevait un grand tumulte. On entendait distinctement les cris : « *Aux armes!* » La ville était debout. Ceux qui, derrière nous, avançaient, ne prenaient que le temps de recharger leurs armes. A la dernière décharge qu'ils firent sur nous, fatalité! *M. Jacques* s'abattit, après avoir tourné sur lui-même comme une toupie. J'étais près de lui quand il tomba.

« — Oh! son pressentiment! » pensai-je. Et l'idée d'Aimée me traversa le cœur.

» — Est-il mort? » dis-je à Juste Le Breton, qui l'avait relevé.

» — Mort ou non, — répondit-il, — nous ne le laisserons pas aux Bleus, qui se vengeraient de nous, en fusillant son cadavre! » Et le levant, de ses deux bras d'hercule, il le coucha sur les épaules de ceux-là qui portaient des Touches, lequel eut ainsi un camarade de pavois!

» Vingt minutes après, la ville était déjà loin, noyée dans son brouillard et dans son bruit, et nous en pleine campagne, avec notre double fardeau. Nous n'avions été ni traqués, ni coupés, mais nous allions l'être, si la rue du faubourg n'avait pas fini. Dans la campagne, le brouillard était encore plus épais que dans la ville. Une fois sortis des rues, les Bleus qui nous poursuivaient ne pouvaient savoir la direction que nous allions prendre. D'ailleurs, la campagne, le hallier, le buisson, les routes perdues, tout cela nous connaissait. Nous étions des Chouans!

» La Varesnerie, qui savait le pays par cœur, nous fit prendre par les terres labourées. Puis nous ouvrîmes une ou deux barrières fermées seulement avec des couronnes de bois tors, et nous entrâmes dans des chemins qui ressemblaient à des ornières. Au bout de deux heures de marche à peu près, nous descendîmes dans un bas-fond où coulait une rivière au bord de laquelle était amarré un grand bateau destiné à charrier cet engrais que dans le pays on nomme *tangue* et qu'on tire au *grelin* [68], le long d'un chenal de halage, parallèle à la rivière dans toute sa longueur.

» C'est dans ce grand bateau que ceux qui portaient des Touches et *M. Jacques* les déposèrent, et c'est là que nous restâmes à attendre le jour, heureux d'avoir délivré l'un, mais le cœur glacé d'avoir perdu l'autre. Quand le jour vint nous prendre, nous pûmes juger de la blessure de *M. Jacques*. Il avait reçu une balle en plein cœur. Nous l'enterrâmes au bord de cette rivière inconnue, cet inconnu dont nous ne savions rien, sinon qu'il était un héros! Avant de l'étendre dans la fosse que nous lui creusâmes avec nos couteaux de chasse, je coupai à son bras le bracelet que lui avait tressé Aimée, de ses cheveux plus purs que l'or, et dont le sang qui le couvrait allait faire pour elle une relique sacrée. Sans prêtres, loin de tout, nous lui rendîmes le seul honneur que des soldats puissent rendre à un soldat, en le saluant une dernière fois du feu de nos carabines, et en parfumant le gazon sous lequel il allait dormir de cette odeur de la poudre qu'il avait toujours respirée!

— Il n'est pas à plaindre, — dit M. de Fierdrap, qui crut répondre à la pensée secrète de Mlle de Percy. — Il est mort de la mort d'un Chouan et il a été enterré au pied d'un buisson comme un Chouan, sa vraie place! tandis que des Touches, que l'abbé vient de voir sur la place des Capucins, est probablement fou, errant, misérable, et que Jean Cottereau, le grand Jean Cottereau qui a nommé la Chouannerie et qui est resté seul de six frères et sœurs, tués à la bataille ou à la guillotine, est mort le cœur brisé par les maîtres qu'il avait servis, auxquels il a vainement demandé, pauvre grand cœur romanesque, le simple droit, ridicule maintenant, de porter l'épée [69] ! L'abbé a raison : ils mourront comme les Stuarts. »

Mlle de Percy n'eut pas le courage de protester une seconde fois contre l'opinion de ces blessés de la Fidélité atteints au cœur, qui, comme l'abbé et le baron, se plaignaient entre eux des Bourbons comme on se plaindrait d'une maîtresse; car se plaindre de sa maîtresse est peut-être une manière de plus de l'adorer !

« Après les derniers devoirs rendus à *M. Jacques*, — reprit la conteuse, — nous pensâmes à délivrer de ses fers le chevalier des Touches, que nous avions assis et appuyé, dans le bateau à tangue, contre le mât auquel on attache le grelin. Ceux qui l'avaient pris lui avaient fait comme une espèce de camisole de force avec des chaînes croisées et recroisées, et ils les avaient serrées au point de produire l'engourdissement le plus douloureux en cet homme svelte et souple, dans les membres duquel dormait une force qui avait ses réveils, comme le lion. Avec son instinct et son amour du combat, il avait dû furieusement souffrir d'entendre passer les balles autour de lui sur les épaules de ses compagnons, et de n'en pouvoir cracher une seule à l'ennemi; mais la marque distinctive du courage de des Touches, c'était la patience de l'animal ou du sauvage sous la circonstance qui l'écrase. C'était un Indien que cet homme de Granville! Il avait jusque-là, dans la marche et dans la nuit, souffert de ces chaînes en silence, mais depuis qu'il faisait jour et que nous n'avions plus l'ennemi aux talons, il devait avoir hâte d'être délivré du poids écrasant de ses fers. Tout à l'heure, il faudrait reprendre notre route, et lui, libre, serait un fier soldat de plus, si nous étions attaqués, d'aventure, dans notre retour à Touffedelys. Nous essayâmes donc de forcer et de rompre toute cette ferraille; mais, n'ayant que nos couteaux de chasse et les chiens de nos carabines, une telle besogne menaçait d'être longue et peut-être impossible, quand un de ces hasards comme il ne s'en rencontre qu'à la guerre, nous tira de l'embarras dans lequel nous nous trouvions alors.

— Ah! c'est l'histoire de Couyart! » dit en se remuant voluptueusement dans sa bergère Mlle Sainte de Touffedelys, comme si on lui avait débouché sous le nez un flacon de l'odeur qu'elle eût préférée.

On voyait que cette histoire, dont l'héroïsme n'agitait pas beaucoup son cervelet, tombait enfin dans des proportions qui lui plaisaient. Tout est relatif dans ce monde. Le temps avait croisé le cygne des anciens jours d'une pauvre oie, qui n'eût pas sauvé le Capitole. Mlle de Touffedelys s'était presque animée... Couyart était son horloger.

« Il est venu encore ce matin remonter la

pendule », dit profondément cette observatrice ineffable.

Elle portait un vieil et grand intérêt à ce Couyart, qui croyait aux revenants comme elle et qui l'entretenait perpétuellement, lorsqu'il venait remonter le Bacchus d'or moulu, de tous ceux qu'il voyait partout ; car cela lui était habituel, à ce brave homme. Il ne pouvait sortir même dans sa cour pour ce que vous savez, sans en voir ! C'était un homme timide, scrupuleux, au parler doux, qui parlait comme il marchait, dans des chaussons de velours de laine qu'il portait toujours, par respect pour le glacis du parquet des salons dont il remontait les pendules. Il était délicat et nerveux, blanc de visage comme une vieille femme, et quoique chauve du front et du crâne, coiffé assez drôlement à la titus d'un reste de cheveux sur l'occiput et sur les oreilles, qu'il poudrait, par l'unique raison que c'était la mode des gens *comme il faut*, avant *cette malheureuse révolution*... Il avait, disait-il, toujours été *aristocrate*. Avec ses pratiques, et c'était toute la noblesse de Valognes, il était de cette timidité qui flatte les princes quand un homme ne sait plus trouver ses mots devant eux. Exquise flatterie ! Elle lui était naturelle.

Il *coupotait* ses phrases des *hem! hem!* de l'embarras, et les commençait par des *Or donc* impossibles ; ce qui prouvait que les rouages de la mécanique ne donnent pas les habitudes du raisonnement. Lorsqu'il ne travaillait pas à ses montres, assis, debout, en marchant, il frottait éternellement, avec satisfaction, l'une contre l'autre, ses mains mollettes et pâlottes d'horloger, accoutumées à tenir des choses délicates et fragiles, et il faisait le bonheur des enfants de la rue Siquet et de la rue des Religieuses, quand, en revenant de l'école, ils se groupaient au vitrage de sa boutique pour le voir, devant son établi couvert d'un papier blanc et de verres à pattes sous lesquels il mettait les rouages de ses montres, absorbé tout entier dans sa loupe et cherchant ce qu'il appelait un *échappement* [70].

VIII

LE MOULIN BLEU

Mademoiselle de Percy passa naturellement par-dessus la réflexion de l'ingénue Mlle Sainte de Touffedelys, et elle continua :

« Pendant que nous nous efforcions, baron, de délivrer des Touches de ses chaînes, et je vous jure que cela nous parut un instant plus difficile que son enlèvement, nous vîmes poindre de loin un homme le long du chemin de halage. Saint-Germain, qui avait l'œil d'une vedette, l'avisa le premier qui s'en venait tranquillement de notre côté, et quand je dis tranquillement, je dis trop : il n'était déjà plus tranquille. Ce groupe d'hommes que nous formions de si bon matin, au bord de cette rivière qui ne voyait pas d'ordinaire grand monde sur ses bords, ce groupe armé, dont le soleil qui se levait, en dissipant le brouillard, faisait étinceler les carabines, inquiétait cet homme aux pas circonspects et presque cauteleux; car vous savez comme il marche, Sainte? Je l'ai toujours vu le même, ce Couyart! Il était là, au bord de cette rivière où je le voyais pour la première fois, comme ici, dans votre salon, quand il y vient pour la pendule. Oui! notre groupe, dont il ne se rendait pas de loin très bien compte, l'inquiétait et le fit même se retourner, comme un chat prudent qui voit le danger et qui l'évite, et remonter le chemin de halage.

« — On ne s'en va pas comme cela, mon mignon, — dit Saint-Germain, — quand on a le bonheur de rencontrer des *Chasseurs du Roi* avant son déjeuner, et je te promets que tu n'iras dire à personne ce matin que tu nous as vus! »

» Et il arma sa carabine et il l'ajusta.

» Il allait lui mettre certainement une balle au beau milieu des deux épaules, quand La Varesnerie, qui travaillait à casser une vis, avec le dos de son couteau de chasse, dans un des ferrements de des Touches, releva de ce couteau le canon de la carabine :

« — Laisse cette bécasse! — lui dit-il. — Ce n'est pas un espion. C'est Couyart, Couyart de Marchessieux, qui s'en revient de Marchessieux à Coutances, où il est compagnon horloger chez Le Calus, sur la place de la Cathédrale, vis-à-vis de l'hôtel de *Crux*[71]. Je le connais, c'est un royaliste. Il m'a bien des fois remonté ma montre de chasse. Il arrive comme la marée en carême! C'est peut-être Dieu qui nous l'envoie; car un ouvrier horloger doit toujours avoir quelque outil ou quelque ressort de montre dans sa poche, et il va probablement nous donner le coup de main dont nous avons besoin dans l'endiablée besogne de cette ferraille. »

» Et comme il voyait que l'homme, craignant quelque encombre, s'était retourné, il éleva la voix et courut à lui :

« — Hé! Couyart, — fit-il, — hé! hé! Couyart! Ce sont des amis! »

» L'horloger s'arrêta; et, deux secondes après, nous le vîmes, chapeau bas, devant La Varesnerie, qui l'amena à nous, toujours chapeau bas.

» Il n'était pas encore très rassuré; mais quand son petit œil d'oiseau pris, que l'on tient dans sa main, eut fait circulairement le tour de notre groupe :

« — Eh! mon Dieu! — dit-il, — c'est donc vous aussi, monsieur de Beaumont? et vous aussi, monsieur Lottin de La Bochonnière (qui, de vrai, s'appelait Lottin)? et c'est vous aussi, monsieur Desfontaines? Or donc, j'ai l'honneur de vous présenter mes très humbles civilités et respects, et je vous prie de croire, *or donc*, que je... hem! ne pensais du tout pas... hem! hem! à vous rencontrer de si bon matin.

» — Oui! c'est un peu jour pour nous, qui sommes les chevaliers de la Belle-Étoile, — dit La Varesnerie, — mais avant tout, le service du Roi! C'est le service du Roi qui nous a fait passer la nuit à Coutances, et voilà pourquoi nous ne sommes pas encore rentrés quand le soleil qui se lève marque l'heure de notre couvre-feu, à nous. Vous êtes un bon royaliste, Couyart, et vous apprendrez avec plaisir que nous avons fait de la besogne cette nuit à Coutances; mais, mon brave Couyart, nous avons besoin de vous, cè matin, pour l'achever.

» — De moi, Monsieur? — fit l'horloger, cette créature de douceur et de paix, qui se voyait au milieu de nous tous, appuyés sur des carabines. — Je ne vois pas, hem! très bien, hem! hem! comment je... pourrais... Est-ce pour l'heure? — fit-il en se ravisant. — Or donc, j'ai l'heure, — et il lança la plaisanterie inféodée à l'horlogerie depuis la fabrication de la première horloge : — je règle le soleil.

» — Tenez! Couyart, — dit La Varesnerie; — écartez-vous un peu, Messieurs! car nous lui cachions le bateau à tangue et des Touches. Et il montra alors à l'horloger ébahi, dont les yeux devinrent ronds ainsi que sa bouche, le chevalier comme emmailloté dans ses fers. — Tenez! voilà notre besogne et la vôtre! Vous devez certainement avoir des outils de votre état sur vous, quelque lime ou un ressort de montre, ce qui vaudrait encore mieux. Eh bien! mon fils, limez-nous toute cette enragée ferraille-là, et vous pourrez vous vanter, quand le Roi reviendra, d'avoir été l'un des libérateurs de des Touches! »

» Et voilà, baron, comme il le fut, à sa manière, ce Couyart, comme nous, nous l'avions été à la nôtre! La Varesnerie avait prévu juste. Couyart, il nous le dit, avait toujours un tas d'outils dans ses poches.

« — Travaillez donc, mon brave garçon, fit La Varesnerie, et soyez tranquille; je vous jure, par Dieu et par tous les saints du calendrier, que personne ne vous donnera de distractions pendant que vous travaillerez! Vous ne serez pas interrompu, allez! Ceci nous regarde, de vous préserver des importuns. »

» Et nous battîmes un peu l'estrade autour de lui pendant qu'il travaillait. Ce travail, que nous n'aurions jamais pu faire sans lui, dura une moitié de journée. Jamais montre ou horloge, prétendit-il, ne lui avait donné plus de tablature et de *tintouin* que ces maudites chaînes; mais il y mit la patience d'un homme patient, qui m'étonne toujours beaucoup, moi, et il y ajouta celle d'un horloger, qui m'est, pour celle-là, tout à fait incompréhensible! Ce fut dur, mais il y parvint. Il s'en tira à son honneur. Mais la peine que cela lui coûta marqua tellement dans sa vie, à ce pauvre diable de Couyart, que depuis ce temps-là, quand il voulait parler ou d'un raccommodage compliqué dans ses horlogeries, ou de quelque chose de prodigieusement difficile en soi, il disait invariablement : « C'est difficile, ça, comme de *scier les fers de des Touches!* »

» Tout cela est à présent bien loin de nous, monsieur de Fierdrap, et le temps, qui a mis son éteignoir sur nos jeunesses, a si bien éteint l'éclat que nous avons eu et le bruit que nous avons fait dans les jours lointains d'autrefois, que cette locution de Couyart : « *difficile comme de scier les fers de des Touches* », cette locution qui passe pour un tic de langage du pauvre homme, personne ne sait plus ce qu'elle veut dire; mais nous trois, Ursule, Sainte et moi, nous le savons! »

Ce n'était pas la première fois qu'une note

mélancolique vibrait dans l'histoire de cette noble vieille fille, d'ordinaire si peu mélancolique; mais ce n'était là jamais qu'une note qui passait vite dans ce récit, animé par la gaieté d'un cœur si vaillant.

« Quant au chevalier des Touches, — repritelle après le temps d'étouffer seulement un soupir, — dès qu'il fut rentré dans sa liberté et dans sa force, il nous remercia avec courtoisie. Il nous serra la main à tous. Quand il prit la mienne, comme à l'un des Douze, il me reconnut sous ces habits d'homme que j'avais déjà portés dans d'autres circonstances, mais sous lesquels il ne m'avait pas vue encore. Il ne s'en étonna pas. Qui s'étonnait de quelque chose dans ce temps? Il savait que j'aimais les fusils plus que les fuseaux. Et quelle meilleure occasion pour satisfaire ce goût-là, que la nécessité de vivre de cette vie armée de partisans, qui était alors notre vie?

« — Messieurs, — nous dit-il, — le Roi vous doit un serviteur qui va recommencer son service. Ce soir, j'aurai repris la mer. Le soleil va bientôt décliner : mais il est trop haut encore pour que nous puissions nous montrer sur les chemins réunis et en armes. Il faut nous égailler. Seulement, dans deux heures, nous pouvons nous rejoindre à ce moulin à vent qui est ici à votre droite, sur une hauteur, et qui la couronne, et je vous y donne rendez-vous.

» — C'est le *Moulin bleu*, — dit La Varesnerie.

» — Bleu, en effet, — reprit sombrement des

Touches; — car c'est dans ce moulin-là, Messieurs, que les Bleus m'ont pris par trahison et vous ont donné la peine de me reprendre. J'ai juré dans mon cœur que je leur payerais, argent comptant, cette peine qu'ils vous ont donnée. J'ai juré — fit-il d'une voix éclatante comme le cuivre — que je vengerais la mort de *M. Jacques*. Vous verrez si je tiendrai mon serment! Avant que ce soleil, qui dit trois heures d'après-midi, ait disparu sous l'horizon, et moi dans la brume des côtes d'Angleterre, je vous donne ma parole de Chouan que le *Moulin bleu* sera devenu le *Moulin rouge*, et que, dans la mémoire des gens de ces parages, il ne portera plus d'autre nom! »

» Je le regardais pendant qu'il parlait, et jamais, avec sa taille étreinte dans la ceinture de sa jaquette de pilote, il n'avait été plus l'homme de son nom de guerre, *la Guêpe;* la guêpe qui tirait son dard et qui veut du sang! Il me rappelait aussi ces lions *passant* de blason, au râble étroit et nerveux comme celui des plus fines panthères, et onglés, à ce qu'il semble, pour tout déchirer. Sa figure de femme, et que je n'aimais pas, mais que je ne pouvais m'empêcher de trouver belle, respirait, soufflait, aspirait avec une telle férocité la vengeance, qu'elle était cent fois plus terrible que si elle avait été de la plus crâne virilité.

» Tous les Douze, nous tombâmes sous l'action de ce visage de Némésis. Mais La Varesnerie eut probablement la prévision de quelque chose d'épouvantable, qui devait amener d'abominables représailles et noircir un peu davantage la noire réputation des Chouans, qui l'était bien assez comme cela.

« — Et si nous n'allions pas à votre rendez-vous, Monsieur, — dit La Varesnerie, — qu'en arriverait-il?

» — Rien, Monsieur! — fit fièrement des Touches, et dans le gonflement de ses narines je vis passer comme le vent de l'épée. — Je vous voulais pour témoins d'une justice, mais je n'ai besoin de personne pour faire moi-même ce que j'ai résolu. »

» La Varesnerie réfléchit un instant. Il y avait du chef dans cette tête de La Varesnerie. Il était jeune. Quelque temps après cette époque, M. de Frotté le nomma major.

« — Seul contre plusieurs peut-être, — murmura-t-il. Non! Monsieur, nous vous avons sauvé et nous vous devons au Roi. Nous irons tous; n'est-ce pas, Messieurs? »

» Nous en convînmes, baron, et nous nous quittâmes, en prenant des sentiers différents. Je m'en allai, moi, avec ce Juste Le Breton, que vous appelez mon favori, mon frère. Vous avez raison; il l'était, et je n'ai pas besoin d'ajouter le *honni soit qui mal y pense!* car avec les grâces de ma personne, qui pouvait mal penser de moi? Juste me disait en marchant :

« — Que va-t-il faire, le chevalier des Touches? Il a les outrages de deux emprisonnements accumulés sur un cœur diablement altier. »

» Juste, comme moi, s'intéressait à des

Touches parce qu'il ne voyait en lui que ce que j'y voyais uniquement : l'homme de guerre, indifférent à tout ce qui n'était pas la guerre et ses farouches ambitions !

« — Ils l'ont pris par trahison, — continuait Juste. — Il a été livré aux Bleus, mais quand ? et comment ? et à quel moment ? Car des Touches, c'est la vigilance et c'est l'insomnie ! »

» Nous étions si préoccupés de ce qui allait suivre, que nous remontâmes, sans nous apercevoir de la longueur du chemin, les pentes de la hauteur où se trouvait perché le *Moulin bleu*, comme on l'appelait dans le pays. En proie au magnétisme de la curiosité, de l'idée fixe, du lieu qu'on n'a pas vu et qu'on veut voir, attirés par ce lieu, presque aspirés, comme un enfant qui tombe dans la vague du bord est aspiré par la mer, nous arrivâmes les premiers au lieu du rendez-vous, et nous nous tînmes à quelque distance du moulin à vent en question, attendant nos compagnons, et, probablement avant eux, des Touches.

» C'était un endroit bien tranquille. Sa hauteur était le résultat d'un mouvement de terrain très doux, mais très continu, qui, par conséquent, ne semblait rien pour les pieds une fois qu'on l'avait atteinte, mais qui était beaucoup pour les yeux, quand, en se retournant, on regardait derrière soi la route par laquelle on était venu. La surface de toute cette hauteur était revêtue d'une herbe courte, mais assez verte. Il y paissait chichement deux ou trois brebis. Il n'y avait là ni un arbre, ni un arbuste, ni une haie, ni un fossé, ni une butte, ni quoi que ce soit qui pût faire obstacle au vent, qui était roi là, qui jouait là parfaitement à son aise et faisait tourner son moulin avec un mouvement d'une lenteur silencieuse. Rien ne craquait ni ne grinçait dans ce moulin aux vastes ailes, dont les toiles tendues palpitaient parfois, à certains souffles plus forts, comme des voiles de navire! C'était donc là le *Moulin bleu.* Pourquoi l'appelait-on *bleu?...* Était-ce parce que la porte, les volets, la roue qui fait tourner le toit, et jusqu'à la girouette, tout était de ce bleu qu'on a nommé longtemps *bleu de perruquier*, par la raison que les perruquiers, depuis saint Louis, dit-on, en badigeonnaient leurs boutiques[72]?

» Tout ce qui n'était pas la muraille du moulin et ses ailes, était de ce bleu pimpant et joyeux qui paraissait plus clair dans le bleu plus foncé du ciel et dans cette chaude lumière que lui envoyait un soleil de cinq heures du soir, qui ne le dorait pas encore. Pourquoi tout ce bleu, inconnu aux moulins à vent de la Normandie? Était-ce pour justifier le jeu de mots, recherché de tous les populaires? C'était le Moulin bleu, c'est-à-dire le moulin qui n'était pas blanc! Le moulin *patriote!* La porte coupée faisait en même temps porte et fenêtre, et la partie qui faisait fenêtre était ouverte. Du reste, personne : ni meunier, ni meunière; rien que le moulin dans son large tournoiement solitaire, dont la rotation semblait s'accomplir au fond d'un sac d'ouate, tant elle glissait dans le silence! et dont les ailes courant comme les heures, les unes après les autres, dans ce tournoiement placide et mesuré, ne tremblaient même pas!

» Ce ne fut pas long, ce silence... Un *pizzicato* de violon s'entendit et passa par la porte à moitié ouverte. Maigre et aigre, c'était une chanterelle qui s'éveillait sous une main qui dormait encore... une main de meunier qui a de la farine de son moulin dans les oreilles, et qui pour cela ne s'entend pas!

« — Quel bon air a ce moulin de la trahison! — dit Juste. — Je ne suis pas surpris que des Touches lui-même s'y soit trompé! »

» Cependant, le *pizzicato* continuait incertain, vague, endormi, et perceptible seulement à cause du profond silence de cet après-midi d'été et de ce moulin, qui semblait tourner dans le vide! Il y avait vraiment de quoi vous faire partager cette sensation de somnolence dans laquelle évidemment se trouvait plongé ce meunier invisible, qui rêvait de jouer plutôt qu'il ne jouait.

» C'est à ce moment d'une sensation unique pour moi, monsieur de Fierdrap, quand je pense à ce qui l'a suivi, que des Touches, que nous attendions avec impatience, parut seul sur la piètre pelouse de cette hauteur. Il devançait les dix autres des Douze, mais il vit que nous étions là, Juste Le Breton et moi. Il nous fit le signe du silence. Il était sans armes et il avait les mains vides. Depuis que nous l'avions quitté, il n'avait pas arraché dans une haie de quoi se faire seulement un bâton!

» Il ouvrit la porte au loquet du moulin et

entra... Nous n'entendîmes plus le *pizzicato*... cela s'arrêtant comme une montre qui faisait, il n'y a qu'une minute, *tac, tac,* et qui ne va plus...

— Eh bien, ni toi non plus! — dit l'abbé à sa sœur, qui s'était arrêtée, humant l'impression qu'elle produisait : car elle voyait bien qu'elle en produisait une sur M. de Fierdrap et sur son frère. — Va donc! ma sœur. Va donc! et ne nous brûle pas à petit feu.

« — Ce sont nos amis », fit Juste Le Breton, qui les vit venir, — reprit-elle, — à cet instant que je puis appeler suprême à présent, mais qui n'était alors rempli que d'une anxiété sans nom.

» Quand ils arrivèrent sur la hauteur et qu'ils nous aperçurent :

« — Nous venons au rendez-vous, — dit La Varesnerie. — Où est le chevalier?

» — Le voici! » lui répondis-je, attendu que depuis qu'il était dans le moulin, mes yeux n'avaient cessé de rester braqués sur la porte laissée ouverte derrière lui.

» Il en sortait. Mais pouvait-on dire qu'il était avec quelqu'un? Il tenait par le cou, dans ses deux mains dont il lui faisait une cravate, le meunier du Moulin bleu, grand et pansu, et qu'il traînait ainsi après lui, dans la poussière.

« — Diable! — fit Desfontaines (toujours Vinel-Aunis); — le moulin n'est pas bleu tout seul, c'est aussi le meunier! »

» Quand des Touches parut sur le seuil du moulin silencieux, d'où personne ne sortit que lui et ce meunier, qui ne semblait pas peser aux mains qui l'agrafaient, nous crûmes que c'était fini... qu'il l'avait tué... et c'était déjà assez tragique, n'est-ce pas, baron? Mais, bah! nous allions avoir tout à l'heure un bien autre tragique sous les yeux!

» Le meunier s'était évanoui sous les serres de des Touches. Son sang, — c'était comme un tonneau plein jusqu'à la bonde que cet homme apoplectique, — son sang l'étouffait, mais il vivait sans connaissance et le chevalier des Touches, qui connaissait la proportion de la force de son effort à la force de son ennemi, le chevalier des Touches savait que cet homme immobile vivait...

« — Messieurs, — dit-il, c'est le traître, c'est le Judas qui m'a livré aux Bleus! Tout ce qui a été massacré à Avranches, Vinel-Aunis probablement tué, *M. Jacques* frappé cette nuit et enterré par vous ce matin, et quinze jours où ils m'ont fait boire l'outrage comme l'eau et dévorer comme du pain les plus infâmes traitements, tout cela doit être mis au compte de cet homme que voilà, et dont le supplice m'appartient... »

» Nous écoutions, croyant qu'il allait faire appel à nos carabines, mais il tenait toujours dans ses mains fermées le cou de cet homme, dont le corps pendait sur le sol et dont il avait la tête énorme appuyée sur sa cuisse, comme si c'eût été un tambour.

« — Messieurs, — reprit-il; il avait peut-être, avec la lucidité du sang-froid qu'il gardait au milieu de tout cela, vu quelques-unes de nos mains se crisper sur le canon de nos carabines, — gardez votre poudre pour des soldats... Souvenez-vous, monsieur de La Varesnerie, que je n'ai voulu les Douze de la Délivrance que pour être les témoins de la Justice! Moi seul, je me charge du châtiment... Pierre le Grand, qui me valait bien, que je sache, a été souvent, dans sa vie, à la même minute, le juge et le bourreau. »

» Nul de nous, qui l'entendions et qui le regardions, ne comprenait ce qu'il voulait faire; mais pour tenter seulement de faire ce à quoi il pensait, il fallait être un miracle de force... il fallait être ce qu'il était... Il resta, d'une main tenant cette tête de taureau du meunier, et il la plaça entre ses deux genoux, en montant brutalement à cheval sur sa nuque... Nous crûmes qu'il allait la luxer... Mais ce n'était pas cela encore, monsieur de Fierdrap! Ce meunier avait une ceinture, une de ces ceintures comme en portent encore les paysans de la Normandie, tricots flexibles et forts qui soutiennent les reins de ces hommes de peine, et nous dîmes : « — Il va l'étrangler! » en lui voyant dénouer cette ceinture de son autre main. Mais à chaque geste, nous nous trompions!

» Non! ce fut quelque chose d'inattendu et de stupéfiant. Il prit, ayant l'homme entre les genoux, une des ailes du moulin qui passait et il l'arrêta net dans son passage! Ce fut si magnifique de force que nous nous écriâmes...

» Il tenait toujours son aile entre ses deux mains.

« — On vous cite, monsieur Juste Le Breton, — lui dit-il, — comme un des plus forts poignets de tout le Cotentin. Eh bien, seriez-vous homme à me tenir une seule minute cette aile de moulin que je viens d'arrêter?... »

» Juste ne résista pas. Des Touches le saisissait par son amour, son idolâtrie de sa force, par cet enivrement de la Force dont il a été puni plus tard, en tombant sous une blessure de rien... Juste prit avec orgueil l'aile du moulin des mains du chevalier, et, sous le coup de cette rivalité qui décuple les forces humaines, il la contint pendant le temps que des Touches lia avec sa ceinture le meunier, qu'il avait couché sur toute la longueur de cette aile, laquelle, dès qu'elle ne fut plus contenue, reprit son grand mouvement, mesuré et silencieux.

» Ah! c'était là un carcan étrange, n'est-il pas vrai, baron? une exposition comme on n'en avait jamais vu, que cet homme lié sur son aile de moulin, qui tournait toujours! Le mouvement, l'air qu'il coupait en décrivant ainsi dans les airs le grand orbe de cette aile, qui l'y faisait monter tout à coup pour en redescendre, et en redescendre pour y monter encore, le firent revenir à lui. Il rouvrit les yeux. Le sang qui menaçait de lui faire éclater la face comme le vin trop violent fait éclater le muid, retomba le long de son corps et il pâlit... Des Touches eut un mot de marin.

« — C'est le mal de mer qui commence », fit-il cruellement.

» Le meunier, qui avait d'abord ouvert les

yeux, les referma comme s'il eût voulu se soustraire à l'horrible sensation de cet abîme d'air qu'il redescendait sur l'aile, l'implacable aile de ce moulin, remontant éternellement pour redescendre, et redescendant pour remonter... Le soleil, qui brillait en face, dut mêler la férocité de son éblouissement à la torture de cet étrange supplicié, qui allait ainsi par les airs! Le malheureux avait commencé par crier comme une orfraie qu'on égorge, quand il avait repris connaissance; mais bientôt, il ne cria plus... Il perdit l'énergie même du cri... l'énergie du lâche! et il s'affaissa sur cette toile blanche de l'aile du moulin, comme sur un grabat d'agonie. Je crois vraiment que ce qu'il souffrait était inexprimable... Il suait de grosses gouttes, que l'on voyait d'en bas reluire au soleil sur ses tempes... Ces messieurs regardaient, les yeux secs, la lèvre contractée, impassibles. Mais moi, monsieur de Fierdrap, — et, mort-Dieu! c'était la première fois de ma vie! — je sentais que je n'étais pas tout à fait aussi homme que je le croyais. Ce qu'il y avait de femme cachée en moi s'émut, et je ne pus m'empêcher de dire à ce terrible vengeur de chevalier des Touches :

« — Pour Dieu! chevalier, abrégez un pareil supplice. »

» Et je lui tendis ma carabine, à lui qui était désarmé.

« — Pour Dieu et pour vous, Mademoiselle! — répondit-il. — Vous avez fait assez cette nuit même, pour que je ne puisse vous rien refuser. »

» Et se plaçant bien en face, à trente pas, avec l'adresse d'un homme qui tuait au vol les hirondelles de mer dans un canot que la vague balançait comme une escarpolette, il tira son coup de carabine si juste, quand l'aile du moulin passa devant lui, que l'homme étendu sur cette cible mobile fut percé d'outre en outre, dans la poitrine.

» Le sang ruissela sur la blanche aile qu'il empourpra, et un jet furieux qui jaillit, comme l'eau d'une pompe, de ce corps puissamment sanguin, tacha la muraille d'une plaque rouge. Il n'avait pas menti, le chevalier des Touches! Il venait de changer ce riant et calme *Moulin bleu* en un effrayant moulin rouge. S'il existe encore, ce moulin, qui fut le théâtre du supplice d'un traître dont la trahison dut avoir des détails que nous n'avons jamais sus, mais bien horribles, pour rendre un homme aussi implacable, on doit l'appeler encore le *Moulin du Sang*... On ne sait plus probablement la main qui l'a versé; on ne sait plus pourquoi il fut versé, ce sang qui tache ce mur sinistre; mais il doit y être visible toujours, et il parlera encore longtemps, dans un vague terrible, d'une chose affreuse qui se sera passée là, quand il n'y aura plus personne de vivant pour la raconter!

— C'était décidément un rude homme que la *belle Hélène!* — fit pensivement l'abbé.

— Le rude homme, mon frère, n'était pas encore apaisé après cette vengeance et ce supplice, — continua Mlle de Percy. — Nous crûmes qu'il l'était... il nous détrompa quelques instants après. Nous quittâmes ensemble cette hauteur pour retourner, les uns à Touffedelys, les autres où ils voudraient, puisque nous avions réussi dans notre seconde expédition. C'étaient les derniers pas que nous faisions en troupe. Comme l'avait dit cet exact chevalier des Touches, le soleil n'était pas encore tombé sous l'horizon. Déjà loin sur les routes d'en bas, moi qui marchais à côté de Juste Le Breton, je me retournai et jetai un dernier regard sur la hauteur abandonnée... Le soleil, qui rougissait comme s'il eût été humilié de se baisser vers la terre, envoyait comme un regard de sang à ce moulin de sang... Le vent qui venait de la mer, de cette mer qu'allait tout à l'heure reprendre des Touches, faisait tourner plus vite dans le lointain les ailes de ce moulin à vent qui roulait dans l'air assombri son cadavre, quand je crus voir, de son toit pointu, se lever des colonnettes de fumée. Je le dis dans les rangs.

« — Il n'y a que le feu qui purifie! » dit des Touches.

» Et il nous apprit qu'il avait mis le feu dans l'intérieur du moulin, et le Chouan, qui ne défaillait jamais en lui, ajouta avec le joyeux accent de la guerre :

« — Ce sera de la farine de moins pour le dîner des patriotes! »

» Le feu avait couvé depuis que nous étions partis, et quand la flamme s'élança de l'amoncellement de fumée qui s'était fait tout à coup sur la hauteur et qui l'avait cachée :

« — On allume des cierges pour les morts — dit des Touches; — voici le mien pour *M. Jacques!* Cette nuit, dans les brumes de la Manche, j'aimerai à en suivre longtemps la lueur. »

IX

HISTOIRE D'UNE ROUGEUR

« Cependant, après avoir marché quelque temps encore, — continua toujours Mlle de Percy, — nous arrivâmes à une étoile formée par plusieurs routes qui se croisaient et qui conduisaient aux différentes villes et bourgades de la contrée. C'était là qu'on devait se séparer, après la dernière poignée de main. Les uns prirent la route de Granville et d'Avranches, les autres s'en allèrent du côté de Vire et de Mortain. On convint de se réunir à Touffedelys, s'il devait y avoir une nouvelle levée d'armes. Des Touches prit, lui, la route qui menait directement à la côte. Juste Le Breton et moi fûmes les seuls d'entre les Douze qui restâmes jusqu'au dernier moment avec cet homme, l'objet pour nous d'un intérêt devenu tragique et d'une curiosité qui n'a jamais été entièrement satisfaite. Nous devions revenir à Touffedelys par les Mielles, comme on appelle ces grèves, et en suivant la mer et sa longue ligne sinueuse. Quand nous sortîmes des terres labourées pour entrer dans les sables, la nuit était tombée et la lune avait eu le temps de se lever. C'était le chevalier qui nous menait, comme quelqu'un qui sait où il va. Avec son expérience de marin, il connaissait, à une minute près, l'heure de la marée qui devait le porter en Angleterre. Nous avions pensé, sans avoir eu besoin de nous le dire, qu'il avait à son commandement quelque pêcheur dévoué sur cette côte écartée. Mais quel ne fut pas notre étonnement, quand la dernière dune que nous montâmes avec lui nous permit de découvrir la mer, battant son plein, brillante et calme, sur une ligne immense, mais profondément solitaire. Il n'y avait là ni un être qui attendît des Touches, ni une barque, couchée à la grève, qu'on pût mettre à flot et qui pût l'emporter.

« — Ah! — dit-il presque joyeusement, — aujourd'hui je suis, par Dieu! bien sûr qu'il n'y a pas d'espions dans la grève. Depuis ma prison, ils ont pu dormir, et ils n'ont pas encore eu la nouvelle de ma délivrance, qui va les réveiller du péché de paresse... Ils me croient guillotiné de ce matin, et prennent *campos*, messieurs les gardes-côtes! »

— Quels veaux marins! — interrompit M. de Fierdrap, qui, en sa qualité de grand pêcheur, ne pouvait souffrir aucune surveillance maritime, de quelque nature qu'elle pût être. — Ils ont toujours été les mêmes, sous tous les régimes, ces soldats amphibies! Avant la Révolution, il fallait, pour obtenir la croix de Saint-Louis, si l'on n'avait pas fait d'action d'éclat, vingt-cinq ans de service comme officier; mais dans les gardes-côtes, il en fallait cinquante. Cela les classait.

— Oui! — dit Mlle Ursule, assez indifférente pour l'instant à l'honneur militaire, et qui dit *oui* comme elle aurait dit *non!* — mais qu'ils avaient donc un joli uniforme, avec leurs habits blancs à retroussis vert de mer! » ajouta-t-elle rêveuse. Elle revoyait peut-être cet uniforme-là sur quelque tournure qui lui avait plu dans sa jeunesse, et tout cela passait comme une mouette dans une brume, au fond du brouillard gris de ses pauvres petits souvenirs.

Mais Mlle de Percy se souciait bien des rêves de Mlle Ursule et des haines méprisantes du baron de Fierdrap! Elle passa donc outre et reprit :

« — Mais comment vous embarquerez-vous, chevalier? — lui dis-je; — je ne vois pas une planche sur cette grève, et vous n'avez pas le projet peut-être d'aller de la côte de France à la côte d'Angleterre à la nage?

» — On pourrait y aller, — me dit-il sérieusement; qui sait s'il ne s'en sentait pas la force? — Mais, Mademoiselle, s'il n'y a pas de planches sur la grève, il y en a dessous. »

» Alors, nous connûmes la prudence et l'esprit de ressource de cet homme, né pour la guerre de partisans. Il avait cette mémoire des lieux qui fait le pilote, et il ne l'avait pas que sur la mer. Il s'orienta sur le sol où nous étions, et tira de la ceinture de sa jaquette une serpette qu'il avait prise dans le moulin, sans doute; car les Bleus n'auraient pas osé laisser à un pareil homme seulement la pointe d'une lame de couteau. Et il se mit, avec cette serpette, à creuser le sable, comme font les pêcheurs de lançon.

— On ferait mieux de dire les chasseurs, — interrompit M. de Fierdrap, sérieux comme un dogme. — Je n'ai jamais compris la pêche sans de l'eau.

— En quelques secondes, — reprit la conteuse, — des Touches eut déterré son canot. C'est lui-même qui l'avait ensablé à cette place lors de son dernier débarquement. C'était sa coutume, nous dit-il. Il ne se confiait jamais à personne.

» Obligé d'entrer dans les terres pour y porter à tel endroit les dépêches dont il était chargé, il ne pouvait laisser ce canot, qu'il avait fait lui-même, à un amarrage quelconque, où les gardes-côtes l'auraient surpris. — Quand il l'eut déterré, il le porta à la mer, et pour cela il n'eut pas besoin de toute sa force. C'était une plume que ce canot. Il sauta sur cette plume, qui se mit à danser mollement sur la vague. Il était déjà redevenu la « *Guêpe* »; il allait redevenir le « *Farfadet* »!

» Il maintenait de sa rame, piquée dans le sol, la barque qui s'enlevait sur la vague comme un cheval ardent qui piaffe.

« — Adieu, Mademoiselle! et vous aussi, monsieur Juste Le Breton! — nous dit-il, debout sur l'avant de sa barque, et il nous salua de la main. — Quand nous reverrons-nous? et même nous reverrons-nous? Les paysans sont las; la guerre fléchit. Ne parlent-ils pas là-bas de pacification encore?... Il faudrait qu'un des princes vînt ici pour tout rallumer... et il n'en viendra pas! — ajouta-t-il avec une expression méprisante qui me fit mal, et que j'ai bien des fois rencontrée sur les lèvres de serviteurs pourtant fidèles (et elle jeta un regard de reproche à son frère). — Je n'en amènerai pas un à cette côte dans ce canot qui y apporta *M. Jacques*. Si cette guerre finit, que deviendrons-nous? du moins, moi, qui ne suis propre qu'à la guerre. J'irai me faire tuer quelque part, et cette côte-ci n'entendra plus parler de des Touches! »

» Nous lui renvoyâmes son adieu.

« Il est temps de partir, — fit-il, — voici le reflux. »

» Il cessa de maintenir la barque mobile sur le flot écumeux du bord, et d'un de ces nerveux coups de rames comme il savait en donner, il la fit monter sur cette mer qui le connaissait et disparut entre deux vagues, pour reparaître, comme un oiseau marin, qui plonge en volant et se relève, en secouant ses ailes. C'était à se demander qui des deux reprenait l'autre : si c'était lui qui reprenait la mer, ou si la mer le reprenait! Nous le suivîmes des yeux par ce clair de lune, qui rendait les ondulations de l'eau lumineuses; mais la houle, qu'il trouva quand il fut au large, finit par cacher cette espèce de pirogue de si peu de bois qu'il montait, ce mince canot presque fantastique! Le *Farfadet* s'était évanoui... Nous nous dirigeâmes vers Touffedelys par les dunes; il faisait superbe. J'ai vu rarement, dans ma vie de Chouanne à la belle étoile, une plus belle nuit. Nous entendions de moins en moins le bruit de la mer, qui s'éloignait et qui commençait à découvrir ses premières roches. Du côté des terres, tout était calme : la brise de la mer mourait à la grève, les arbres étaient immobiles. Sur la hauteur, dans le lointain bleuâtre, achevait de brûler, en silence et sans secours, le moulin solitaire que l'incendie avait mutilé et qui n'avait plus que trois ailes, qui tournaient encore. Placées de manière à être atteintes les dernières par la flamme, elles avaient fini par s'enflammer. L'une d'elles avait brûlé plus vite que les autres, mais les trois autres avaient pris aussi, et elles flambaient, et, en tournant, leur roue faisait pleuvoir des étincelles comme, dans l'après-midi, elle avait fait pleuvoir le sang. Quoiqu'il fût déjà loin en mer à cette heure, le terrible brûleur de ce moulin pouvait le voir se consumant dans cet air sans vent, avec sa flamme droite comme celle d'un flambeau, par cette nuit transparente qui n'avait pas une vapeur, — chose rare sur la Manche, cette mer verte comme un herbage dont les brumes seraient la rosée. Je ne sais quelle tristesse me saisit, moi la grosse rieuse. La femme que j'avais sentie en moi, quand j'avais vu des Touches si cruel, je la ressentis encore qui revenait sous mes habits de Chouan... La pitié m'inondait le cœur pour Aimée, à qui j'allais avoir à apprendre la mort de *M. Jacques*, cette mort que des Touches avait vengée, ce qui ne la consolerait pas! »

Mlle de Percy s'arrêta de cette fois, comme quelqu'un qui a fini son histoire. Elle rejeta les ciseaux dont elle avait gesticulé dans les tapisseries, empilées avec leur laine sur le guéridon.

« Voilà, baron, — dit-elle à M. de Fierdrap, — cette histoire de l'enlèvement de des Touches que mon frère vous avait promise.

— Et que vous avez fort bien *narrée*, ma chère Percy », fit Mlle Sainte, qui, voulant être aimable, lui envoya de sa bouche innocente l'éloge cruel de ce mot déshonorant.

Mais le baron de Fierdrap, qui avait parlé si légèrement du chagrin d'Aimée, l'anti-sentimental pêcheur de dards, — qui ne se souciait guère de ceux de l'amour, disait l'abbé, quand il était en verve de calembredaines, — le baron était devenu tendre; il était redevenu le baron Hylas, et il voulut qu'on lui parlât d'Aimée.

« Ce fut moi — lui dit donc Mlle de Percy — qui lui apprit la mort de son fiancé. Elle pâlit comme si elle allait mourir elle-même, et elle s'enferma pour cacher ses larmes. Chez Aimée, vous l'avez vu, baron, tout porte en dedans, et le dehors ne perd jamais son calme. La seule chose extérieure de ce chagrin, renfermé dans son cœur comme une relique dans une châsse scellée, fut la funèbre fantaisie de faire déterrer celui qu'elle appelait son mari du pied du buisson où nous l'avions couché, et de le rouler dans cette robe de noces qu'elle avait porté un seul soir et qu'elle lui tailla en linceul.

» Plus tard, lorsque les prêtres furent revenus et les églises rouvertes, pieuse comme elle est, ne pouvant supporter l'idée de ne pas reposer un jour près de lui, elle le fit transporter en terre sainte. Tout cela eut lieu, baron, sans éclat, sans retentissement, pour l'apaisement de son cœur, dont elle couvre le navrement sous des sourires qui entrouvriraient le ciel à des malheureux moins malheureux qu'elle. Quand, au milieu de son désespoir et de cette pâleur qu'elle a gardée toujours depuis cette époque, — car elle n'a jamais repris entièrement cet incarnat de cœur de rose-mousse entrouverte qui la faisait la rose reine des roses de Valognes, où la moindre des filles des rues éblouit de fraîcheur, — on lui apprit que des Touches était sauvé, elle eut encore ce coup de soleil inexplicable qui la faisait devenir une statue de corail vivant.

» Et inexplicable elle est restée, monsieur de Fierdrap, cette rougeur inouïe! Les années sont venues, le temps a marché, la vie n'est plus pour elle qu'un grand silence dans une seule pensée, la surdité, l'isolante surdité, a bâti son mur entre elle et les autres et l'a *renfermée dans sa tour*, comme elle dit. Eh bien! que le nom de des Touches, dont on parle bien peu maintenant, soit dit par hasard devant elle, et que ce jour-là soit aussi un jour où elle entende, la rougeur reparaîtra brûlante sur ces tempes d'une pureté de fille morte vierge, et où les cheveux blancs, si elle n'était pas blonde, auraient commencé à glisser leurs pointes argentées. C'est incroyable, baron, mais cela est. Tenez! je ne voudrais jamais lui faire volontairement la moindre peine, à cette noble fille, mais si je n'étais pas retenue par cette crainte, et que, me levant de ma place, j'allasse jusqu'à elle qui travaille à son feston sous cette lampe depuis trois heures sans avoir entendu un seul mot de ce que nous avons dit, et que je lui criasse à l'oreille :

« — Aimée, le chevalier des Touches n'est pas mort! L'abbé vient de le rencontrer sur la place... »

» Parions, baron, que la rougeur, l'inexplicable rougeur reparaîtrait sur le visage de la fiancée de *M. Jacques*, qui n'a jamais aimé que lui...

— Je ne dis pas non, — dit l'abbé profondément. — Cela est sûr qu'elle aimait *M. Jacques*. Mais qui sait — fit-il, en baissant la voix, précaution inutile pour elle, mais comme s'il avait craint pour lui-même ce qu'il disait... — si, par impossible, elle n'était pas aussi pure... »

Et il s'arrêta, n'osant pas achever, ayant, cet abbé grand seigneur, non plus peur seulement de sa parole, mais de sa pensée.

« Oh! mon frère!... » dit Mlle de Percy, avec un cri mélangé du sentiment de l'horreur et de l'impossibilité de la chose, en frappant le parquet d'un pied de reine Berthe, indigné.

Et les deux Touffedelys elles-mêmes, devenues des sensitives, car la bêtise a parfois de ces moments-là où elle devient sensible, avaient reculé leurs fauteuils avec une énergie de croupe vertueuse qui disait combien la pensée de l'abbé les scandalisait.

L'abbé n'acheva pas... Il en avait assez dit. Le prêtre est toujours le plus profond des moralistes. Le regard, aiguisé par la confession, va toujours plus avant que celui des autres hommes. Le Zahuri, dit-on, voit le cadavre à travers les gazons qui le couvrent. Le prêtre, c'est le Zahuri de nos cœurs [73].

Il regarda le baron de Fierdrap, qui cligna, mais qui, lui aussi, n'ajouta pas une syllabe. Ce fut un point d'orgue singulier. Le tonneau de Bacchus sonna deux heures. Les chiens de M. Mesnilhouseau ne hurlaient plus. Le silence, que ne fouettait plus la pluie, s'entassait au-dehors et tombait dans ce salon, dont le feu était éteint et dont le grillon, cette cigale de l'âtre que Mlle Sainte appelait un *criquet*, s'était endormi.

« Tiens! — dit le baron de Fierdrap, — je n'ai pas pris mon thé, de toute cette histoire! — Il ouvrit sa théière et y plongea son nez. L'eau, à force de bouillir, s'était évaporée.

— Image de tout! — fit l'abbé très grave. — Allons-nous-en, Fierdrap! laissons ces demoiselles se coucher. Nous avons fait une vraie débauche de causerie, ce soir.

— Il n'est pas tous les jours fête, — dit le baron. — Seulement, j'ai une diable d'envie d'être à demain. Puisque tu es sûr de l'avoir vu ce soir sur la place des Capucins, nous aurons peut-être demain des nouvelles du chevalier des Touches. »

Et ils s'en allèrent, Mlle de Percy ayant englouti sa vaste personne et son baril oriental sous son coqueluchon de tiretaine. L'abbé, qui avait plus raison que jamais de l'appeler « son gendarme », lui prit le bras d'autorité, et lui chantonna à demi-voix, en traînant ses sabots par les rues, les premières paroles d'une chanson qu'il avait faite, un jour, pour elle :

Je connais un militaire
Qui va disant son bréviaire,
Et qui, dans son régiment,
N'a qu'un soldat seulement...
C'est une fille un peu fière :
Plan, r'lantanplan! r'lantanplan, plan, plan!

Le baron avait allumé, comme l'abbé, sa lanterne, et tous les trois ils reconduisirent pompeusement jusqu'à son couvent Mlle Aimée, à laquelle, par déférence pour une telle pensionnaire, les Dames Bernardines avaient accordé la permission de rentrer tard. L'abbé, sa sœur et le baron étaient plus ou moins impressionnés par cette histoire d'un des héros de leur jeunesse, mais ils l'étaient moins à coup sûr qu'*une autre personne* qui était là, et dont je n'ai rien dit encore. Dans l'attention qu'ils donnaient à ce qu'ils disaient, ils l'avaient oubliée et j'ai fait comme eux... Cette autre personne n'était qu'un enfant, auquel ils n'avaient pas pris garde, tant ils étaient à leur histoire! et lui, tranquille, sur son tabouret, au coin de la cheminée contre le marbre de laquelle il posait une tête bien prématurément pensive. Il avait environ treize ans, l'âge où, si vous êtes *sage*, on oublie de vous envoyer coucher dans les maisons où l'on vous aime! Il l'avait été, ce jour-là, par hasard peut-être, et il était resté dans ce salon antique, regardant et gravant dans sa jeune mémoire ces figures comme on n'en voyait que rarement dans ce temps-là, et comme maintenant on n'en voit plus, s'intéressant déjà à ces types dans lesquels la bonhomie, la comédie et le burlesque se mêlaient, avec tant de caractère, à des sentiments hauts et grands [74]! Or, si elle vous a intéressé, c'est bien heureux pour cette histoire; car sans lui elle serait enterrée dans les cendres du foyer éteint des demoiselles de Touffedelys, dont la famille n'existe plus et dont la maison de la rue des Carmélites, à ces cousines de Tourville, est habitée par des Anglaises en *passage* à Valognes, et personne au monde n'aurait pu vous la raconter et vous la finir! puisque, vous venez de le voir, cette histoire n'est pas finie. Mlle de Percy ne l'avait pas achevée, et elle ne l'acheva jamais. Elle en était restée à cette rougeur sur laquelle l'abbé avait mis, avec un seul mot, une lumière qui avait révolté sa sœur. Mlle de Percy avait foi en Aimée, et les sentiments de cette âme robuste ne chancelaient point. Aimée de Spens garda son secret, et Mlle de Percy garda son respect pour Aimée. Elle mourut la croyant la

Vierge-Veuve, comme elle l'appelait, digne d'entrer au ciel avec deux palmes, les deux palmes des deux sacrifices accomplis! L'abbé, qui avait le tact d'un grand esprit, ne fit jamais une réflexion et ne parla jamais du chevalier des Touches à Mlle de Spens, qui, ayant perdu les Touffedelys après Mlle de Percy, se cloîtra sans prendre le voile et ne sortit plus de son couvent.

Mais l'enfant dont j'ai parlé grandit, et la vie, la vie passionnée avec ses distractions furieuses et les horribles dégoûts qui les suivent, ne purent jamais lui faire oublier cette impression d'enfance, cette histoire faite, comme un thyrse, de deux récits entrelacés, l'un si fier et l'autre si triste! et tous les deux, comme tout ce qui est beau sur la terre et qui périt sans avoir dit son dernier mot, n'ayant pas eu de dénouement! Qu'était devenu le chevalier des Touches?... Le lendemain, sur lequel le baron de Fierdrap comptait pour avoir de ses nouvelles, n'en donna point. Nul dans Valognes n'avait connaissance du chevalier des Touches, et cependant l'abbé n'était pas un rêveur qui voyait à son coude ses rêves, comme Mlles de Touffedelys et Couyart. Il avait vu des Touches. C'était donc une réalité. Il était passé par Valognes. Mais il était passé... D'un autre côté, quel était dans la vie de cette belle et pure Aimée de Spens cet autre mystère qui s'appelait aussi des Touches?... Deux questions suspendues éternellement au-dessus de deux images, et auxquelles, après plus de vingt années, vaincue par l'acharnement du souvenir, la circonstance répondit. Qui sait? A force de penser à une chose, on crée peut-être le hasard [75]!

Le hasard m'apprit en effet, parce que je n'avais jamais cessé de penser à cet homme et de m'informer de son destin, qu'il vivait... et que mon grand abbé de Percy ne s'était pas trompé quand il l'avait vu et qu'il l'avait pris pour un fou. De Valognes, qu'il avait traversé, comme le roi Lear, par la pluie et par la tempête, revenant d'Angleterre, échappé à ceux qui le gardaient et le ramenaient dans son pays, il était allé tomber dans une famille qu'il avait épouvantée de la folie furieuse dont il était transporté. L'ambition trahie, les services méconnus, la cruauté du sort, qui prend parfois les mains les plus aimées pour nous frapper, tout cela avait fait de cet homme, froid comme Claverhouse [76], un fou à camisole de force, dont la vigueur irrésistible offrait le danger d'un fléau. On l'avait ténébreusement interné dans une maison de fous, où il vivait depuis plus de vingt ans. Je sus tout cela peu à peu, par lambeaux, comme on apprend les choses qu'on vous cache. Mais quand je le sus, je me jurai de me donner la vue de cet homme, qu'une femme qui l'avait connu avait mis sa force d'impression à me peindre comme me l'eût peint un poète. L'état dans lequel je trouverais cet homme héroïque, mort tout entier et pourrissant dans le plus affreux des sépulcres : une maison de fous! était une raison de plus pour m'en donner le spectacle. C'est si bon de tremper son cœur dans le mépris des choses humaines, et entre toutes de la gloire, qui gasconne avec ceux qui se fient à elle et qui croient qu'elle ne peut tromper!

Il fut donc un jour où je pus le voir, ce chevalier des Touches, et raccorder dans ma pensée sa forme jeune, svelte et terrible, comme celle de Persée qui coupe la tête à la Gorgone, et la figure d'un vieillard dégradé par l'âge, la folie, tous les écrasements de la destinée. Ce que je fis pour cela est inutile à dire, mais je pus le voir... Je le trouvai assis sur une pierre, car depuis longtemps il n'était plus fou à lier, dans une cour carrée, avec des arceaux à l'entour. Depuis qu'*il n'était plus méchant*, on l'avait retiré des cabanons et on le laissait vaguer dans cette cour, où des paons tournaient autour d'un bassin, bordé de plates-bandes qui étalaient des nappes de fleurs rouges. Il les regardait, ces fleurs rouges, avec ses yeux d'un bleu de mer, vides de tout, excepté d'une flamme qui brûlait là sans pensée, comme un feu abandonné où personne ne se chauffe plus. La beauté de la *belle Hélène*, de cet homme qui avait été plus célestement beau que la belle Aimée, avait dit Mlle de Percy, était détruite, radicalement détruite, mais non sa force. Il était encore vigoureux, malgré l'épuisement de vingt ans de folie, qui auraient consumé tout homme moins robuste. Il était vêtu tout en molleton bleu, avec des boutons d'os et un foulard de Jersey au cou, comme un matelot; et c'était bien cela : il avait l'air d'un vieux matelot, qui attend à terre et qui s'y ennuie. Le médecin me dit que l'âge venant et les furies ayant été remplacées par de la démence, le désordre le plus profond et le plus irrémédiable s'était fait dans ses facultés; qu'il se croyait gouverneur de ville, âgé de deux mille ans, et que certainement je n'en tirerais pas un éclair de lucidité. Mais je n'y allai point par quatre chemins, et, d'emblée, je lui dis brusquement :

« C'est donc vous, chevalier des Touches! »

Il se leva de son arceau comme si je l'eusse appelé, et m'ôtant sa casquette de cuir verni, il me montra un crâne chauve et lisse, comme une bille de billard.

« C'est singulier, — dit le docteur, — je n'aurais jamais pensé qu'il eût répondu à son nom, tant il a perdu la mémoire! »

Mais moi que ceci animait :

« Vous souvenez-vous — lui dis-je à bout portant — de votre enlèvement de Coutances, monsieur des Touches?... »

Il regardait dans l'air comme s'il y voyait quelque chose.

« Oui!... — dit-il, cherchant un peu, — Coutances! et, — ajouta-t-il sans chercher, — et le juge qui m'a condamné à mort, le coquin de... [77]! »

Il le nomma. C'était encore un nom porté dans la contrée, et son œil bleu de mer darda un rayon de phosphore et de haine implacable.

« Et d'Aimée de Spens, vous en souvenez-vous? » fis-je encore, coup sur coup, craignant que le fou ne revînt et voulant frapper de ce dernier souvenir sur le timbre muet de cette mémoire usée, qu'il fallait réveiller.

Il tressaillit.

« Oui encore, aussi!... — fit-il, et ses yeux avaient comme un afflux de pensées. — Aimée de Spens, qui m'a sauvé la vie! La belle Aimée! »

Ah! je tenais peut-être l'histoire que Mlle de Percy n'avait pas finie... Et cette idée me donna la volonté magnétique qui dompte une minute les fous et les fait obéir.

« Et comment s'y prit-elle pour cela, monsieur des Touches? Allons, dites!

— Oh! — dit-il (je lui avais enfin passé mon âme dans la poitrine, à force de volonté!), — nous étions seuls à Bois-Frelon, vous savez?... près d'Avranches... Tout le monde parti... Les Bleus vinrent comme ils venaient souvent, à petits pas... Ils cernèrent la maison... C'était le soir. Je me serais bien fait tuer, risquant tout, tirant par les fenêtres comme à la Faulx, mais j'avais mes dépêches. Elles me brûlaient... Frotté attendait. Ils l'ont tué, Frotté, n'est-ce pas vrai?... »

Je tremblai que l'idée de Frotté ne l'entraînât trop loin de ce que je voulais qu'il me dît.

« Tué, fusillé! — lui dis-je. — Mais Aimée!... »

Et je lui secouai durement le bras.

« Ah! — reprit-il, — elle pria Dieu... entrouvrit les rideaux pour qu'ils la vissent bien... C'était l'heure de se coucher... Elle se déshabilla. Elle se mit toute nue. Ils n'auraient jamais cru qu'un homme était là, et ils s'en allèrent. Ils l'avaient vue... Moi aussi... Elle était bien belle!... rouge comme les fleurs que voilà! » — désignant les fleurs du parterre.

Et son œil redevint vide et atone, et il se remit à divaguer.

Mais je ne craignais plus sa folie. Je tenais mon histoire! Ce peu de mots me suffisait. Je reconstituais tout. J'étais un Cuvier! Il était donc vrai, l'abbé avait tort. Sa sœur avait raison. La veuve de *M. Jacques* était toujours la Vierge-Veuve! Aimée était pure comme un lys! Seulement elle avait sauvé la vie à des Touches comme jamais femme ne l'avait sauvée à personne... Elle la lui avait sauvée en outrageant elle-même sa pudeur. Quand, à travers la fenêtre, les Bleus virent, du dehors où ils étaient embusqués, cette chaste femme qui allait dormir et qui ôtait, un à un, ses voiles, comme si elle avait été sous l'œil seul de Dieu, ils n'eurent plus de doute; personne ne pouvait être là, et ils étaient partis : des Touches était sauvé! Des Touches, qui, lui aussi, l'avait vue, comme les Bleus... qui, jeune alors, n'avait peut-être pas eu la force de fermer les yeux pour ne pas voir la beauté de cette fille sublime, qui sacrifiait, pour le sauver, le velouté immaculé des fleurs de son âme et la divinité de sa pudeur! Prise entre cette pudeur si délicate et si fière et cette pitié qui fait qu'on veut sauver un homme, elle avait hésité... Oh! elle avait hésité, mais, enfin, elle avait pris dans sa main pure ce verre de honte et elle l'avait bu. Mlle de Sombreuil n'avait bu qu'un verre de sang pour sauver son père [78]! Depuis, peut-être, Aimée avait souffert autant qu'elle?... Ces rougeurs, quand des Touches était là, et qui la couvraient tout entière à son nom seul, qui ne l'avaient jamais inondée d'un flot plus vermeil que le jour où Mlle de Percy avait dit, sans le savoir, le mot qui lui rappelait le malheur de sa vie : « *Des Touches sera votre témoin!* », ces rougeurs étaient le signe, toujours prêt à reparaître, d'un supplice qui durait toujours dans sa pensée, et qui, à chaque fois que le sang offensé la teignait de son offense, rendait son sacrifice plus beau!

J'avoue que je m'en allai de cette maison de fous ne pensant plus qu'à Aimée de Spens. J'avais presque oublié des Touches... Avant de sortir de sa cour, je me retournai pour le voir... Il s'était rassis sous son arceau, et, de cet œil qui avait percé la brume, la distance, la vague, le rang ennemi, la fumée du combat, il ne regardait plus que ces fleurs rouges auxquelles il venait de comparer Aimée, et dans l'abstraction de sa démence, peut-être ne les voyait-il pas [79]...

DOSSIER

CHRONOLOGIE

1808. *2 novembre :* Naissance à Saint-Sauveur-le-Vicomte de Jules-Amédée Barbey. Sa famille, de récente noblesse, est très royaliste. On vit dans le souvenir du passé et tout particulièrement de la chouannerie. Un des oncles de l'enfant aurait disparu pendant ces guerres et son parrain y aurait joué un rôle important. Ce sont des légendes Mais Barbey s'en souviendra

Il passe son enfance à Saint-Sauveur et dans la petite ville, toute proche, de Valognes.

1824. Barbey publie sa première œuvre, un poème, *Aux heros des Thermopyles*, dédié à Casimir Delavigne.

1827. Il vient achever ses études à Paris, au collège Stanislas.

1829. Barbey revient à Saint-Sauveur; il voudrait, contre la volonté de son père, faire une carrière militaire; mais il cède et accepte de faire son droit à Caen. Il regrettera longtemps de n'avoir pu réaliser le rêve de sa jeunesse.

1830-1831. Aventure sentimentale malheureuse. Rencontre avec Guillaume-Stanislas Trebutien, alors libraire à Caen, qui devient vite un ami intime. Barbey écrit sa première nouvelle, *Le Cachet d'onyx*.

1832. *Léa*, nouvelle.

1833. Barbey s'installe à Paris.

1834. Composition de *La Bague d'Annibal*.

1835. Composition d'*Amaïdée*, poème en prose, et d'un roman, *Germaine* ou *La Pitié*, qui ne sera publié qu'en 1883, sous le titre de *Ce qui ne meurt pas*.

1836. Barbey commence le premier *Memorandum*. Séjour à Saint-Sauveur; demi-rupture avec sa famille; il ne reviendra en Normandie qu'en 1856.

1837. Brouille avec Trebutien. Barbey commence *L'Amour impossible*. Il mène pendant des années une vie difficile; harcelé par les difficultés pécuniaires, il fait des tentatives diverses dans le journalisme, sans succès.

1840. Barbey achève *L'Amour impossible*.

1841. Publication de *L'Amour impossible*. Réconciliation avec Trebutien; les deux amis échangeront, jusqu'à 1858, une correspondance des plus intéressantes.

Barbey cherche à se faire connaître : il collabore à divers journaux.

1845. Publication de l'étude sur le Dandysme. Barbey commence *Une vieille maîtresse*.

1846. La fondation avec un groupe d'amis, rencontrés dans le salon de Mme de Maistre, de la *Société catholique*, précipite une évolution commencée depuis longtemps. Barbey se convertit, intellectuellement du moins; il attendra presque dix ans avant de pratiquer.

1847. *4 avril :* Premier numéro de *La Revue du Monde catholique*, dont Barbey est rédacteur en chef.

1848-1849. Il prépare *Les Prophètes du passé*, achève *Une vieille maîtresse*, conçoit l'idée d'une série de romans normands pour lesquels il prend des notes et qui devaient porter le titre collectif d'*Ouest*. Il écrit encore *Le Dessous de cartes d'une partie de whist*, qui prendra place dans *Les Diaboliques*, et commence peut-être *L'Ensorcelée*.

1850. Collaboration à *La Mode*, journal légitimiste, dans lequel Barbey publie des articles politiques. Rédaction de *L'Ensorcelée*.

1851. Publication presque simultanée des *Prophètes du passé* et d'*Une vieille maîtresse*. Rencontre, chez Mme de Maistre, de la baronne de Bouglon, l'Ange blanc, future fiancée de Barbey. Le mariage projeté n'aura jamais lieu.

1852. Barbey commence *Le Chevalier des Touches*, Premier article au *Pays*, il donnera à ce journal pendant dix ans des articles de critique littéraire.

1854. Publication de *L'Ensorcelée*.

1855. Barbey poursuit la rédaction du *Chevalier des Touches*, commence *Un prêtre marié*. Retour à la pratique religieuse.

1856. Réconciliation avec ses parents; voyage en Normandie. Barbey passe quelques jours à Caen auprès de Trebutien et va voir Destouches à l'asile du Bon-Sauveur; il écrit alors le troisième *Memorandum*.

1858. Rupture définitive avec Trebutien.

1860. Le premier recueil d'articles, premier volume des *Œuvres et les Hommes*, paraît.

1862. Articles contre *Les Misérables*, qui font scandale Rupture avec *Le Pays*. Barbey se réfugie à la Bastide-d'Armagnac, auprès de Mme de Bouglon. Il revient au roman, travaille au *Chevalier des Touches* et au *Prêtre marié*.

1863. Collaboration au *Figaro*, au *Nain jaune;* y paraissent *Les Quarante médaillons de l'Académie*, et, en feuilleton, *Le Chevalier des Touches*.

1864. Barbey achève *Un prêtre marié*. Publication du *Chevalier des Touches* en volume.

1865. Édition d'*Un prêtre marié.*

1866. Barbey travaille aux *Diaboliques.*

1867-1870. Nombreuses collaborations à des journaux.

1871. Dès la fin du siège, d'Aurevilly quitte Paris. Il passe quelques semaines à Saint-Sauveur; puis à Valognes, où il achève *Les Diaboliques.*

1872. Retour à Paris. Collaboration au *Constitutionnel,* où Barbey fera la critique littéraire jusqu'à sa mort.

1874. Publication des *Diaboliques,* qui entraîne un procès. Barbey ne l'évitera qu'en retirant l'ouvrage de la vente.

1880. Barbey écrit *Une histoire sans nom,* corrige *Germaine,* qui devient *Ce qui ne meurt pas.*

1881. Barbey achève *Une histoire sans nom.*

1882. Publication en feuilleton, puis en volume, d'*Une histoire sans nom.* La critique accueille assez bien ce roman.

1883. *Ce qui ne meurt pas* paraît en feuilleton, dans *Gil Blas,* et en volume. Publication des troisième et quatrième *Memoranda,* préfacés par Bourget.

1886. Publication d'*Une page d'histoire.*

1889. *23 avril,* au matin : Mort de Barbey d'Aurevilly.

NOTICE

Une préface s'alourdirait des détails trop précis qu'un lecteur curieux aimerait à connaître. Aussi a-t-il paru utile de grouper ici des renseignements sur les sources, la genèse du roman et l'accueil que lui firent les contemporains. On les retrouvera avec les justifications et d'autres éléments dans l'édition des *Œuvres romanesques complètes* de Barbey d'Aurevilly que j'ai donnée à la Bibliothèque de la Pléiade.

On trouvera ici également la dédicace du roman, et le récit de la visite faite par Barbey à Destouches, tel qu'il figure dans le *Memorandum* de 1856; la comparaison avec les dernières pages du roman est curieuse.

LES SOURCES

Les événements réels dont s'est inspiré Barbey pour composer *Le Chevalier des Touches*, sont maintenant bien connus; on trouvera tous les détails dans les études citées plus bas et une mise au point dans l'article d'Hermann Quéru. Nous résumons brièvement cette affaire :

Jacques Destouches, dit de la Fresnaye, était né en

1780 à Granville. Son père qui servait d'agent de liaison entre les chefs royalistes et les princes émigrés, meurt en mars 1798; le jeune homme le remplace alors dans ce rôle. Quelques semaines plus tard il est trahi; on l'arrête le 4 juillet 1798. Il est emprisonné à Avranches puis à Coutances. Le 22 septembre, les Chouans tentent d'incendier la prison d'Avranches, mais ne peuvent parvenir à libérer le jeune homme. L'instruction du procès se poursuit et, au début de novembre, le prisonnier est transféré à Coutances pour être jugé. Le procès a lieu les 31 décembre et 1er janvier; Destouches est condamné à mort, mais comme il a signé un pourvoi, l'exécution est différée. Enfin, le 8 février 1799, l'exécution étant annoncée comme imminente, un parti de Chouans s'introduit dans la prison, délivre Destouches et l'un de ses compagnons. Libéré, il poursuit une carrière d'aventurier besogneux; devenu fou, il est interné à Caen en 1826, il y meurt en 1858.

Comme le note Hermann Quéru, à qui j'ai emprunté tous ces détails, cette affaire n'est pas sans mystère; le procès fut conduit de manière étrange, le principal accusateur avait disparu... On comprend mal l'obstination des Chouans à délivrer ce prisonnier sans importance. Était-ce une démonstration, un acte d'héroïsme gratuit, que cet enlèvement? Ou quelque secret le justifiait-il? Peu importe. Ces détails mystérieux frappèrent sans doute les imaginations; on raconta l'aventure en l'embellissant. Barbey, enfant, en entendit le récit fait par de vieilles gens — s'il faut en croire son roman — ou par son père qui avait bien connu l'un des douze, Juste Le Breton...

Lorsqu'il conçut l'idée de ce roman, il tenta de se renseigner : « Je n'ai encore que des choses vagues — d'où était-il et qui était-il?... sa naissance, sa famille, son âge quand la Révolution éclata? Était-il blond ou brun, grand ou petit, fort ou faible? Quand il eut été enlevé, que devint-il, où alla-t-il? Je crois avoir entendu dire qu'on le porta à la côte et qu'on l'embarqua. » (*Lettre à Trebutien.*) Il ignore à ce moment que Destouches vit toujours; il le croit « mort fou de l'ingratitude des Bourbons, en 1816 »; ce détail ferait penser qu'en effet Théophile Barbey, père de notre romancier, lui a parlé de Destouches; ce thème lui était familier, il s'estimait, lui aussi, victime de cette ingratitude. A l'époque où il écrit cette lettre, en novembre 1852, il y a plus de deux ans que d'Aurevilly cherche à se documenter; il n'a guère obtenu de renseignements. Il est entré en relation avec des érudits normands, Beaurepaire, Le Héricher, qui ont tous deux fait des recherches sur cette affaire; en vrais érudits, ils se montrent jaloux de leur documentation, et ne lui en communiquent rien. Un peu plus tard, grâce à Trebutien, Barbey retrouve un survivant des douze, La Valesnie; celui-ci répond à ses questions : « Ses vieux doigts de quatre-vingt-un ans m'ont trembloté quatre immenses pages de pieds de mouche [...] Mon héros presque centenaire, qui est peu lisible, m'a donné beaucoup de détails, mais les noms de ses compagnons sont parfois voilés du nuage de son écriture incertaine. » (*Lettre à Trebutien*, 1853.)

Mais dès ce moment, Barbey ne se soucie plus guère de ce qu'il peut ainsi apprendre; il a fort tardé à écrire à La Valesnie, et avoue à Trebutien : « Du reste, je ne suis pas le terre-à-terre des détails dans ce roman que je projette. Il y a mieux que la réalité, c'est l'idéalité qui n'est, au bout du compte, que la réalité supérieure. » (*Même lettre.*)

Il inventera ce qu'il ignore.

Si l'on confronte le roman de Barbey avec la réalité, on note la remarquable précision de certains traits qui contraste avec des inexactitudes étonnantes. Ainsi, il sait que Destouches fut emporté encore enchaîné par ses libérateurs, mais il ignore apparemment que quatre mois s'écoulent entre les deux expéditions. Peut-être se permet-il quelques infidélités qui accentuent la valeur dramatique du récit; aussi bien il mêle à cette aventure d'autres épisodes de la Chouannerie : la partie de quilles des Chouans par exemple... Ou plutôt, il connaît de l'affaire une version embellie, déjà dramatisée. Il est bien difficile de savoir s'il a inventé de lui-même le personnage d'Aimée de Spens et la vengeance de Destouches; au cours du procès il fut question d'une jeune fille, nommée Aimée; pendant la seconde expédition les Chouans eurent, comme le dit Barbey, un tué, M. Jacques — on ne connut son vrai nom que bien plus tard : il s'agissait du chevalier de Coulonges. De même, les Chouans se vengèrent d'un meunier qui les avait trahis, mais les détails paraissent de pure imagination. Je crois que, partant des détails réels qu'il connaissait, s'inspirant surtout du souvenir de récits entendus, le romancier a entièrement réinventé son intrigue.

On a beaucoup parlé du personnage historique dont Barbey s'est inspiré.

Son acte d'accusation a été publié dans la *Revue d'Études normandes*, n° 9, juillet 1909.

Citons deux études importantes : Étienne Dupont, *Le Véritable Chevalier des Touches*, Librairie Académique Perrin, Paris, 1924. Hermann Quéru, « L'élaboration d'un roman de Barbey d'Aurevilly, *Le Chevalier des Touches* », *Revue d'Études normandes*, n° 84.

On trouvera par ailleurs, dans un numéro de la *Revue des Lettres modernes, Barbey d'Aurevilly, 10*, 1975, une étude d'Andrée Hirschi sur « Les sources historiques du

Chevalier des Touches ». Comme le montre un cahier de notes de Barbey, *Omnia* (publié par A. Hirschi et J. Petit, Les Belles-Lettres, 1970), le romancier s'est documenté sur la chouannerie dans un ouvrage de Duchemin-Descépeaux, *Lettres sur les origines de la Chouannerie*... On voit dans ce cahier comment Barbey en marge de sa lecture prépare son roman; il emprunte à Duchemin en effet de nombreux détails et, semble-t-il, le personnage de M. Jacques.

GENÈSE DU ROMAN

La position de Barbey, ses intentions ont beaucoup changé en quelques années, les influences qui s'exercent sur lui ont varié. Dominé d'abord par le souvenir de Walter Scott, il veut ensuite composer comme Balzac et finira, un peu inconsciemment, par faire, dans quelques chapitres, du « réalisme »; enfin Mme de Bouglon, avec qui il vient de se fiancer, intervient pour qu'il écrive avec moins de violence. On retrouve aisément, dans les *Lettres à Trebutien*, ces différentes influences.

Walter Scott : C'est en décembre 1849, que, pour la première fois, d'Aurevilly fait allusion à ce roman. Il vient de commencer *L'Ensorcelée* et rêve alors d'écrire ces *Chroniques de la Canongate* normandes qui s'appelleraient « Ouest ». « J'ai beaucoup de renseignements sur le fameux chef chouan *Destouches*, pouvez-vous y ajouter? » demanda-t-il alors à Trebutien. Il questionne en même temps son ami sur d'Aché, un autre chouan, sur l'abbaye de Blanchelande... Je crois que ces projets sont encore confus; il ne sait combien de romans il écrira; il sait seulement qu'il veut être le « Walter Scott de la Normandie ».

Cette référence est essentielle. Il veut dans ses romans observer « la fidélité historique dans le détail », fixe même sa manière :

« Les personnages historiques n'y sont pas en première ligne (ce sont les personnages d'invention) mais je veux qu'on les y voie passer dans les lointains... » (*Lettre à Trebutien.*)

Dans les mois qui suivent, il fait quelques lectures qui ne lui apprennent rien sur Destouches, tout au plus y glane-t-il quelques renseignements sur d'Aché, mais « les détails intimes, profonds, le *dessous de cartes*, manquent ». Il revient à ses premières tentatives auprès d'érudits normands. Le 21 juillet 1850, il envoie à Beaurepaire une liste de questions sur Destouches, sur d'Aché et la Vaubadon « tout cela lié à Destouches », dit-il. « Je veux — conclut-il — une exactitude pointilleuse. »

Bien qu'il ne recueille guère de renseignements, il voit mieux son roman, quelques semaines plus tard : « Je suis pressé — archi-pressé — cher Trebutien — donnez de l'éperon à M. de Beaurepaire. » (*Lettre à Trebutien*, 19 septembre 1850.) Il a besoin matériellement d'écrire cette nouvelle qu'il a promise au journal légitimiste, *La Mode*, où il ne peut « donner que de la passion politique » (*Le Dessous de cartes d'une partie de whist*, une des *Diaboliques* qui vient d'y paraître a fait scandale); à force de penser à son roman il a atteint aussi « ce moment de la rêveuse incubation où l'idée frappe aux parois du crâne pour en sortir » (*Même lettre*). Ses intentions n'ont pas encore changé : « Dès que ma mère m'aura envoyé une lettre que je lui ai demandée et que M. de Beaurepaire se sera exécuté, je commence mon *Destouches*. Lui, pas plus que les autres personnages de la *chouannerie*, ne sera au premier plan, et je vous le rappelle [...] je ne peins l'histoire que dans les *fonds*, par aperçus, par vigoureuses échappées. L'imagination et ses rêves seront sur le devant. » (*Lettre à Trebutien*, 23 septembre 1850.)

Pendant les deux années qui suivent, il oublie le *Destouches*, fait du journalisme, publie les *Prophètes du passé*, *Une vieille maîtresse*... En 1852, en janvier et février, *L'Ensorcelée* paraît en feuilleton, avec quelque succès, semble-t-il, du moins auprès de ses amis. On lui conseille d'écrire d'autres romans historiques. Plein d'enthousiasme, il reprend ses questions, mais semble alors intéressé davantage par l'autre sujet : « Je suis impatient de commencer cette tragédie de la Vaubadon. » (*Lettre à Trebutien*, 18 février 1852.) Le chef chouan, d'Aché, aurait été tué par les Bleus en sortant de chez Mme de Vaubadon, sa maîtresse; d'Aurevilly imagine quelque drame qui ferait une suite convenable à *L'Ensorcelée*.

Ce roman aurait pour Barbey un tout autre attrait que *Le Chevalier des Touches;* l'héroïsme, le romanesque des amours pures le séduisent moins que les passions violentes. Seules les circonstances, la possibilité de publier son roman dans *La Mode*, avaient donné la priorité au *Chevalier des Touches;* libre, il revient à l'autre sujet qui convient mieux à sa nature. Mais Mme de Bouglon intervient.

L'Influence de Mme de Bouglon : D'Aurevilly avait rencontré quelques années plus tôt, chez Mme de Maistre, cette veuve encore jeune dont il s'éprit. Elle ne fut pas insensible au charme du dandy, goûta peut-être surtout le plaisir de le dominer. Très vite, elle prit sur lui une très grande influence, tenta de l'apaiser, lui donna des conseils de modération. Il se montra docile, parfois, durant quelques années.

Dans la même lettre de février 1852, il confie ses projets à Trebutien : « Deux romans chouans, un roman normand » et « Pour la *Revue de Paris*, un tout petit roman, une intaille, *La Vieille Fille.* » Parmi ces œuvres, nous intéresse particulièrement le dernier, ce roman au titre balzacien, *La Vieille Fille.* Je ne sais ce qu'étaient alors les intentions de Barbey sur lesquelles nul document ne nous renseigne; mais, connaissant ses habitudes, on peut, sans trop se hasarder, imaginer que le roman de Balzac l'inspire par contradiction; ce sera — dit-il — « une perle blanche, tombée de l'agrafe du manteau des Vierges martyres et suavement teintée, en tombant, de l'outremer d'un ciel chrétien ». (*Même lettre.*) Disons plus simplement, qu'en « réplique » au roman de Balzac, il fera un portrait idéal, sans la moindre intention de caricature.

« Celie (*Dominatrix mea — as you my dear*) qui m'a demandé cette nouvelle trouve mon talent *trop féroce* et me prie d'être doux *une fois.* J'y tâcherai. »

Ce projet ne lui fait pas oublier *Destouches* qui est un des deux « romans chouans » annoncé, l'autre étant « la tragédie de la Vaubadon »; le roman historique est cet « An Mil » qu'il rêve encore d'écrire trente ans plus tard.

Mais le voici qui fait de la polémique politique en faveur du rétablissement de l'Empire, qui entre au *Pays* pour faire de la critique littéraire en attendant — espoir vain — d'y parler de politique. Le 25 novembre 1852, il annonce : « Je veux commencer *Destouches.* » Il conçoit alors son roman d'une manière toute différente.

Influence de Balzac et du réalisme : Voici en effet ce qu'il en dit : « Je jouerai donc un tour de surprise à la Drôlesse (l'imagination) et j'appellerai mon Roman : *L'Enlèvement.* On rêvera l'enlèvement d'une femme et on verra un bien autre jeu. Cela n'aura que dix feuilletons. Faire *court* et *fort*, voilà le difficile. [...] Voyez le grand maître. Balzac n'est jamais long. Il concentre. Je veux me modeler sur ce grand homme. Après *Destouches*, je ferai la *Vaubadon.* » (*Même lettre.*)

Nouvelle quête de renseignements, urgents, car il se donne « quinze jours, — au plus trois semaines » pour achever cette nouvelle et la donner au *Pays*. Mais il n'écrit qu'un mois plus tard à La Valesnie, le dernier des douze. Le 14 mars 1853 — il a reçu deux mois plus tôt la réponse du vieux chouan — il annonce : « Je fais *Destouches* en ce moment et je ne sais pas quel titre encore je lui donnerai (peut-être *L'Enlèvement*). » En fait il n'en commencera vraiment la rédaction que vers septembre 1854 : « Je travaille, en ce moment, à une Nouvelle pour *Le Pays* de six à dix feuilletons, au plus. Je serais heureux d'en avoir une copie de vous. [...] Je n'ai pas encore le titre de cette chose que j'écris présentement [...] mais c'est Destouches et son enlèvement qui sont l'occasion des faits ou des caractères que je développe. [...] Ce que je cherche dans cette Étude, c'est la Réalité, une réalité à faire pâlir celle de Walter Scott! Vous trouverez là des figures qui ont du vrai sang sous la peau... » (*Lettre à Trebutien*, 13 septembre 1854.)

L'importance que prend ce mot « réalité » est significative. Depuis deux ans, d'Aurevilly « fait de la critique »; il est par nécessité plus sensible à l'atmosphère littéraire. Il voit le mouvement qui se fait dans la littérature et s'il n'en admet pas tout, consent à s'adapter. « Vous me direz si ce que je vous envoie là a de l'arôme et surtout de la *Réalité.* Être *réel* et avoir de la *bonhomie* sont les deux Chimères que je poursuis. » (*Lettre à Trebutien*, 1er novembre 1854.)

Trebutien qui vient de copier les premiers chapitres

n'est pas enthousiaste, Barbey le sent « au ton de ses lettres », s'inquiète. Son ami précise ses griefs, il répond : « Ne croyez pas, mon cher Trebutien, que j'aie voulu peindre seulement des *tableaux de genre*, dans cette composition que je me suis imposée pour me briser et m'assouplir. Je ne veux nullement faire voir, *par le gros bout de la lorgnette*, des hommes, des choses et jusqu'à des préjugés qui eurent leur grandeur, mais je dois prendre la vie *comme est la vie* et ce n'est pas, selon moi, une des faces les moins touchantes que de grandes âmes sous des enveloppes grotesques quelquefois. » (*Lettre à Trebutien*, 17 janvier 1855.)

On voit bien ce que devaient être les reproches de Trebutien : seuls sont alors écrits les trois ou quatre premiers chapitres dans lesquels Barbey présente ses personnages — ou plutôt les auditeurs du récit — en une série de portraits un peu forcés et amusés.

Ce sont Balzac et les « réalistes » qui l'ont amené à écrire ainsi. Il y a alors dix ans qu'il a découvert Balzac. Encore que quelques traits balzaciens soient déjà apparents dans *Une vieille maîtresse*, ils sont plus nets ici : il suffit pour s'en convaincre de relire les premières pages de *La Vieille Fille;* tout le début du *Chevalier des Touches* ressemble au portrait du chevalier de Valois. Il veut lui aussi « faire réel », donner — dit-il — « une vue de Réalité impartiale ». Barbey, comme les écrivains de son temps, veut être « réel », mais comme beaucoup d'entre eux, comme beaucoup de critiques, confond « réalisme » et « grotesque ». Il est incapable de peindre la « réalité » sans choisir des personnages qui se prêtent à la caricature, des « excentriques »

Cet effort ne va pas dans le sens de sa nature, il le répète volontiers. Aussi écrit-il lentement, difficilement les premières pages : « D'ordinaire, je corrige peu : je n'ai point ce Génie, mais je ne suis pas très content de ce premier trait (d'où cela vient-il?) [...] J'écris comme une charrue déchire la terre et mon sillon fait, je ne le recommence plus. Pour la première fois, en faisant mon sillon, je ne suis pas content du tranchant de mon soc... »

Ceci est écrit en octobre 1854. Il s'obstine cependant : « Je n'écris pas vite ce diable de roman dans lequel je veux ployer ma diable de nature rebelle à de certaines choses pour lesquelles elle n'a pas d'instinct. » Dans cette même lettre, du 15 février 1855, il note que « la cristallisation se fait mal » et qu'il s'est « encapricé d'un sujet étrange ». L'imagination reprenait ses droits.

Retour au romanesque : Le sujet étrange dont parle Barbey est celui d'*Un prêtre marié* dont la composition allait interrompre ou du moins retarder celle du *Chevalier des Touches*. Mais déjà depuis quelques mois ce roman avait pris un sens différent. En novembre 1854, Barbey note en effet : « Je vais *thyrser* beaucoup de choses autour du *Destouches* et je vais sculpter une statue de vieille fille dans son plus magnifique idéal, au milieu des caractères d'une réalité comique qui vont encore la faire ressortir. »

Le roman prend ainsi des proportions nouvelles. Plus exactement deux projets se fondent : celui du *Destouches* et celui de *La Vieille Fille*. Sans doute est-ce à ce moment-là que d'Aurevilly imagine de faire assister Aimée de Spens au récit fait par Barbe de Percy; peut-être est-ce même seulement alors qu'il imagine le personnage d'Aimée. Il veut mettre dans ce « portrait » « toutes les forces pures » de sa pensée, et dédier ce roman à la fille de Mme de Bouglon. *Le Chevalier des Touches* sera donc ce roman « doux », que celle-ci a demandé. Du moins le croit-il alors. L'invention du personnage d'Aimée a une autre importance : il donne au récit l'arrière-plan romanesque nécessaire, éloigne l'écrivain de cet effort pénible vers le réalisme. Ce mouvement se fait de plus en plus net, et dès le chapitre v, récit de la première expédition, cette volonté de réalisme n'apparaît plus que dans quelques remarques incidentes. Le ton sera épique ou romanesque le plus souvent.

Son nouveau roman intéresse toutefois davantage Barbey. Il note bien le 18 juillet 1855 qu'il les « mène » tous deux « comme les deux chevaux d'un tandem », mais le 16 août, il annonce à Trebutien qu'il lui enverra à copier « du *Destouches* un peu et du *Château des Soufflets (Le Prêtre marié)* beaucoup ». En décembre, il se promet d'achever son récit chouan dans les Landes où il va passer quelques semaines auprès de Mme de Bouglon. Puis il n'en parle plus. La correspondance avec Trebutien s'interrompt en 1858. Le roman ne paraît en feuilleton qu'en 1863.

Nous n'avons ici qu'une certitude. Le dénouement n'est pas écrit avant 1856, puisqu'il est inspiré par la visite que fait alors d'Aurevilly à l'hospice de Caen, où il rencontre Destouches. Il a rapporté cette visite dans le roman et dans le *Memorandum de Caen*, avec plus de vérité (on lira ce texte p. 257; d'Aurevilly a rencontré son personnage, lui a parlé, a pu obtenir de lui quelques mots sur ses origines, le nom de son juge... Cette entrevue lui donne le dénouement du roman : c'est Destouches qui, dans un éclair de lucidité, livrera le secret d'Aimée de Spens. Un détail : Destouches lui apprend qu'il est de Granville; dans le deuxième chapitre du roman, Barbey l'a dit originaire d'Avranches; il ne se préoccupe pas de corriger cette inexactitude; cela donne la mesure de ce souci affecté de la vérité historique. On notera aussi que Destouches ressemble fort peu au portrait qu'en a fait le romancier.

Mais en 1856, le roman est trop avancé pour que d'Aurevilly le reprenne vraiment. Le héros qu'il avait créé était plus vrai que celui qu'il rencontra.

Je ne sais quand il l'acheva, sans doute peu avant sa publication en feuilleton. Bien des corrections, d'ennuyeuses reprises de détail devaient être nécessaires, qu'il fit très vite, à la fin de 1862, lorsque son renvoi du *Pays* le contraignit à chercher d'autres ressources.

L'ACCUEIL DES CONTEMPORAINS

Au moment même de la publication, la critique, semble-t-il, ne parla guère de cet ouvrage; je n'ai retrouvé — mais une telle recherche n'est jamais achevée — que deux articles, celui de Jules Vallès et celui d'Alcide Dusolier. Il est inutile de présenter Vallès; notons toutefois qu'à cette date il connaît Barbey, collabore lui-même plus ou moins au *Nain jaune* dans lequel le roman a paru en feuilleton. Dans *Le Progrès de Lyon*, le 20 avril 1864, il signale la parution du *Chevalier des Touches* en même temps que celle de *Renée Mauperin*. La personne même de Barbey l'intéresse plus que le roman; il le juge grand écrivain et pense qu'il est près d'atteindre au succès qu'il mérite. Du roman, il rappelle les scènes les plus significatives : la bataille sur la place d'Avranches, la mort du meunier, le dernier épisode. Il note toutefois qu'il n'aime guère « ces chouans assassins pour Dieu et pour leur Roi », qu'il hait « encore plus » « la politique autoritaire et dévote de M. Barbey d'Aurevilly », exprime enfin l'espoir que celui-ci saura dans une autre œuvre faire passer « ses passions d'homme au-dessus de ses ardeurs de chouan ».

Alcide Dusolier était un jeune écrivain, fort préoccupé de politique, partisan de Gambetta, et qui devait devenir sénateur sous la Troisième République. Paradoxalement, il admirait Barbey; le 15 mai 1864 il rendit compte du *Chevalier des Touches* dans *La Revue Nouvelle;* l'article est aimable, s'il n'est pas des plus subtils. Dusolier ne voit chez Barbey que « le culte, l'admiration violente de cet écrivain pour la force et l'autorité ».

« Ceci posé, il est bien évident que ce n'est point à nos mœurs démocratiques, à notre siècle d'égalité, que M. d'Aurevilly demandera les sujets de ses romans; nul temps ne fut plus hostile à l'éclosion, ou plutôt à l'éruption des personnalités héroïques (j'entends « héroïques » au sens purement littéraire) qui sollicitent cette imagination. M. d'Aurevilly se retournera donc vers les époques guerrières, très favorables aux « héros »; et entre toutes il s'adressera d'instinct, en sa qualité de catholique et de Normand du Cotentin, aux années cruelles où sévissait la Chouannerie. »

Il notait ensuite les traits épiques de cette œuvre, « la vie intense qui circule à travers ce roman », concluait par des remarques assez justes sur le style :

« Je l'ai dit ailleurs, le style de M. d'Aurevilly a des gestes! Quoique littéraire jusqu'au raffinement et ne versant jamais dans la banalité (chute fréquente chez les écrivains de mouvement), il a l'emportement torrentiel de la parole oratoire. Il est vrai que le torrent — car il faut dire aussi les défauts — se brise parfois contre des incidentes et des parenthèses qui le ralentissent mal à propos : cela vient de ce que l'auteur veut tout dire, fixer toutes les nuances... Et à cela il est encouragé par la richesse d'analogies et de métaphores que lui fournit son imagination abondante. Mais M. Barbey d'Aurevilly reste quand même un écrivain hors de pair pour ceux qui préfèrent le fier style de Saint-Simon, malgré ses rugosités, ses heurts et ses soubresauts, à la correction élégante et toujours égale de Buffon. »

Les autres critiques, apparemment, ne dirent rien de ce roman.

La vraie raison de ce silence n'est pas, comme le pensaient certains, dans une « conspiration » de la critique, mais dans le sentiment que *Le Chevalier des Touches* était un roman « inactuel ». Dominés par les préoccupations politiques, les contemporains y ont vu une défense bien tardive du royalisme et n'ont pas senti ce qui faisait la valeur, l'intérêt, on pourrait dire la « poésie » de ce roman.

DÉDICACE

Lorsque le roman parut, Barbey d'Aurevilly s'était réconcilié avec sa famille. Son père était demeuré royaliste, attaché aux souvenirs du passé; il lui dédia cet ouvrage qui rappelait les exploits des royalistes normands. L'un des douze chouans, Juste Le Breton, était un ami de Théophile Barbey.

A mon père,

Que de raisons, mon père, pour Vous dédier ce livre qui Vous rappellera tant de choses dont Vous avez gardé la religion dans votre cœur! Vous en avez connu l'un des héros, et probablement Vous eussiez partagé son héroïsme et celui de ses onze compagnons d'armes, si Vous aviez eu sur la tête quelques années de plus au moment où l'action de ce drame de guerre civile s'accomplissait! Mais alors Vous n'étiez qu'un enfant, — l'enfant dont le charmant portrait orne encore la chambre bleue de ma grand-mère et qu'elle nous montrait à mes frères et à moi, dans notre enfance, le doigt levé de sa belle main, quand elle nous engageait à vous ressembler.

Ah! certainement, c'est ce que j'aurais fait de mieux, mon père. Vous avez passé Votre noble vie comme le Pater familias *antique, maître chez vous, dans un loisir plein de dignité, fidèle à des opinions qui ne triomphaient pas, le chien du fusil abattu sur le bassinet, parce que la guerre des Chouans s'était éteinte dans la splendeur militaire de l'Empire et sous la gloire de Napoléon. Je n'ai pas eu cette calme et forte destinée. Au lieu de rester, ainsi que Vous, planté et solide comme un chêne dans la terre natale, je m'en suis allé au loin, tête inquiète, courant follement après ce vent dont parle l'Écriture, et qui passe, hélas! à travers les doigts de la main de l'homme, également partout! Et c'est de loin que je vous envoie ce livre, qui Vous rappellera, quand Vous le lirez, des contemporains et des compatriotes infortunés, auxquels ce roman par ma main, restitue aujourd'hui leur page d'Histoire.*

Votre respectueux et affectionné fils.

Jules BARBEY D'AUREVILLY.

le 21 novembre 1863

UNE VISITE DE BARBEY D'AUREVILLY AU CHEVALIER DES TOUCHES

Lorsqu'il commença son roman, Barbey croyait Destouches mort. Il apprit par la suite qu'il vivait encore, fou et enfermé à l'Asile du Bon-Sauveur, à Caen. En 1856, lors d'un voyage dans cette ville, le romancier voulut voir son personnage. Il était bien différent de ce qu'il avait imaginé. Mais cette rencontre lui donna la conclusion de son roman. Voici comment il la raconte dans son *Memorandum :*

Enfin vu mon héros, *— celui pour lequel j'étais venu exclusivement au B*[*on*]*-S*[*auveur*]. *— Il était assis sur un banc de pierre, sous l'arcade d'une galerie qui donne à la maison du B*[*on*]*-S*[*auveur*] *des airs d'ancien cloître. — Le docteur est venu à lui en l'appelant par son nom; il s'est alors levé de sa place, nous a salués très poliment, et le Docteur a voulu, en restant à lui parler, me montrer ce qu'était devenue cette tête échappée aux coups de fusil, et pour laquelle la balle d'un Bleu vaudrait mieux actuellement que la vie. — Des Touches est complètement fou, mais il est trop organiquement fort pour être idiot. — C'est un homme que le temps a légèrement courbé, ou plutôt rapetissé, mais vigoureux, — l'air d'un marin de ces côtes qu'il a tant parcourues, où il a tant abordé du temps des Chouans! — Il était vêtu d'une grande veste d'une espèce d'alpaga brun, — une veste dans le genre et la forme de celle des matelots, — le pantalon large de la même étoffe, — la cravate bleu clair, — et il avait une casquette. —*

Tout cela très propre, — oui, un matelot à terre, à son *dimanche! — Voilà sa mise et sa tournure. — La figure est tannée, mais vermeille. Le sang de cet homme, — tempérament sanguin, nuancé de bile, — est jeune encore malgré son âge. — Le visage est étroit, mais assez régulier, — le nez en bec d'oiseau de proie; — ce qui lui reste de cheveux est blanc. — Nulle distinction que celle de la force. — Évidemment, cet homme n'est qu'un homme d'action, tout muscle, nerfs et volonté. — Il devait faire de l'héroïsme de troisième main, — ne pas commander, — porter une correspondance à travers tout et s'en tirer, — mais ce ne pouvait être un chef. Il ne l'a pas été non plus.*

Nous a appris qu'il était de Granville. Puis s'est mis à divaguer de la plus déplorable façon, disant au Docteur qu'il avait deux mille ans, *lui, le Docteur, et autres folies; — puis, moi, je suis intervenu, et brusquement lui ai jeté au nez :* « Vous rappelez-vous votre enlèvement de la prison de Coutances, monsieur des Touches? » — *Un éclair, non pas d'intelligence, mais de mémoire, a traversé son œil bleuâtre (ce qui, par parenthèse, a frappé et étonné le Docteur, qui le croyait dans l'impossibilité d'avoir même un souvenir), et il a dit que* oui, *s'est animé et m'a appris le nom — que je ne savais pas — de son juge, du juge qui l'avait condamné à mort, Le F...* — « Et Juste Le Breton, *lui ai-je dit,* vous le rappelez-vous?... » — *A répondu* oui *encore, mais évidemment l'éclair de mémoire était déjà passé, et il ne* se le *rappelait plus. — La divagation folle, et toujours en s'animant de plus en plus, est revenue. — Étonné « d'être enfermé* dans cette maison, *lui, le gouverneur de Caen depuis trente-trois ans! » — Préoccupation et cri de l'ambition trompée! — C'était le secret de sa folie! — L'avons quitté délirant, mais en très bons termes, — choisis, simples, corrects; — les habitudes de l'éducation imposant leur ancien langage à la folie. — Nous a quittés poliment, comme il nous avait abordés, et a repris son banc sous l'arceau de pierre. — Je me suis retourné pour le voir une dernière fois; — il était calmé, mais sa poitrine se soulevait encore; — ses yeux, bleus comme cette mer qu'il a tant regardée dans le calme, la tempête et les brumes, — ces yeux, qui perçaient tout et qui ne percent plus rien, étaient vaguement arrêtés sur les plates-bandes de fleurs rouges du jardin, qu'ils n'avaient pas même l'air de voir!*

Ai pensé au Ferragus *de Balzac... — Presque même organisation, presque même folie, mais Ferragus est plus grand : — un si grand poète y a passé!*

NOTES

Page 29.

1. Rappelons que Barbey, enfant, connut bien Valognes, qu'il y passa peut-être quelques années chez l'un de ses oncles, le docteur Pontas-Duméril, qu'il y vint certainement souvent.

Page 30.

2. Dans une lettre à Trebutien, Barbey précise à propos de ce personnage : « Mon ami, quand je donne un Nom inventé à mes personnages, je l'invente comme on coule un verre. Je le veux transparent, — *voilant*, et *dévoilant*, le Nom réel que je n'écris pas. J'ai connu à Valognes un M. *de Mesnildot des Chiens*... » Une famille de Mesnildot possédait en effet un hôtel à Valognes.

Page 31.

3. Une telle description est de celles qui confirment pour le lecteur l'existence d'une tendance janséniste dans la sensibilité aurevillienne. Il faut noter que ce Christ effrayant doit être un souvenir personnel, et davantage un souvenir d'enfance.

4. C'est le titre que Barbey voulait donner à l'un de ses romans normands, « Un gentilhomme de grand chemin ».

Page 33.

5. Hotspur est le nom d'un Percy de la branche anglaise qui figure dans plusieurs drames de Shakespeare, *Henri IV*, *Richard II*...

6. La légende du marteau Saint-Bernard s'est maintenue longtemps; au couvent des Bénédictines de Valognes — Barbey en a fait des Bernardines — quand une personne vivant au couvent allait mourir, on entendait frapper des coups étranges. L'autre légende, celle du père gardien des Capucins, a une valeur analogue.

Page 35.

7. On sait que, d'après la légende, l'arrière-grand-mère de Barbey avait été la maîtresse de Louis XV et que son fils, le bailli Ango, grand-père de l'écrivain, était de race royale. On a depuis longtemps prouvé que cette filiation était bien fantaisiste. Peut-être gardait-on dans la famille un « portrait à l'étoile » qui aurait accrédité la légende. Ce serait ainsi un souvenir personnel qu'utiliserait Barbey.

Page 36.

8. Ce célèbre amiral français était, en effet, d'origine normande. Il vécut de 1642 à 1701.

9. Encore un souvenir personnel de Barbey, qui a légèrement modifié le nom. « Pourriez-vous savoir exactement — écrivait-il à Trebutien — où les *Douze* ont tenu leur dernier conseil avant l'enlèvement. J'ai entendu dire que c'était chez les dames de *Touffreville* qui m'ont, vieilles comme des carpes, donné des pralines quand j'étais petit à Valognes. » L'indication est exacte; on trouve trace de deux demoiselles de Touffreville qui vivaient à Valognes dans les années 1800-1820.

Page 37.

10. L'importance qu'a eue, dans la genèse de ce roman, une œuvre de Balzac, *La Vieille Fille*, est grande. Barbey a voulu reprendre le thème qui lui inspire bien évidemment le personnage d'Aimée. Les deux demoiselles Touffedelys, un peu caricaturées, sont ici pour l'effet de contraste.

Page 38.

11. Gifle, soufflet, en patois normand.

12. Pour toute cette série de portraits grotesques, voir la Préface.

Page 39.

13. Barbey s'explique sur ce personnage, dans une lettre à Trebutien : « Le *Beaudrap* est l'original du *Fierdrap.* C'est mon cousin et je l'ai connu dans ma petite enfance. Il m'a laissé des souvenirs qui ont marqué en eau-forte et qui feront des personnages du Destouches des originaux vrais, des grotesques sublimes... » En 1820, une cousine de Barbey, Marie-Hyacinthe d'Anneville, avait épousé un Charles de Beaudrap.

Page 40.

14. Lord Clive (1725-1774) conquit l'Inde à l'Angleterre. Je ne sais d'où vient l'allusion de Barbey, qui n'a sans doute pour but qu'un effet de contraste.

Page 41.

15. Ce fut en effet un signe par lequel les gentilshommes s'invitaient mutuellement à émigrer.

16. Le bonhomme Misère est connu dans les légendes cotentinaises. Le dicton affirme : « Il ressemble au chat Misère qui ne ressemble à personne. »

Page 44.

17. Ce détail n'est pas une pure invention; on se souvenait à Caen d'un abbé si frileux qu'il ne sortait, même en été, qu'en mettant « sept » chemises, « sept » paires de bas, etc. Voir l'ouvrage cité, « Barbey d'Aurevilly 10 », *Revue des Lettres modernes*.

18. Cet abbé de Percy est un personnage réel. Barbey le connut bien, il mourut en 1835 et servit peut-être quelque peu de précepteur au romancier et à ses frères. Les traits, et les détails biographiques, concordent assez bien; Barbey, dans le roman, toutefois, omet de noter un détail — gênant, il est vrai : l'abbé de Percy, si l'on en croit l'acte de décès, conservé aux archives paroissiales de Saint-Sauveur-le-Vicomte, avait été aumônier de Mme Lætitia, mère de Napoléon.

Page 45.

19. Barbey a un goût, que le lecteur aura déjà remarqué, pour les métaphores filées; ici, dans la caricature, il se laisse aller à ce goût et en tire quelques effets curieux.

20. *Le Roi s'amuse* est de 1832; c'est donc bien au drame de Hugo que le romancier fait allusion; inutile de préciser qu'il joue simplement ici sur le titre, le sujet du drame n'ayant aucun rapport avec l'allusion de Barbey.

21. Cet enfant — qui réapparaîtra fugitivement à la fin du roman — est évidemment Barbey lui-même, qui, sans modestie, se compare à deux grands romanciers anglais qu'il aime. On notera que ces deux romanciers peuvent, à certains égards, être considérés comme des « réalistes »; on attendrait plus naturellement le nom de Walter Scott, mais Barbey tient ici à insister sur la « réalité » de sa peinture.

Cette présence de Barbey, enfant, pose quelques problèmes de chronologie. L'enlèvement de Destouches a eu lieu, on l'a vu, en 1799. Le roman se place, d'après les indications du début, peu avant 1830; Barbey n'est plus alors un enfant. Mais ce recul était nécessaire pour donner au récit toute sa force.

22. « L'auteur s'était trompé. Le dernier descendant mâle de ces nobles Percy vit encore dans le département du Nord » (note de l'auteur). Cette note fut insérée dans l'édition de 1879; Barbey avait en effet reçu une lettre d'un officier de ce nom qui protestait contre son allégation.

Page 46.

23. J'ai déjà signalé que Hotspur figurait dans plusieurs drames de Shakespeare; l'allusion se justifie par le caractère coléreux du personnage.

Page 47.

24. M. d'Hermopolis est Monseigneur Frayssinous (1766-1841). Il était en effet évêque in partibus d'Hermopolis; il fut grand maître de l'université et, de 1824 à 1828, ministre des affaires ecclésiastiques.

25. Le véritable abbé de Percy était en effet chanoine de Saint-Denis.

Page 50.

26. Pour tout ce début, voir la Préface. Barbey a voulu peindre des grotesques, sous l'influence de Balzac et surtout du mouvement réaliste encore à ses débuts. Il a cherché aussi un effet de contraste; sous ces masques se cachent de grandes âmes et des héroïsmes ignorés. A mesure que se déroule le récit, l'idée que nous avions des personnages se transforme, ou plutôt nous oublions peu à peu leurs ridicules.

Page 51.

27. Erreur de détail. Destouches, qui n'était pas noble, se faisait appeler parfois « de la Fresnaye ». De Langotière était le nom pris par une autre branche de la famille.

Page 56.

28. Ce jugement qui reparaît à plusieurs reprises dans le roman a une assez grande importance. Barbey enfant entendit complaisamment développer dans sa famille de telles idées; ces hobereaux n'admettaient pas que la Restauration ne leur eût pas rendu leurs privilèges et ne les eût pas récompensés de leur fidélité.

29. D'une manière assez curieuse, Barbey parodie dans ce roman ses propres types romanesques. Ce paragraphe est une sorte de caricature d'un personnage féminin qu'il aime à peindre, l'amazone. De même les demoiselles de Touffedelys sont la caricature de ces personnages fins, idéals, comme Mme d'Anglure ou Mme de Mendoze.

Page 58.

30. Destouches était en fait originaire de Granville. Barbey le sut, à une époque où cette page était déjà écrite. Il dédaigna de corriger ce mince détail, ce qui contredit singulièrement ses prétentions à l'exactitude historique.

Page 66.

31. On ne peut oublier Aimée; sa présence donne précisément au roman sa résonance véritable, et le romancier ne manquera pas d'insister sur ce point.

Page 67.

32. Célèbre baron écossais, personnage de *Macbeth*. C'est lui, on le sait, qui, dans le drame de Shakespeare, tue Macbeth.

33. Comme l'a noté H. Quéru, c'est Mme de Bouglon qui sert idéalement de modèle pour le personnage d'Aimée. Barbey a d'ailleurs précisé pour Trebutien : « Quant à *de Spens* [...] c'était le nom de la *belle-mère de mon Ange blanc* [...] Tout ce que j'ai dit des de Spens est de la plus exacte vérité. [...] Ce que j'ai inventé, c'est la branche de Normandie. »

Page 74.

34. L'étang du Quesnoy est tout proche de Saint-Sauveur-le-Vicomte. Il joue un rôle important dans un autre roman de Barbey, *Un prêtre marié.*

Page 77.

35. Cette introduction peut paraître bien longue. Je renvoie à la Préface. *Le Chevalier des Touches* est un roman du passé, une recherche du « temps perdu »; ces personnages un peu longuement décrits vont, pendant quelques heures, retrouver leur passé. Sans leur présence, le roman ne serait plus qu'un quelconque récit et perdrait toute sa profondeur.

Page 80.

36. Chanvre placé sur la quenouille.

37. C'est revêtue d'une chemise rouge que Charlotte Corday fut conduite à l'échafaud; voir Michelet, *Histoire de la Révolution française*, XII, 4.

38. C'est en 1793 que La Rochejaquelein, à la tête des Vendéens, rejoint par les chouans bas-normands, tenta de prendre Granville. Il échoua et fut tué en 1794. Dès 1795, la lutte des Vendéens n'est plus que guérillas.

Page 81.

39. Ce chevalier de Montressel était le grand-oncle de Barbey et son parrain. Il n'était pas Normand, né à Saint-Germain-en-Laye, mais se retira en Normandie

auprès du bailli Ango, son demi-frère, grand-père de l'écrivain. Aucun des historiens de la chouannerie ne cite ce général Télémaque; il ne semble pas d'ailleurs que Montressel ait chouanné. Barbey avait écrit à Trebutien, en 1849 : « Mon grand-oncle maternel, le chevalier de Montressel, avait été chargé par Frotté d'organiser pour cette guerre le bas-pays du Cotentin. J'en parlais à Crétineau-Joly, l'autre jour; il me disait qu'il (cet oncle) était bien connu sous son nom chouan — le général *Télémaque.* » En dépit du témoignage invoqué, on ne peut guère croire Barbey.

Page 82.

40. Le traité de la Mabilais (1796) avait été signé après de longues négociations entre les chefs vendéens et les commissaires révolutionnaires; Frotté, futur chef des insurrections normandes, avait participé aux conférences, mais était parti avant la signature du traité. Les signataires du traité, Stofflet, Charette, reprirent les armes un peu plus tard.

Page 83.

41. On a déjà rencontré ce mot; il désigne le bâton que portent les paysans normands; on verra plus loin l'usage qu'ils peuvent en faire.

Page 84.

42. Plus exactement ce bois lui servait de refuge; il est situé près de Laval.

Page 85.

43. La guerre, arrêtée en 1796, après le traité de la Mabilais, reprit en 1799. Frotté fut fait prisonnier et exécuté la même année.

Page 86.

44. Un des nombreux passages où se rejoignent le passé et le présent; de telles remarques, je l'ai noté, donnent au récit toute sa force.

Page 92.

45. Lady Hamilton avait été en effet servante d'auberge.

Page 93.

46. Allusion à une anecdote de la vie de lady Hamilton, qui devint l'amie intime de la reine Marie-Caroline de Naples.

Page 94.

47. Rouge, je pense. Barbey a indiqué auparavant que la perruque du baron de Fierdrap était « fauve ».

Page 97.

48. Première notation de ce détail qui sera repris de nombreuses fois; ainsi le romancier prépare-t-il son dernier chapitre, qui expliquera la réaction d'Aimée de Spens. Dès ce moment, Aimée prend dans le roman une importance plus grande que des Touches.

Page 98.

49. Ce M. Jacques, bien connu dans la chouannerie et dont l'identité fut longtemps ignorée, serait, d'après les historiens, le chevalier de Coulonges. Le romancier laisse à ce personnage tout son mystère.

50. Sans doute « ce qu'on rapporte, ce qu'on raconte ».

51. « Jambe d'argent » est en effet un personnage connu des historiens de la chouannerie.

Page 101.

52. Souvenir de la chanson de Béranger, qui a rendu célèbre ce personnage :

Aux gens atrabilaires
Pour exemple donner,
En un temps de misère,
Roger Bontemps est né...

Page 103.

53. Le récit est en effet hésitant, précisément parce que Barbey se sent partagé entre deux sujets. Il joue peut-être aussi quelque peu de cette lenteur pour aiguiser l'attention de son lecteur. Le rythme de la narration aurevillienne est lent généralement, les digressions sont souvent nombreuses.

Page 107.

54. Il s'agit du roi de Suède qui se défendit contre huit mille Turcs avec une poignée d'hommes; il s'était défendu en tenant la ville, puis en se barricadant avec trente hommes dans une maison.

Page 109.

55. Juste Le Breton n'était sans doute pas l'un des douze, mais Barbey avait entendu parler de lui par son père : voir la *Dédicace* du roman. On a récemment retrouvé la trace de ce personnage qui passa sa vie à combattre la République, et fut vraiment un Chouan.

Page 116.

56. Barbey ne connaissait pas tous les noms : M. de la Valesnie les lui avait donnés, mais son écriture incertaine laissait quelques doutes; en outre, âgé de quatre-vingt-onze ans, il put en oublier. Sept noms seulement sont communs avec ceux que La Sicotière

indique dans son étude sur les insurrections normandes. Selon ce dernier, les libérateurs étaient partis seize : huit officiers et huit soldats; onze seulement pénétrèrent dans la ville. Mais les autres noms que cite le romancier ne sont pas de pure invention.

Page 119.

57. Marchands qui vendent du blé sur les marchés et les foires; le mot n'est pas spécifiquement normand.

Page 120.

58. Lanière fine qui termine le fouet.

Page 122.

59. Aleaume est une paroisse de Valognes.

Page 123.

60. On retrouve assez souvent sous la plume de Barbey cette conception « aristocratique » de la religion.

Page 134.

61. Le comte de Belzunce a été massacré à l'hôtel de ville de Caen, en 1790. Plusieurs femmes furent en effet accusées d'avoir fait griller et mangé le cœur de l'officier; l'une d'elles s'appelait Sosson, nom que Barbey a pu déformer.

Page 135.

62. Plaisanteries.

Page 136.

63. Pâtisserie en forme de corne, qui se vendait aux foires.

Page 151.

64. La description de cette bataille est un des passages les plus célèbres et les plus connus de l'œuvre

de Barbey. On peut le comparer à l'assassinat de La Clotte, dans *L'Ensorcelée.* Le romancier vise, au-delà de la vraisemblance, à obtenir ici un effet épique. Le roman, je l'ai indiqué dans la Préface, prend ici une allure nouvelle; les préoccupations « réalistes » de Barbey s'estompent, il revient au romanesque qu'il aime. Toute la fin du roman est l'accumulation d'événements plus romanesques les uns que les autres.

Page 159.

65. J'ai relevé déjà ce thème, qui réapparaît à plusieurs reprises dans le roman, avec une insistance volontaire; dans la Préface on a lu quelques lignes d'A. Béguin qui éclairent ce passage : « Les pas et les gestes des personnages... sont comme les pas mêmes du temps en sa marche, ou comme les rites qui suscitent immanquablement le réveil des fantômes. »

Page 164.

66. « Portrait dépaysé, je cherche mon cadre... » disait Barbey de soi-même.

Page 171.

67. C'est le thème même d'*Un gentilhomme de grand chemin*, roman projeté et jamais écrit. Rappelons que dans *L'Envers de l'histoire contemporaine*, Balzac a utilisé un épisode de ce genre.

Page 188.

68. Cordage qui sert à haler le bateau. — La tangue est une sorte de sable qui se dépose dans les anses des rivières.

Page 190.

69. Barbey commet une erreur. Il a voulu, je crois, rapprocher des Touches du plus célèbre héros chouan.

Jean Cottereau en réalité fut tué en 1794; seul un de ses quatre frères, René, survécut; il reçut sous la Restauration une modeste pension.

Page 193.

70. Ce portrait rappelle les figures grotesques décrites au début du roman. Il répond à une intention précise : rompre le mouvement, laisser au lecteur une sorte de répit avant la vengeance de des Touches. Le roman pourrait s'achever ici, sur la délivrance du chevalier; mais Barbey renchérit, en nous contant l'épisode du moulin bleu; il revient ensuite à Aimée pour nous confier son secret. On a bien l'impression que le romancier se laisse ici entraîner — lorsqu'il conte du moins la vengeance de des Touches. Pour le dernier chapitre « La rougeur d'Aimée », il a un autre sens : lier plus nettement encore le présent au passé.

Page 196.

71. La tante de Barbey, née Céleste Delamare de Crux, était originaire de Coutances, où son père était procureur.

Page 204.

72. On lit dans *Victor Hugo raconté par un témoin de sa vie :* « Pour eux (les perruquiers), royauté voulait dire perruque [...]. Dans l'ivresse de la Restauration, ils badigeonnèrent la devanture de leurs boutiques en bleu ciel étoilé de fleurs de lys d'or. »

Page 224.

73. On prêtait à ce devin espagnol le don de voir dans la terre et à travers le corps humain.

Page 226.

74. Rappel d'une indication donnée au début du roman; Barbey enfant assiste au récit de Mlle de Percy.

On sent aussi dans ce passage le romancier préoccupé de nous indiquer la signification exacte de son roman, l'exacte portée de ce mélange d'héroïsme et de burlesque dans les mêmes personnages.

Page 228.

75. Barbey ignorait, lorsqu'il commença son roman, que des Touches vivait encore. En 1856, le 4 octobre, il fit une visite à l'hospice du Bon-Sauveur de Caen, où des Touches était enfermé. Voir p. 257.

76. Claverhouse est un personnage de Scott, dans *Le Vieillard des tombeaux*. Des Touches n'est pas sans ressemblance avec lui; Claverhouse est fin, presque féminin, mais fort et cruel. « Calme et tranquille dans le danger, déterminé et ardent à poursuivre le succès, il ne craignait pas d'envisager la mort pour lui-même, et il l'infligeait impitoyablement aux autres. »

Page 230.

77. Ce juge s'appelait Le Folley.

Page 233.

78. Mlle de Sombreuil, lors des massacres de Septembre, obtint par ses supplications la grâce de son père. La légende veut que le peuple ait exigé d'elle, pour obtenir cette grâce, qu'elle bût un verre de sang humain.

79. *Le Chevalier des Touches* s'achève sur un retour au présent. Barbey usera souvent de tels procédés; un être, un objet, par exemple, permettront cette jonction du récit romanesque et de la réalité présente. Si le romancier agit ainsi, c'est moins, semble-t-il, pour donner une sorte de garantie aux faits qu'il vient de conter, que pour établir un lien dans le temps. Le conteur, le romancier lui-même, ne sont pas hors du récit; Mlle de Percy en est un des protagonistes,

d'Aurevilly, enfant, assiste à cette soirée; la présence, muette et sourde, d'Aimée de Spens, a la même valeur. Plus qu'un récit, c'est une évocation, et l'image des spectres — apparue une ou deux fois — a une valeur profonde.

DU MÊME AUTEUR

Dans la même collection

UNE HISTOIRE SANS NOM, *suivi de* UNE PAGE D'HISTOIRE, LE CACHET D'ONYX *et* LÉA. *Édition présentée et établie par Jacques Petit.*

LES DIABOLIQUES. *Édition présentée et établie par Jacques Petit.*

L'ENSORCELÉE. *Préface d'Hubert Juin. Édition établie par Jacques Petit.*

UNE VIEILLE MAÎTRESSE. *Préface de Paul Morand. Édition établie par Jacques Petit.*

UN PRÊTRE MARIÉ. *Édition présentée et établie par Jacques Petit.*

COLLECTION FOLIO

Dernières parutions

4118.	Daniel Rondeau	*Istanbul.*
4119.	Dominique Sigaud	*De chape et de plomb.*
4120.	Philippe Sollers	*L'Étoile des amants.*
4121.	Jacques Tournier	*À l'intérieur du chien.*
4122.	Gabriel Sénac de Meilhan	*L'Émigré.*
4123.	Honoré de Balzac	*Le Lys dans la vallée.*
4124.	Lawrence Durrell	*Le Carnet noir.*
4125.	Félicien Marceau	*La grande fille.*
4126.	Chantal Pelletier	*La visite.*
4127.	Boris Schreiber	*La douceur du sang.*
4128.	Angelo Rinaldi	*Tout ce que je sais de Marie.*
4129.	Pierre Assouline	*État limite.*
4130.	Élisabeth Barillé	*Exaucez-nous.*
4131.	Frédéric Beigbeder	*Windows on the World.*
4132.	Philippe Delerm	*Un été pour mémoire.*
4133.	Colette Fellous	*Avenue de France.*
4134.	Christian Garcin	*Du bruit dans les arbres.*
4135.	Fleur Jaeggy	*Les années bienheureuses du châtiment.*
4136.	Chateaubriand	*Itinéraire de Paris à Jerusalem.*
4137.	Pascal Quignard	*Sur le jadis. Dernier royaume, II.*
4138.	Pascal Quignard	*Abîmes. Dernier Royaume, III.*
4139.	Michel Schneider	*Morts imaginaires.*
4140.	Zeruya Shalev	*Vie amoureuse.*
4141.	Frédéric Vitoux	*La vie de Céline.*
4142.	Fédor Dostoïevski	*Les Pauvres Gens.*
4143.	Ray Bradbury	*Meurtres en douceur.*
4144.	Carlos Castaneda	*Stopper-le-monde.*
4145.	Confucius	*Entretiens.*
4146.	Didier Daeninckx	*Ceinture rouge.*
4147.	William Faulkner	*Le Caïd.*
4148.	Gandhi	*La voie de la non-violence.*
4149.	Guy de Maupassant	*Le Verrou et autres contes grivois.*
4150.	D. A. F. de Sade	*La Philosophie dans le boudoir.*

4188. Danièle Sallenave	*D'amour.*
4189. Philippe Sollers	*Illuminations.*
4190. Henry James	*La Source sacrée.*
4191. Collectif	*«Mourir pour toi».*
4192. Hans Christian Andersen	*L'elfe de la rose et autres contes du jardin.*
4193. Épictète	*De la liberté* précédé de *De la profession de Cynique.*
4194. Ernest Hemingway	*Histoire naturelle des morts et autres nouvelles.*
4195. Panaït Istrati	*Mes départs.*
4196. H. P. Lovecraft	*La peur qui rôde et autres nouvelles.*
4197. Stendhal	*Féder ou Le Mari d'argent.*
4198. Junichirô Tanizaki	*Le meurtre d'O-Tsuya.*
4199. Léon Tolstoï	*Le réveillon du jeune tsar et autres contes.*
4200. Oscar Wilde	*La Ballade de la geôle de Reading.*
4201. Collectif	*Témoins de Sartre.*
4202. Balzac	*Le Chef-d'œuvre inconnu.*
4203. George Sand	*François le Champi.*
4204. Constant	*Adolphe. Le Cahier rouge. Cécile.*
4205. Flaubert	*Salammbô.*
4206. Rudyard Kipling	*Kim.*
4207. Flaubert	*L'Éducation sentimentale.*
4208. Olivier Barrot/ Bernard Rapp	*Lettres anglaises.*
4209. Pierre Charras	*Dix-neuf secondes.*
4210. Raphaël Confiant	*La panse du chacal.*
4211. Erri De Luca	*Le contraire de un.*
4212. Philippe Delerm	*La sieste assassinée.*
4213. Angela Huth	*Amour et désolation.*
4214. Alexandre Jardin	*Les Coloriés.*
4215. Pierre Magnan	*Apprenti.*
4216. Arto Paasilinna	*Petits suicides entre amis.*
4217. Alix de Saint-André	*Ma Nanie,*
4218. Patrick Lapeyre	*L'homme-soeur.*
4219. Gérard de Nerval	*Les Filles du feu.*
4220. Anonyme	*La Chanson de Roland.*

4221. Maryse Condé — *Histoire de la femme cannibale.*
4222. Didier Daeninckx — *Main courante* et *Autres lieux.*
4223. Caroline Lamarche — *Carnets d'une soumise de province.*
4224. Alice McDermott — *L'arbre à sucettes.*
4225. Richard Millet — *Ma vie parmi les ombres.*
4226. Laure Murat — *Passage de l'Odéon.*
4227. Pierre Pelot — *C'est ainsi que les hommes vivent.*
4228. Nathalie Rheims — *L'ange de la dernière heure.*
4229. Gilles Rozier — *Un amour sans résistance.*
4230. Jean-Claude Rufin — *Globalia.*
4231. Dai Sijie — *Le complexe de Di.*
4232. Yasmina Traboulsi — *Les enfants de la Place.*
4233. Martin Winckler — *La Maladie de Sachs.*
4234. Cees Nooteboom — *Le matelot sans lèvres.*
4235. Alexandre Dumas — *Le Chevalier de Maison-Rouge.*
4236. Hector Bianciotti — *La nostalgie de la maison de Dieu.*
4237. Daniel Boulanger — *Le tombeau d'Héraldine.*
4238. Pierre Clementi — *Quelques messages personnels.*
4239. Thomas Gunzig — *Le plus petit zoo du monde.*
4240. Marc Petit — *L'équation de Kolmogoroff.*
4241. Jean Rouaud — *L'invention de l'auteur.*
4242. Julian Barnes — *Quelque chose à déclarer.*
4243. Yves Bichet — *La part animale.*
4244. Christian Bobin — *Louise Amour.*
4245. Mark Z. Danielewski — *Les lettres de Pelafina.*
4246. Philippe Delerm — *Le miroir de ma mère.*
4247. Michel Déon — *La chambre de ton père.*
4248. David Foenkinos — *Le potentiel érotique de ma femme.*
4249. Eric Fottorino — *Caresse rouge.*
4250. J.M.G. Le Clézio — *L'Africain.*
4251. Gilles Leroy — *Grandir.*
4252. Jean d'Ormesson — *Une autre histoire de la littérature française I.*
4253. Jean d'Ormesson — *Une autre histoire de la littérature française II.*

4254.	Jean d'Ormesson	*Et toi mon cœur pourquoi bats-tu.*
4255.	Robert Burton	*Anatomie de la mélancolie.*
4256.	Corneille	*Cinna.*
4257.	Lewis Carroll	*Alice au pays des merveilles.*
4258.	Antoine Audouard	*La peau à l'envers.*
4259.	Collectif	*Mémoires de la mer.*
4260.	Collectif	*Aventuriers du monde.*
4261.	Catherine Cusset	*Amours transversales.*
4262.	A. Corréard et H. Savigny	*Relation du naufrage de la frégate la* Méduse.
4263.	Lian Hearn	*Le clan des Otori, III : La clarté de la lune.*
4264.	Philippe Labro	*Tomber sept fois, se relever huit.*
4265.	Amos Oz	*Une histoire d'amour et de ténèbres.*
4266.	Michel Quint	*Et mon mal est délicieux.*
4267.	Bernard Simonay	*Moïse le pharaon rebelle.*
4268.	Denis Tillinac	*Incertains désirs.*
4269.	Raoul Vaneigem	*Le chevalier, la dame, le diable et la mort.*
4270.	Anne Wiazemsky	*Je m'appelle Élisabeth.*
4271.	Martin Winckler	*Plumes d'Ange.*
4272.	Collectif	*Anthologie de la littérature latine.*
4273.	Miguel de Cervantes	*La petite Gitane.*
4274.	Collectif	*«Dansons autour du chaudron».*
4275.	Gilbert Keeith Chesterton	*Trois enquêtes du Père Brown.*
4276.	Francis Scott Fitzgerald	*Une vie parfaite* suivi de *L'accordeur.*
4277.	Jean Giono	*Prélude de Pan et autres nouvelles.*
4278.	Katherine Mansfield	*Mariage à la mode* précédé de *La Baie.*
4279.	Pierre Michon	*Vie du père Foucault — Vie de Georges Bandy.*
4280.	Flannery O'Connor	*Un heureux événement* suivi de *La Personne Déplacée.*
4281.	Chantal Pelletier	*Intimités et autres nouvelles.*
4282.	Léonard de Vinci	*Prophéties* précédé de *Philosophie et aphorismes.*

Impression Bussière
à Saint-Amand (Cher),
le 26 octobre 2005.
Dépôt légal : octobre 2005.
1er dépôt légal dans la collection : février 1976.
Numéro d'imprimeur : 054122/1.
ISBN 2-07-036727-4./Imprimé en France.

139283